八月の梅

Plum Wine

Angela Davis-Gardner

アンジェラ・デーヴィス＝ガードナー［著］

岡田郁子［訳］

彩流社

目次

Publisher's edition of *Plum Wine* by Angela Davis-Gardner is published by
arrangement with the University of Wisconsin Press through Japan UNI Agency, Inc., Tokyo

八月の梅

第一部

一

小さなたんすが届いた。一月も終わろうとする、どんよりとした日の午後のことであった。美智の死から三週間が経っていた。

バーバラは六畳間のこたつに入ってピーナッツバターを舐め、緑茶を飲みながら、「原罪」に関する学生たちのレポートを読んでいた。とうとう雪が降り始めたようだ。空を、方向を定めかねるかのように白い雪片が上下左右にひらひらと舞っている。窓の外を眺めながら、なぜ理恵はレポートを提出しなかったのだろうかと考えていた。美智ならば、気にすることはないと言ってくれただろう。

「美智さんがいてくれたら……」最近ではことあるごとにそう思うようになっていた。

ピーナッツバターをもう一匙舐めようとしたとき、ドアを叩く音がした。あわてて暖かいこたつから足を引き抜き、立ち上がった。下の階の一室を共有している学生たちかもしれない。そういえば淳子と宏子と寿美が訪ねたいと言っていた。部屋は何日も掃除をしていないので散らかっている。しかし片づけるには遅すぎる。

台所のラジオから「サティスファクション」を歌うミック・ジャガーの低い声が流れているが、そのままにしておいた。学生たちは西洋文化が好きだ。寿美いわく、「しびれて」いるそうだ。

ドアを開けると、そこにいたのは学生たちではなかった。女性二人と男性二人がまるで何かの代表団のように立っていた。小平女子大学学長の藤沢先生が、垂れ下った瞼の下から、バーバラをじっと見ている。その横には、ノースカロライナ大学のチャペルヒル校で、昨年バーバラを採用してくれた英文学部の学部長、中野先生が並んでいる。うしろには二人の男性、用務員の佐藤さんと村井さんの顔がある。全員がそろってお辞儀をし、女性は英語で、男性は日本語で挨拶をした。

どうやら部屋の中に入るつもりらしい。バーバラはとっさに、散らかった衣類を片づけるあいだ待ってほしいと頼もうとした。

「おじゃましてすみません。実は中本先生からあなたへの形見を持ってきました」藤沢学長が口を切った。

「形見？」バーバラは、はす向かいにある美智の部屋に目を走らせた。美智の死後、初めてその部屋の戸が開いている。

「たんすのようなものです。そんなにいいものではなさそうですけど」藤沢学長は、二人の用務員の間に置かれた小さなたんすに目をやった。

「この手紙が添えられていました」学長はバーバラに細長い封筒を渡した。手紙には英語でこう書かれていた。「三号館六号室、バーバラ・ジェファソンさんへ。日本を知るための一助となりますように。かしこ　中本美智子」

バーバラは、和紙に書かれた見覚えのある筆跡を、じっと見つめた。美智の声が聞こえてくるような気がする。

「中本先生は、あなたのことをお気にかけていらしたようですね」学長は続けた。「形見分けを頂いたのは、ほんの一部の方だけなんですよ。少しおじゃましてもいいかしら？」

「もちろんです。どうぞ」バーバラは台所へ行き、ラジオを消した。

藤沢学長が、杖をつきながら部屋に入ってきた。続いて、つややかな黒髪の中野先生が頬を紅潮させてあとに従い、最後に二人の男性がたんすを運び入れた。

たんすには引き出しが三つしかなく、バーバラの洋服だんすの三分の一ほどの小さなものだった。取っ手は黒い金具で、梅の花が彫り込んである。

「きっとお酒の瓶が入っているたんすだわ！」バーバラはそう言い、四人のあとから六畳敷きの居間に入っていった。たんすはこたつと整理だんすのあいだに置かれた。

「お酒？」藤沢学長と中野先生が同時に声を上げた。そして腰をかがめ、一番上の引き出しを開けた。

藤沢学長が、由々しきこととばかりに中野先生に話しかけている。日本語なので何を言っているのか、バーバラにはまったく理解できなかったが、慌てているのは感じられた。美智から以前聞いたことがある。日本では、男性がいくらお酒を飲んでもかまわないが、小平女子大学にきているような階層の女性がお酒を飲むのは慎むべきだとされていると。しかし少量の梅酒は消化を促すということで女性にも許されているらしい。

「単なる梅酒ですよ」バーバラは慌てて付け加えた。

中野先生の肩越しにのぞいてみると、瓶が並んでいるのが目に入った。一本ずつ厚手の和紙に包まれた瓶は、ひもがかけられ赤い封蝋がしてある。毛筆で書かれた数字は年号で、その下の縦書きの文字は、年号を漢字にしたものらしい。いつだったか、美智と一緒に梅酒を飲んだことがある。そのとき、年代物だという瓶を見せてもらったが、年号には気づかなかった。バーバラは身を乗り出して数字を覗き込んだ。一九六五年と印された昨年の梅酒は、引き出しの右の端にあった。その隣には一九六四年の瓶がある。

藤沢学長は中野先生に絶えず話しかけながら、一番上の引き出しを閉めると、次の段を開けた。バーバラは二人のあいだから手を伸ばして、梅酒の瓶に触れたかった。早く皆が帰ってくれればいいのにと思った。

藤沢先生が振りかえった。「申し訳ありません。たんすの中身は食器だと思っていたものですから。中本先生も、ジェファソン先生に押しつけるつもりはなかったでしょう。すぐに運び出してもらいますね」

「でも」バーバラは美智の手紙をさし出した。「ほら、ここに、これはわたしにくださると書いてありますけど」

「手紙に書いてあるのはたんすのことだけで、中身についてではありませんね」藤沢学長はバーバラのことばをさえぎるように手を振った。「きっと中本先生は、あなたにもう一つ収納家具が必要だと思われたのじゃないかしら」藤沢学長はバーバラの部屋を見まわした。畳の上には本や書類が山と積まれ、こたつの上にあるレポート類の真ん中には、ピーナッツバターの瓶があった。瓶にはスプーンが刺さったままになっていて、その形がまるで感嘆符「！」のように見えた。床の間は本来美術品を飾っておく場所なのに、セーターや下着がつくねてあり、きつね女の掛け軸の絵が半分隠れてしまっている。

バーバラは食い下がった。「どうかわたしにください、思い出として。ただの梅酒ですもの。美智さん、いえ中本先生は構内やご実家の梅で梅酒を作っていらっしゃいました」

「そうでしょうか？　梅酒というのは大きな広口瓶で作るものなんですよ。これは外国産の洋酒の瓶ではありませんか。もっと強いお酒が入っているのじゃないかしら」

「でも、この瓶を見たことがあるんです。これは梅酒です。頂ければ思い出にもなりますし……」

藤沢学長は何も言わず、冷ややかな目でバーバラを見つめた。以前、英会話クラスに予告もなく入ってきて、ツイストやモンキーダンス、スイムダンスを踊って、学生たちを笑わせていたバーバラに向けたときの、あの目と同じだった。バーバラの前任者であるキャロル・サザランドは、そんなことはしなかったのだろう。入学案内には、教壇から講義をしている彼女の写真が掲載されていた。

「廊下の貯蔵庫にしまっておきましょう」藤沢学長が言った。「そのうち邪魔になって、持てあましてしまいますよ」そして突然笑い出した。「ジェファソン先生だって、こんなにたくさんはお飲みにならないでしょう？」

中野先生も片手で口元を隠して遠慮がちに笑った。

用務員の男性二人は頭を振りながらにやにやしていた。英語はわからないが、外国人教師の部屋で起こる珍事には慣れているのだ。

「中本先生が亡くなられて、ジェファソン先生もお淋しいわね」中野先生の口調はしみじみとしていた。

「ええ、そうなんです」バーバラは言った。茶色いスカートとセーターを着た小柄な美智が、揚げたての天ぷらをのせた皿を手に、バーバラの部屋の入り口に立っていた姿を思い出すと、胸が締め付けられる。「ちょっとお顔を見にきたの、どうしてるかなと思って」と美智は言ったものだ。

「わたくしたちも皆、中本先生のことを心から哀しんでいます。ジェファソン先生、洋間で少しお待ちください。たんすを収めますから」藤沢学長はそう言って、用務員たちに、引き出しが開いたままのたんすを指差して指示していた。「はい、はい」二人は、頭をぺこぺこしながら威勢のいい声で応えた。

「梅酒もくださいね。美智さんはわたしに残してくれたのですから、置いていってください」

皆は一瞬どうしようかとバーバラの様子をうかがった。学長以外は気づかって目を伏せたが、学長はバーバラに目を向けたまま挨拶した。「お騒がせしました。ではこれで失礼します」

順次、洋間を横切って廊下を去っていった。途中、藤沢学長はほかの部屋にも目を走らせていた。ドアが閉まった。バーバラはたんすのそばに座り、かびくさいにおいを吸い込みながら、一行が階段を降りていく足音を聞いていた。このたんすは無垢の樟でできているとてもいいものだ、と美智が言っていた。ずんぐりした梅酒の瓶には紙がきっちり巻いてあり、そっと手を当てると、中の瓶は冷たかった。その冷たさが腕を伝わってきて鳥肌がたった。

美智は死ぬということがわかっていたのだろうか。そうでなければ、バーバラにたんすを残そうなんて考えなかったはずだ。

もう一度、美智の手紙を読んでみた。一九六六年一月一日という日付が書いてある。つい数週間前のお正月ではないか。あの晩バーバラは美智の部屋にいた。この手紙は元日の夕食の前に書いたのだろうか、夕食のあとに書いたのだろうか。片づけられた食卓に座った美智がペンを走らせている姿をバーバラは想像してみた。その四日後に亡くなっただなんて。

バーバラは突然立ち上がり、廊下を横切って美智の部屋に行った。ドアは閉まっているものの、鍵はかかっていない。中に入って、がらんとした居間の方へ進む。ただ畳が敷いてあるだけで、壁はむき出しのままだった。ぎっしり詰まった本棚も、版画も、盆栽の鉢も、窓の下の低いテーブルも、もうない。美智はここでお節料理を作ってご馳走してくれた。その料理はすべてバーバラのためにだけ作ったもので、餅や、笹の葉で包まれた鯛に亀甲人参が添えてあったのは、バーバラの幸せと長寿を願ってくれたのだろう。美智の優しい、訴えてくるような眼や、ふっくらとした唇が目に浮かんだ。物哀しそうな笑顔だった。

藤沢学長によると、美智は心臓発作で亡くなったというが、美智には何か前兆のようなものでもあったのだろうか。

バーバラは部屋の中をぐるりとまわり、冷たいむき出しの壁に触ってみた。折れ曲がった釘が一本残っていた。

畳にはまだテーブルの脚の跡がついている。二人はここで、「寝酒」と称して梅酒を飲みながら、幾夜過ごしたことだろう。

「バーバラさん、なぜ日本にいらしたの?」

「母がね」バーバラは話し始めた。戦前の一九三〇年代に外国特派員として来日していた関係で、よく日本のことを話してくれた。その影響もあって、バーバラはノースカロライナ大学の大学院セミナーで、中野先生の「英訳で読む近代日本文学」という授業を取ったのだった。ある日、中野先生が在職している日本の大学に、英語講師の空きがないかと何げなく聞いてみた。その頃バーバラは一つの恋が終わり、学位論文も頓挫していて、宙ぶらりんの状態だった。

美智は歴史学で博士号をとったという。日本では女性の歴史学専攻は珍しいそうだ。研究分野がどこなのか、またなぜ歴史を専攻したのかはわからない。もっといろいろ聞いておくべきだったが、今となっては遅い。

バーバラは、主のいない部屋を見まわしてからドアをそっと閉めて、自分の部屋に戻ってきた。六畳間のまん中に置きざりにされたたんすは、悲しみをにじませているようだった。ここにはもう一つたんすを入れる余裕はない。奥にある三畳敷きの狭い寝室は、金属製の無骨なベッドが占領していた。部屋の広さの割にはベッドが大きすぎるだけでなく、横になると、まるで不思議の国のアリスが、白ウサギの家の中で身を縮めているような感じになる。前任者キャロルの布団が押し入れにまだあるのだから、ベッドを処分しても布団で寝ることはできる。そうすればここにたんすもすっきり置けるだろう。

そう考えて、キャスター付きのベッドを、六畳間を通って洋間へと押していった。あとで用務員に取りにきてもらおう。ここに来て二、三週間、ベッドを次々に取り換えてもらった。やっと丁度いい大きさのベッドに落ち着いたばかりなのに、きっとまたかと笑われるだろう。

　バーバラは、梅酒だんすを頭の近くにくるように、寝室の南側の壁に押し付けた。北枕にするのは死人だけだという日本の風習に従ったのだ。棺に横たわっている美智をふと想像したが、すぐ振り払った。どのみち美智はもう灰になっている。一体どうやって灰を北枕に寝かすのだろうか。まるで禅問答だ。

　外は暗くなっていた。絶え間なく降りしきる白い雪は、暗がりに溶け込んでいく。

　バーバラはカーテンを引いて、たんすの傍らに座った。梅酒は新しいものから年代順に、日本語の文書と同じく右から左へ並んでいた。しかし一九四三年から一九四八年の場所には、くしゃくしゃに丸めた和紙が詰めてあって、梅酒の瓶はない。一番下の引き出しの最も古い梅酒は一九三〇年製だ。美智は四十歳台前半で亡くなったわけだから、一九三〇年というのは、美智がまだ幼い頃で、梅酒など作れる年齢ではなかったはずだ。

　もう一度一番上の引き出しを開けて、一九六五年の梅酒を取りだした。それは去年の夏に採れた梅の実で作ってある。紐を解いて爪で封蠟を剥がして厚手の紙を外した。

　バーバラは息をのんだ。包み紙の内側には縦書きで日本の文字がぎっしりと書いてある。几帳面で繊細な文字がペンではなく筆で書いてあるようだ。ほとんどの文字は複雑な漢字だ。日本の子どもが漢字を覚えるのには何年もかかるという。バーバラは、漢字はおろか平仮名も片仮名もわからない。この紙に書いてある最も簡単な文字でさえも読めない。たとえば、Cを逆にして上の方をぐるっと巻き込んだような文字を見ていると、どんなメロディーか見当もつかない楽譜でも見ているようだった。

彼女は次の一九六四年の瓶を取り上げ、包みをほどいた。この紙にもびっしりと書き付けがある。胸が高鳴ってきた。「これがわたしの歴史なのよ」たんすを見せてくれた晩に、苦々しく笑いながら美智はそう言った。彼女は自身の専門領域においての、ほとんど男性教授の独壇場となっている歴史学においての出版が、うまく行かなかったと言っていたことがある。だからバーバラは美智が梅酒についてそう言ったのだと思っていた。梅酒を作るのは女性の仕事だ、と。

真ん中の引き出しから適当に瓶を一本取り上げ結び目をさぐっていると、紐がスルリと解けた。急いで封蠟を剥がそうとして、少し破いてしまった。何も書いてないかもしれないと思ったが、さらに多くの縦書きの日本語が目に入った。その下の方に、梅の花が墨で描いてある。涙がどっと溢れてきた。バーバラは、遺品となったたんすをそっと撫でた。美智はやはりこれを自分に残してくれたのだ。

昂ぶった気持ちで各部屋を歩き回った。二口ガスの火をつけるコツを教わった台所、場ちがいなベッドがあるために、寒々しいどころかとんでもない状態になっている洋間、そして六畳間、美智からの遺品がひとつあるというだけで、どの部屋も全体の雰囲気がすっかり変わったように見え、美智がまだいるかのようだ。

薄暗い床の間に掛かっているきつね女の掛け軸は寝室へ持っていこう。美智はこの掛け軸を初めて見たとき驚いた。顔はきつねで髪の毛を長く垂らした着物姿の女性の絵だ。「どこでこれを手に入れたの?」日本人の男性が母親にくれたものだとバーバラは答えた。母親はブロンドの髪を長く垂らした、人目を引く女性だったせいか、男性は母のことを、人間の姿をした美しいきつねのようだと言ったそうだ。

「面白い偶然ね。わたしの母もきつねの言葉がわかると言っていたわ。日本にはきつね女にまつわる話がたくさんあって、この絵も、きつね女が子どもを残して去っていくところなのよ」と美智が言っていた。

バーバラは、床の間から掛け軸と釘を外して、部厚い旅行ガイドブックで寝室の窓際に打ちつけた。寝るにはまだ早すぎるけれど、温かな電気毛布にもぐり込みたくなった。

服を脱いで布団に入ると、たんすの中から樟脳の匂いがかすかに漂ってきた。美智はどうして自分に、しかも日本語の読めないような外国人に、このたんすをくれたのだろう。

掛け軸のきつね女を見上げると、床の間にあったときよりもはっきりと絵が見えてきた。きつね女が後ろ髪をひかれるように、半人間半きつねの子どもを肩越しに振り返り、柳の並木を遠ざかっていくところだ。まるで本当に生きているかのように見える。

どことなく女らしいきつねの横顔は、少し開いた口の中に尖った犬歯を覗かせている。開いた口はさよならと言っているようだ。多分、異なった角度と光の加減でそのように見えるのだろう。顔や姿には、以前には感じなかった寂しさがただよっている。

場所を変えると、絵がこんなにも違って見えるなんて不思議だ。人間も同じことかもしれない。バーバラ自身も、日本にしっくりとなじんでいる気がしない。どこにいても落ち着かない。髪はブロンドだし、背も高すぎる、日本語の読み書きもできない。ここではあまりにも浮いている。思い返すと、生まれてからずっとよそ者だったのかもしれない。バレエシューズを履いた痩せこけた女の子が、バプティストの多い町でカソリックとして育ったのだ。アメリカ南部の、仰々しい態度やしゃべり方には馴染めなかった。

電気毛布を顎まで引き上げて、暗がりの中で窓の形と掛け軸を目でなぞっていると、以前美智が話してくれたおとぎ話が思い出された。絵や掛け軸が突然真っ白になったという話だ。絵の中の雀の群れが飛び去ってしまったとか、馬が夜になると草を食べに抜け出していってしまったとか。うす暗がりの中に掛け軸は、光を放って浮き出ているように見える。空白の長方形。きつね女が柳並木を遠ざかり、視界から消えてしまったようだ。

二

夜通し降り続いた雪は、屋根瓦や杉木立の上に今もなお降りしきっている。三号館を出て教室へ着く頃には、木立の中を縫っていく小径は白い川のようになっていた。所々に黒い枝が見え、さながら墨絵の世界となり、梅酒の丸まった包み紙に書かれた美智の筆跡を思わせる。あの筆あとは夢を語っているのかもしれない。雪景色が夢の続きのように重なる。バーバラは中庭で立ち止まった。雪が池の水面に吸い込まれていく。ハスの葉の周りには皺のよった氷が張っている。水辺には、アメリカの姉妹校から贈られた「ミロのヴィーナス」像が立っている。雪片が舞い、ヴィーナスの頭や肩は、積もった雪で形がかわり、まだ制作途中の彫刻のように見える。

一時限目の授業は十九世紀のアメリカ文学で、今度の試験前の最後の授業だ。前回の授業の復習から始め、前もって渡しておいたプリントを読んでいった。理恵だけはノートも取らずに、人を喰ったような横柄な態度でバーバラをじっと見つめていた。頭には薄汚れたはちまきを巻いている。先月横須賀で行われた、アメリカ原子力潜水艦反対デモに行ったときのものらしい。

バーバラは窓の外に目をやった。雪を冠った木々の向こうに宿舎の三号館の白い屋根が見える。授業と授業の合間に大急ぎで部屋に行ってくる時間はある。包み紙に何が書いてあるのかを早く知りたいという思いに駆られていた。

授業が終わるとすぐ、理恵に呼び止められないうちに、雪を踏んで三号館まで走った。寝室の畳の上には、朝、たんすから取り出した包み紙が広がって、それぞれ瓶で押さえてあった。真ん中に座りこんで、一九六五年の包み紙の皺を伸ばした。細かな地図記号のように見える漢字が踊っている。丁寧な筆遣いから察するに、大事なことが書いてあるようだ。美智は手記を、なぜ家族やあるいはほかの同僚に残さなかったのだろう。美智はどこかに家族がいるのだろうか、疎遠にでもなっているのだろうか。

紙の上部は乱れた書き方で、後から思いついて書き足したように見える。覚え書きかもしれない。そこには簡単な漢字が一字認められる。Tの装飾文字にも見える。下の方は飾り書きのように広がり、真ん中に二本横線が入っている。バーバラは漢字と仮名の辞書を取りに洋間にいった。その漢字には文脈によっては天気、天文、天国、楽園、天の川という幾つか違った意味がある。

次の授業が始まる前に中野先生を見つけて、早く知りたい部分だけでも聞いてみよう。包み紙がつぶれないようにそうっと巻いて、空の鞄に入れた。

中野先生は、言語学の山口先生や上田先生と一緒に教員室でお茶を飲んでいた。上田先生は品のある中年女性で、薄い髪を隠すために人前ではいつもターバン状の帽子を被っている、バーバラは教員室の端の方に立って掲示板を見ているふりをしていた。試験のスケジュール以外は全部日本語で書いてある。ほかの人がいるところで、中野先生にその包み紙を見せるわけにはいかない。内緒で見せたとしても、誰か同僚に話すことだってあり得る。上田先生は美智と親しかったので、バーバラが彼女の手記を持っていることに、いい気はしないかもしれない。他の人もどう思うだろうか。

バーバラは英会話の授業に遅れていった。寿美、淳子、宏子、理恵、そして上級生たちもまじって、楕円形の机を囲んで英語でしゃべっていた。バーバラは淳子の隣に座って、足元に鞄を置いた。

「雪が降っている、降った、また降るだろう」という語形の復習から授業を始めた。

俳句と短歌を趣味にしている上品な顔だちの重子が手を挙げた。「夜の雪もいいものですよ。暗闇の中で光り輝いている様子は、寂寥感がただよって、何かこう幽玄の世界のようです」

すると理恵も言う。「わたしもそう思います。雪って日本的な情緒があるでしょう?」

バーバラは深いため息をついた。「アメリカにも雪はありますよ。南部の方だって降ります。ノースカライナの気候は東京と同じよ」

「でも全く同じということはないでしょう。屋根瓦とか、お寺とか、巧みに配置された庭石などの雪景色は、やはり違うんじゃないでしょうか? 雪を詠んだ詩ってありますか?」理恵はなおも言い張った。

寿美も言う。「今年はキャンパスの梅が早く開花したでしょう。おまけに梅に雪が積もって、これこそ日本独特の風情だと思います。こういう心象をうたった俳句や短歌って多いんですよ、先生」

「そういう詩なら英語にもあるわよ。A・E・ハウスマンのね。梅ではなく桜の詩ですけど」とバーバラも言った。

「ジェファソン先生は雪の句がわかるのですね。そういう点ではとても日本的な方ですね」と淳子が言う。

理恵以外は皆小声で賛同する。

理恵は反戦はちまきをちょっと直して、手を挙げた。「日本の俳句って、外国人にはわからないところがあるのじゃないでしょうか？　蕪村の『椿落ちて　昨日の雨をこぼしけり』は、首を落とされたサムライを喩えているのです」

「西洋の詩にも同じようなものがあります。T・S・エリオットの『荒野』には、読者にもわからないような隠喩がいっぱい入っています。それでも、その詩に感動する人ってたくさんいるんです。じゃあこのへんでね、理恵さん」

理恵の手が再び勢いよく挙がったかと思うと、こう言って腕組みをした。「小平女子大学では雪見の集いがあって、とても風流なんです」

「そう、それは素敵ね」時計を見ると、まだ授業時間は半分くらい残っている。三号館の部屋の畳の上に、包み紙を散らかしたままだ。わたしがいない間に藤沢先生が用務員を行かせたらどうしよう。心配で気もそぞろになった。「今日はこれで終わりましょう。あとは各自ＬＬで練習してください。テープの提出は金曜までです。テーマはどんなことでもいいですから、十五分のテープにしてください」

学生たちが部屋を出ていくとき、淳子がバーバラに近づいてきて、宏子や寿美と国分寺でお昼を食べるので一緒にどうかと誘ってくれた。バーバラは一瞬どうしようかと迷ったが、学生たちは熱心だったし、バーバラにとって、教授たちより年齢が近いせいか親しみがもてた。一時に待ち合わせることになったので、その前に自分の部屋に立ち寄れる。

教室を出ると、理恵がドアの外で待っていた。「ジェファソン先生、アメリカ文学のレポートは書けません」

「どうして?」バーバラは声を抑えて聞いた。「原罪というのは西洋の考えなので、わたしにはホーソンの『緋文字』が理解できません。わたしには無理です」

バーバラは、そのずんぐりした体型と広べったい顔の理恵を、何も言わずにじっと見た。彼女の眼には、爆発しそうな何かが見てとれる。今にも泣きだしそうだった。

「じゃあこうしたらどう?　何がわからないかということを書いてくれない?」

「わからないことを書くのですか?」

「そう、どうして原罪に違和感を覚えるのか、日本人は罪ということばから何を考えるか、罪とか悪に対する、日本と西洋の考えの違いを比較してみてはどうかしら?　何か悪いことをすると、この世では一体どうなり、そしてあの世だったらどうなるのかということはどう?」

「ああ、そういうことですか。それならできると思います」理恵はぺこんとお辞儀をした。

よかった、やっとわかってくれたとバーバラは安堵し、廊下を足早に出口の方へ歩いていくと、学長室の中から藤沢先生に呼び止められた。「ジェファソン先生、ちょっとお寄りになりませんか?」

「まあ、藤沢先生。授業を少し早く終わったものですから、学生たちをＬＬ教室に行かせたところなんです」

学長はバーバラに椅子をすすめた。「ジェファソン先生、昨日は本当にすみませんでした。あの梅酒は記念にどうぞお持ちください。でも梅酒の瓶は箱にでも入れておかれたら？　たんすには何かほかのものをお入れになりたいでしょう？」

「本当にありがとうございます、藤沢先生」急にほっとした。「でも箱は今のところはけっこうです。あのたんすには思い出があるのでそのままにしておきたいのです」

「そう」学長は顔を少ししかめた。バーバラが机の方に目を移すと、その場にはいささかそぐわない、ホイットマンのチョコレートがあった。

「そうそう思い出と言えば、中本教授の四十九日の法要をしようと思います。普通はこういう法要は、本人の家かお寺でするものです。でも中本先生にはご遺族がおいでにならないようですし……」

「そうなんですか、やはりご遺族はいらっしゃらないのですか」

「わたしの知る限りではね。ですから同僚たちと、キャンパスで執り行うことにしたんです」藤沢先生は大きな胸を膨らませ、ため息をもらした。バーバラは、藤沢先生が本当に悲しんでいるのかそれとも煩わしいと思っているのかわからなかった。「同僚たち皆でお別れができるように、春休みの初めにしましょう。ジェファソン先生も何か一言お別れを言ってくださいませんか？」

「光栄ですわ。そうですね、女性の歴史学者としての面をお話ししたいと思います。中本先生がよく話していらっしゃったものですから。でも上田先生に伺ってみてからにします」

「中本先生とジェファソン先生との個人的なお付き合いのことの方がいいかと思いますけど。業績などはほかに話す人がいるでしょうから。ではジェファソン先生、お引き留めしてしまいましたね」藤沢学長は立ち上がりながら言った。「ところで学生たちは先生の目から見て進歩したでしょうか」

「ええ、ずいぶん上達しましたよ」バーバラも立ち上がってお辞儀をして廊下に出た。

「やあ、ジェファソン先生！」髪の薄い丸顔の土井教授が研究室から飛び出してきた。軽口をたたくのが好きな土井教授はシェイクスピア学者で、藤沢学長と懇意の間柄である。大学祭で、英語部の『真夏の夜の夢』の演出をバーバラが引き受けることになったので、それ以来何かと声をかけられる。上演は二月三日。もうあと二、三日しかない。

「おや、何やら浮かぬお顔」と土井教授。「憂鬱な冬のせいなりや」

「さにあらん、日本の、この太陽で光溢れん夏にならんことを」『リチャード三世』ね。序の口だわ。

「お見事、お見事、ジェファソン先生」土井教授は笑いながら言った。「なかなかお時間を取っていただけそうにもありませんな」

「ええ、忙しくて」バーバラは出口の方へ足早に歩きながら言うと、土井教授は小走りでついてきた。

「頑張って台詞を覚えてくださいよ。一緒にお昼を食べながら練習しませんか？」土井教授はオベロン王を、バーバラは妻のタイタニア王妃を演ずることになっている。

「すみません、今から人に会わなければならないのです」

「そりゃ残念だ。いつも先約ありですな」

バーバラはドアを押した。「いずれそのうちに、土井先生」

キャンパスの奥の三号館へと急ぐバーバラの顔に、雪は斜めから降りつけた。校舎の間を抜け、真っ白な運動場を通り過ぎた。三方が雪を冠った竹やぶで囲まれている。遠くから琴の音が流れてきた。琴の弦が奏でる哀しげな音を聞くと、いつも郷愁にかられる。今になって思うとその音は、バーバラが足を踏み入れてしまった未知の世界の象徴のような気がする。

寿美が言っていたように、梅の花に雪が積もっている。一枝持ち上げて、雪を振り払った。蕾のまま凍っているものもあれば、開いたまま黄色く、ぼろぼろになっている花もある。首をすくめて枝の下から、折り重なった白さを見上げた。美智はよくこんなことを言っていた。早春の真っ青な空の下に寝転がって梅の花を見上げるのが好きだと。「梅の花を見ていると、いつも希望がわいてくるの」

希望ということばからすると、美智は絶望と戦っていたのではないだろうか。バーバラは、美智が亡くなる前に書いた手記のことを思い出していた。鞄に入れてある包み紙の、しわになった部分に書かれている「天」という文字は、自殺の予告だったのかしら。冷たい空気を思いっきり吸い込むと、胸が痛くなった。じっと耳を澄ましていると、雪の降る音がかすかに聞こえる。初めて聞く音だ。静かな雪面の下に、何かが隠れているように思えてくる。

バーバラが学生たちと一緒に入った食堂は、美智とよく行ったところで、国分寺駅近くの建物の二階だった。この日は皆で窓際のテーブルについたが、バーバラと美智は、奥の方にある畳の席が好きだった。バーバラは鞄を足下に置いて、脚でさわっていた。結局三号館に寄る時間は無かったので、包み紙はまだ畳の上に散らばったままだ。少し不安がよぎった。今朝、部屋の鍵は掛けたかしら、誰も中に入らないはずだけど。バーバラはいつも心配しすぎだった。母もよく言っていた。「命がいくつあっても足りないじゃない」

店員が来たので、みな同じ天ぷらとみそ汁を注文した。みそ汁をすすりながら学生たちを眺めていると、日本に到着した翌日、美智がいろいろな人に紹介してくれたことを思い出した。「日本人って皆同じように見えるでしょう?」と美智は心配そうに言っていた。そんなことありませんとバーバラは言ったものの、実際その通りだった。でも今では、この学生たちを見間違えるなどということはない。淳子はきれいな黒い髪の品のいい顔だち。書道の稽古を毎日しているというので、十一世紀の平安朝だったら、宮廷の女官だったかもしれない。宏子は眼鏡をかけた情熱的な大学院生で、自分のことをマルキストだと言っていた。いつもバーバラを、中国とベトナムの問題の議論に引き込もうとしていた。寿美は元気のいいピンクの頬をしていて、口元にはニキビがある。川端康成の有名な小説「雪国」の舞台になった信州のふもとから来ていた。寿美は言語学者になりたくて、山口先生のアメリカンスラングの語彙収集を手伝っている。

海老とさつま芋とれん根の天ぷらが来た。以前、くるぶしまでもある長い白いエプロンをつけた美智が天ぷらを揚げるのを見たことがある。菊の葉に器用に衣をつけて油に入れると、ぷしゅぷしゅっと音をたてた。

「あなたたちは中本先生に天ぷらを作ってもらったことある?」学生たちに聞いてみた。彼女たちが、ときどき美智の部屋に入っていくのを見かけたからだ。

皆大きく頷いた。「中本先生はとてもお料理が上手でした」と淳子が言った。

バーバラは思い切って聞いてみた。「ずっと気になっていたのだけど、中本先生が亡くなったのって、突然だったでしょう？　亡くなる前に、体の具合が悪かったかどうか、だれか知っている？」

少女たちは顔を見合わせた。

「なぜ聞いたかと言うとね、わたしに残してくれたものがあるの。それがたんすなのよ」

「ええ？　たんす？」口々に驚いた。「たんすをわたしにくださる、と書いた手紙が付いていたの。ご自分が死ぬかもしれないという前兆でもあったのかしら。中本先生が最近医者にかかっていらしたかどうか知らない？」

とたんに学生たちは、興奮してしゃべり始めた。寿美が皆を制した。「あの日の朝、わたしが見つけたんです。いつものように、先生の部屋を片付けようと思って、部屋に入ったんです」

「まあ、何という……」バーバラはその光景を思い浮かべた。布団に横たわって目を開けたまま、でも何も見ていない美智を想像してみた。

「すぐそばに睡眠薬の空瓶があって」寿美が続けた。

「ええっ？　つまり……」

寿美は頷いた。

宏子が突然せきを切ったように日本語で話し始めた。「たまたま最後の一錠を飲んだだけかもしれないじゃない。何でもそう大げさな憶測をするものじゃないわ」

「でも中本先生は、ジェファソン先生に遺書を残しているのよ」淳子が言った。

「遺書にはたんすのことしか書いてなかったのですよね、先生」宏子の視線にバーバラは頷いた。

「中本先生は心臓に痛みがあったのではないかしら。わたしの祖父も同じような状況だったから」宏子が言う。

淳子は箸を置いて、バーバラの方に身を傾けてきた。「以前、中本先生が話してくれたことがあるんです。わたしはあることを中本先生に相談していました。そのとき先生は、年をとっても情熱は変わらないっておっしゃいました。ご自分でもその感情には驚いたって。先生がそんなことをおっしゃるなんて、意外でした。ジェファソン先生やほかのアメリカ人の先生と違って、日本人の先生と生徒って、もっと距離があるでしょう？　中本先生がそんな風に話されるなんて、本当に驚きました。先生のお話は、個人的なことで、しかもまじめな口調でした。先生には人には言えない苦しみがあったのだと思います」

バーバラはぞっとして鳥肌がたった。鞄の中の包み紙を見せれば、謎が解けるかもしれない。この手記を皆に見せた方がいいかしら。

「わたしは淳子さんと全く違う考えだわ」宏子が言う。「情熱というのは、いつもロマンスと結びつくとは限らないわよ。中本先生は、平和問題に関心をもっていたのじゃないかしら。最近、日韓条約に関する意見を記事に書いていらしたから。それにベトナム戦争についても、何度もわたしと話したことがあるのです」

「わたしとは、戦争のことなんか一度も話したことなんかないわ」バーバラが言うと、皆押し黙った。その沈黙の中から、だって先生はアメリカ人だもの、という思いが伝わってきた。

淳子が口を開いた。「宏子さんの考えは違うと思う。わたし、悩みごとを先生に打ち明けていたの。それで、きっと中本先生の個人的な苦しみを刺激したのかもしれない」

宏子は、ご飯を箸でつつきながら言った。「それは見当違いの憶測だわ。きっと心臓発作よ。先生は、それについては何も書き残していらっしゃらないでしょう? 淳子さんが言うように、もし自殺なら、お詫びとか遺書のようなものを残したんじゃないかしら。わたしたち日本人は、書き置きを残さないで、絶対に自殺したりしないわ」

「絶対に?」バーバラは聞いた。

「例外はありますけど。これは日本人の昔からの国民性なんです」

宏子と寿美は日本語で言い合いを始めた。

バーバラは、雪の中を行き交う人々を窓から眺めていた。学生たちが言うこともっともではあるが、だれも確信はないようだった。美智の死の原因をどんなに推測しても、手記のことを話したとしても、所詮はキャンパス内の噂のたねになるだけだろう。学年末試験と大学祭が終わったら、美智の手記を訳してくれる人を都内で見つけよう。しかし無関係な人が読んで、それが新たなトラブルを引き起こすかもしれない。どうしたらいいだろう。こういうことを解決してくれるたった一人の人がいなくなってしまったのだ。

三

美智の死を知った日、バーバラは、母親の誕生日プレゼントを買いに都心に行っていた。三号館に戻って夕食を食べていると、クリーニング屋が洗濯物を届けにきた。そのとき、もう一つ茶色の紙袋を持っていた。「ナカモトセンセー、ノーアンサー」と言って顔を美智の部屋の方に向けた。

太田先生も部屋から出てきて、クリーニング屋と話し始めた。「ああ、そうですか」と彼は大きく息を吸い込んだ。太田先生が代わりに支払いをすると、階段を駆け下りていった。

そのとき太田先生にしては少しだらしのない恰好だったので、人目をはばかってすぐ自分の部屋へ戻るだろうとバーバラは思った。でもそのまま近づいてきたので、バーバラは驚いた。いつもだったらイギリス風に決め込んでいる人だ。彼女は、ケンブリッジ大学の大学院でヘンリー・ジェイムズを研究した。ケンブリッジでは、ツイードを着てイングリッシュ・ティーを飲む習慣を身に付けていたのに、今日は寝巻きの上に木綿の着物をはおり、腰のところで留めている。いつもは白い髪を首筋のところできれいに髷に結っているが、今夜は肩から無造作に垂らしていた。

「あのね、中本先生はもういらっしゃらないのよ」太田先生は言った。

バーバラは動揺し、最初は聞き間違いかと思った。

「中本美智さんはここにはいらっしゃらないのですか?」

太田先生は首を振った。

「美智さんは、引っ越されたのですか?」

「そうじゃないのよ」太田先生は天をあおいだ。

「ご病気?」

「お気の毒に……。亡くなったの」

「亡くなった?」

「そうなの」

「なぜ?　どうして?」

「昨夜眠っているうちに亡くなったみたい。はっきりした理由はわからないんだけど」

太田先生の顔はひきつっているようだった。廊下全体が一瞬闇に包まれたような気がした。「でもわたし、会ったんです、つい……」バーバラは受け取った洗濯物を抱えて、暗い廊下を見まわした。

「辛いわね。中本先生は、あなたのことを気にかけていらっしゃったもの。本当に悲しいわ」太田先生は着物を掻き合わせて、急いで廊下を横切って部屋に戻っていった。

バーバラは美智の部屋の閉じたドアをじっと見つめていた。信じられない。昨日の午後本館から美智と一緒に帰ってきたのに。

バーバラは部屋に駆け込み、窓から美智の部屋の方を見た。三号館の奥にLの字に突き出ている。窓は真っ暗だった。

服も脱がず布団にもぐりこんで、洗濯物のしわになった袋を抱えたまま、体を丸め震えていた。昨日は元気そうだった。教室から一緒に戻るとき、バーバラの英文学の授業のこととか、一月にしては珍しい気候だとか、梅の花のことなど、ごく普通の会話をしたのに。梅がもうすぐ咲くと言っていた。道幅が狭くなると、バーバラが後ろを歩いた。小柄で背筋をぴんと伸ばした美智が、目の前をさっさと歩いていく。彼女のしっかりしたふくらはぎの中心を縦に、ひと昔前のストッキングの縫製線が走っている。その後は、三号館に着くまでしゃべらなかった。

三号館で靴を脱ぐとき、美智は何かためらっているようだったが、すぐ靴箱に入れながら言った。「すみません、ちょっと上田先生に話しがあるものですから」それが、美智を見た最後だった。「このあいだはお節料理をありがとうございました。いつもお気に掛けていただいてありがとうございます」と、後ろから声をかければよかったのに、何も言わなかった。廊下を遠ざかっていく美智のスリッパの音だけが耳に残っている。

起き上がって電気をつけると、むきだしの壁と、半分開いた押し入れのふすまが目に入った。急にいたたまれなくなり、時計を見ると十時半だ。ノースカロライナは早朝である。

爪先立ってそうっと階段を下り、玄関にある電話室から長距離電話を申し込んだ。母親の姿を思い浮かべながら繋がるのを待った。今頃はきっと台所でリモージュのカップを手にしてコーヒーを飲んでいるだろう。ネイビーブルーのバスローブにスリッパを履いて、欠伸をしながら新聞を読んでいるのではないかしら。しかし電話に出た母はすっかり目が覚めているようだった。

「まあ、バーバラ、元気？　今ね、新聞のコラムの書き出しを書いているところなの。ローリー・タイムズのコラムを書いているって言ったかしら？」

「ええ、聞いたわ。すごいわね」

「ジョナサンがわたしに、アジアの想い出を書かないかと言ってくれたのよ。ちょうどフローラ・ルイスが書いていたみたいにね」

「美智さんが亡くなったのよ」

「えっ、何ですって？　誰が？」

「美智さん。とってもお世話になった人なの」

「まあ、バーバラ、どういうこと？　どうして亡くなったの？」

「わからないわ、今知ったところだから。すごいショックよ。だって、とても元気そうだったんだもの」

「信じられないわね」長い沈黙があった。「お気の毒に」

「ここにじっとしていられない。お母さん、こっちへ来てくれない？」バーバラは泣き出した。

「お友だちのことで気が動転してるのよ。大丈夫よ、その方の名前何といったかしら？」

「美智……。中本美智」

「お葬式に着るもの、ちゃんとあるの？」

「まあ、お母さんたら……」

「あのね、バーバラ、現実的なことを考えると平静になれるものよ。そうやってお父さんの理不尽なことも、離婚も乗り切ってきたんだから」

「そう。わかった。でももう切るわね」バーバラは電話を切り、重い脚を引きずり上げるように階段をゆっくり上がっていった。

もう一度布団に入り、クリーニング屋から戻った美智の洗濯物の袋を壁と肩の間に当てがって、うつぶせになった。袋は、硬さも嵩もちょうどよかった。去年日本に来て間もない秋の初めころ、ホームシックになったとき、美智が自分の部屋に招んでくれたことがあった。低いテーブルに並んでついて、梅酒を飲みながら『ガンスモーク』の再放送を見た。マット・ディロンとチェスターがミス・キティのサロンで何やら話していたが、二人の唇の動きと日本語の音声とが合っていなかった。バーバラは、心の中の不安を振り払おうと杯を重ねていくうちに、その甘くて強い酒をほとんど飲んでしまった。

ある晩、バーバラは美智に、母が日本で外国特派員をしていたときの写真を何枚か見せた。美智は写真をテーブルの上に広げた。寺の塔の前や大仏の前で撮った背の高いブロンドの女性の姿を二人で眺めた。母の頭の上にきっちりと結った髷は、バーバラには帽子のように見える。「バーバラさんはお母さまによく似ていらっしゃるわね」美智が語りかけた。

「髪の色が同じだからかもしれません」バーバラは力なく笑った。「ただそれだけです」

美智は写真をまとめてから、もう一度一枚ずつ、鎌倉の大仏、京都の平安神宮、奈良の鹿公園と言いながら、テーブルの上に並べていった。箱根かと思われる写真も一枚あった。寺へ登って行く途中、振り返っている写真である。最後の一枚は、バーバラの母親と日本人女性が、反った屋根瓦の大きな建物の前に立っているものだった。「これはもう見られないのよ」

「どうして?」

「広島の新天座という演芸場だったの」

「広島!」

「そう。でも戦後、再建されなかったわ。あなたのお母さま、どうして広島にいらしたのでしょう? アメリカ人は、あの当時、広島に入れなかったのよ。軍の重要施設があったから」

バーバラは、体を乗り出してその写真を見た。建物全体を入れるために、少し離れたところから撮っているので、母親も着物姿の女性も小さく写っている。「ほかの劇場ということはないでしょうか?」

「いいえ、新天座というのは日本ではかなり知られていたのよ。お母さまは広島について何かお書きになったのかしら」

「さあ……、母に聞いてみます。でも変ですね、広島のことなんか母から一度も聞いたことがありません。ただ真珠湾のことだけは……」

バーバラはしまったと思い、顔が火照《ほて》ってきた。「すみません」咳払いをして、テーブルの上に目を戻した。「わたしが物ごころついて最初の記憶なのですが、あの日わたしはまだ二歳でした。母は台所の窓のところで食器を洗っていたのです。すると外で、だれか叫んでいたんですって」バーバラは口を噤《つぐ》んだ。そのとき母が耳にしたことを、後に聞かされたが、美智には言わなかった。半年のうちに、あの黄色い奴らを叩きのめしてやる、と。「母が泣き出したので、わたし、駆け寄って、服の裾を引っ張ったけど、わたしのことなど気もつかない。まるで時がとまったように思えました。何のことかおわかりでしょう?」バーバラが美智の目を見つめると、美智は頷いた。「母がやっとわたしに気づいても、眼中にないようなうつろな顔でした。きっと、日本の知り合いや、懐かしい場所のことを思い浮かべていたんだと思います。わたしの大切な時代なのよっていつも言っていましたから」

美智はバーバラから目をそらさなかった。バーバラの目はきっと見開いて、まるで別人のようだったにちがいない。

「わたしがこんなことを言うなんて、おこがましいですね」とバーバラが言う。「全然そんなことないわ」美智は目を伏せて弱々しい声で言った。そして写真を一枚ずつ重ね、軽くまとめてバーバラに戻した。「ごめんなさい、ちょっと疲れたようだわ」

バーバラははっとした。「すみません」真珠湾のことなどを言いだすべきではなかった。

美智は戸口のところで、バーバラの腕を軽くたたいて微笑んだ。「いつか、お母さまの行かれたところをご案内しましょうね」

今となっては、もうどこにも連れて行ってもらえない。バーバラは仰向けになった。美智はもういない、もうどこにも一緒に行けない。洗濯物の袋を抱きしめた。

でも少なくとも鎌倉には行った。鎌倉の大仏の思い出がよみがえってきた。あの穏やかな表情、眠そうな眼差し。美智に寄り添って大仏を見上げながら、バーバラは言った。「何だか、こちらに覆いかぶさってくるみたいですね」

「ほんとうね」美智はガイドブックの大仏のところを開いた。その写真は大仏の背後の高台から撮ったものだった。背中と肩が丸くなっていて、頭は僅かに前方に傾いている。「わたし、この写真が一番仏さまの心が顕われていると思う。すべての人の苦しみを背負ってくださっているようで」と美智が言った。

人々は大仏の内側に入るチケットを買っていた。大仏の左膝の下から入れるようになっている。中はひんやりとして暗い。鉄の急な階段を登っていくと、大仏の背中が観音開きになっていて、外が見渡せる。眼下の石造の祭壇からは線香の煙が昇っていた。彼方には鎌倉の丘陵が見渡せる。母もここに立ったのだと感慨深く思いながら、景色を見つめた。手すりを掴んだ自分の手を見つめて、母も同じ手すりの、同じところを触ったのだ、そう思うと胸が詰まって気が遠くなりそうだった。

寺を出て、赤や黄に染まった紅葉並木の道筋を歩いた。

「わたしたちは仏さまの胎内にいたのよ」と美智は言った。

「すごい、なるほどそうですね。何か肉体的に母と繋がっている気がします。ちょうどこの同じ場所に身を置いて、母と同じ体験をしているので、母と一心同体になったような気がします」

「それは面白いわね」美智は立ちどまって、バーバラに目を注いだ。

「母はいつもわたしに自分と同じようになってもらいたかったらしいのです。冒険心があって、なおかつ普通のきちんとした人、たとえば、スーツを着てパールのネックレスをつけて、飛行機の操縦訓練を受けるような近代的な女性に。いつだったか、こんな色褪せたような黄色の髪でなければいいのにって言っていました」そう言ってバーバラは自分の髪の毛をひと束掴んだ。「赤ん坊のとき、病院で取り違えたのではないかと思っていたみたいです」

「お母さまは、あなたのことをわかっていらっしゃらないわね」

「ええ、全然ね」

「もし今のあなたをご覧になれば、喜んでくださるわよ」

「そうでしょうか」美智の真剣な顔と、疲れたような、しかし賢そうな眼を、背の高いバーバラは上から見つめた。

東京へ帰る電車の中では、横長の座席に肩を並べて座った。美智はかなり疲れていて顔色が悪く眼ははれぼったかった。遠い道のりだし暗くなってきたので、列車の揺れに身を任せているうちに美智は眠ってしまった。反対側の窓に映った、真っすぐ前方を見つめている自分と、肩に寄りかかって眠っている美智の姿を思い出す。


葬儀は国分寺近くの村の寺で行われた。低く流れる僧侶の読経のなか、線香の煙る部屋の後ろの方に、バーバラは学生たちと一緒に座った。祭壇の後方の一段高いところに棺が置かれ、祭壇の上には、額に入った美智の大きな写真があり、両側の帯のようなものにはわからない日本語が書いてある。

写真は二、三年前のものだろう、髪の毛の生え際には白いものがない。眼鏡は同じだ。猫の目のように端がつり上がった眼鏡である。顔の作りも猫形だ。額が広く頬骨が張って、顎は細い。厚い唇に、細くていたずらっぽい目。話そうとするとき、頭を少し傾ける癖がある。

喉の奥から嗚咽が込み上げてきて、日本に着いた夜のことが思い出された。わけのわからない世界に放り込まれた、悪夢のような晩だった。空港での人々の声や夜空に点滅するくねくねした文字のネオン。お辞儀ばかりする社会、同じように見える無表情の女性たち。空港からの道のりは果てしなく、隣に座った女性は黙って暗闇のなかを運転している。やっと構内の教員宿舎である三号館に着くと、玄関まで美智が出迎えてくれていた。「お疲れでしょう?」手をとって二階へ案内してくれた。

僧侶の声が止むと人々は順番に立ち上がった。バーバラも立ち上がって、同じように進んでもいいのだろうかと迷った。カソリックの寺院のように、もしかしたら信者しか祭壇に近づけないのかもしれない。これがだれかほかの人の葬儀なら、きっと美智が小声で教えてくれたはずだ。

宏子も淳子も通路に出たので、バーバラも続いた。脚は少しふらついていたが、めまいは治まった。祭壇で香をくべ、棺のところに上った。美智の顔は写真とはまったく違って、小さく黒かった。眉毛は思っていたよりも濃く、額は高かった。猫の目のような眼鏡はきれいにたたまれて、棺の中に納めてあった。

外に出て、寿美や淳子や宏子と並んで立っていると、リック・マッキャン氏がタクシーの方へ向かった。マッキャン氏は、小平女子大学でアメリカの外交政策の授業を受け持っている中年のフルブライト交換教授だ。バーバラに身振りで、タクシーのドアを示したので、バーバラは首を振って「結構です」と口の形だけで言った。

「先生、火葬場まで行かれますか?」淳子がささやいた。

火葬のことなんか誰も教えてくれなかった。またもめまいでふらふらしてきた。「気分がよくないの」生徒たちは小声で話し合っていたが、淳子が「三号館までお送りします」と言う。

「いいえ、大丈夫。どうぞ行ってらっしゃい」

藤沢学長が、車の傍らで二人の年配の女性と、いくらか若い男の人に話しかけているのが見えた。男性は、ほかの人たちから少し離れていた。落ち着いた、かなり貫禄のある表情だった。普通のビジネスマン風のスーツではなく、黒のタートルネックにゆったりした上着を着ていた。バーバラに気づくと目を見開いて、まるで正式に紹介されたかのようにお辞儀をした。そしてそのまま行ってしまった。

「あの人たちは皆、中本先生のご親戚の方たちかしら？」寿美にそうっと聞いてみた。

「藤沢先生が話していらっしゃる女性は、鷹の台で小さな食堂をやっている人で、目の見えない人は、その人の義理のお姉さんです。あの方たちと中本先生は、昔からのお知り合いのようです」

その女性たちをちらっと見ると、一人は杖をついていた。顔が少し上向きで片側に傾いていていて、目のあたりがよく見えない。

「あの男の人は？」

「お二人のどちらかの息子さんのようです。なんでも中本先生の昔の生徒さんだそうです」と寿美が言う。

人込みを縫っていく間、その男性の視線を感じたが、バーバラは目を合わせなかった。

見覚えのない通りに出た。片側には林があり、もう片側には家がならんでいる。表通りに出なくては。

塀の上から瓦葺の木造家屋が何軒かのぞいていて、窓は夕日に赤く輝いている。落ち葉を焚いて風呂を沸かす煙った臭いが漂っていた。美智は火葬されているのだろう。

銭湯や小さな豆腐屋の辺りを走らんばかりに急いでいると、文房具店があった。二つ折りの和紙に、ちりめん状の表紙が付いた和綴のノートを売っていた。赤い表紙のを一冊買い、通りに出る。向こうの方に列車が止まり、乗客を吐き出すや静かに滑り出していった。駅に近づいてみると武蔵小金井だった。国分寺を通り越して、東京方面へ一駅歩いてしまったようだ。

新宿までの切符を買った。大勢の人たちと一緒に列車に詰め込まれていると、ほっとする。吊革につかまって目を閉じたまま列車に揺られているうちに、新宿という駅名が聞こえた。

辺りは次第に暗くなり、もうネオンがついている。繁華街の方に足を向けた。ゴーゴー喫茶の隣の小さな寿司屋はすぐ見つかった。以前、美智に、この寿司屋へ連れてきてもらったことがある。

一番奥の端に座った。以前と同じ席に座って、あの時と同じマグロとアジとタコを注文した。見回してもだれも知っている人はいないので、ビールも飲んだ。

ハンドバッグから手帳を取りだしたとき、そばに男性が座ったので、背を向けて膝の上で書き始めた。

「美智、もっと聞いておけばよかった。結婚していたの？　だって皆、ミスとかミセスとか言わずに、先生とか美智さんと呼んでいたんだもの」

「どこで育ったの、どんな学校に行っていたの、あんなに流暢な英語をどこで学んだの、第二次大戦中はどうしていたの？　あなたのことは知っているつもりだったけど、何も知らなかった。悔やまれてなりません」

四

部屋にもどってみると、朝出たときのままの状態だった。たんすの引き出しは開けっぱなし、包み紙や瓶は畳に散らばったままだ。だれも部屋に入った様子はないのでほっとした。瓶に包み紙を巻きつけ、全部引き出しに戻した。包み紙の外側に記された日付だけが英語で、最も古い年月の文字も黒々とした墨跡から察するに、書かれたのは最近のようだ。バーバラにすぐわかるように、英語で書いてくれたにちがいない。このたんすの置いてあった小さな部屋の中で、美智が筆先を硯の墨につけている様子をバーバラは想像した。どんな気持ちだったのだろう。バーバラが手記を発見したときの驚きを予想しただろうか。また、英語に訳さなければならないもどかしさを考えただろうか。日本語を習ったらと美智からよく言われていたが、年月もかかり、そんなに長く待たせるわけにもいかない。どこかの語学学校にでも行って、翻訳してくれる人を頼もうかしら。手を梅酒の瓶の列に軽く走らせながら、どうしたらいいものかと考えた。

さしあたって、このたんすに相応しい部屋にしようと思い、掃除を始めた。まず台所から手をつけ、たまった食器を洗ったり拭いたりした。ラジオの英語放送は、三十七日間の停戦期間が終わり、ジョンソン大統領が北ベトナムへの爆撃再開を発表していた。日本語のチャンネルに変えると、三味線を掻き鳴らす音と笛の音が流れてきた。洋間の床を掃き、やっかいもののベッドのまわりの埃を払った。ベッドはまだ洋間に斜めに置かれたままだった。机に向かい、書類や雑誌を整理して積み上げた。書きかけの論文の原稿が何本か出てきた。その中には「希望と願望の霊廟――フォークナーの『死の床に横たわって』及び『響きと怒り』における時の形而上学」というのもある。別の山からは、美智と写っている鎌倉の写真などが出てきた。列車の窓から撮った富士山のぼやけた写真もあった。

ほかの写真をパラパラめくっていると、大仏の前に立つ美智と一緒に写った写真が目にとまった。美智は、頭を少し片方に傾けて凛と立っていた。眼鏡の奥の目を細めて微笑んでいる。尖った顎と張った頬骨に笑顔が際立っている。生来の優しさと賢さがにじみ出ている。バーバラは頭一つ分高く、ボタンを外したベージュのコートのポケットに手を突っ込んで、ひとつに編んだ髪は風に吹かれていた。巨大な大仏が背後から静かに二人を見つめている。

その写真を寝室のたんすの上に置いた。明日写真立てを買ってこよう。

六畳間に散らかっている汚れた衣類を拾い集め、床の間に藍色の抹茶茶碗を飾った。寝室の押し入れの中にたまった衣類を引っ張り出したとき、茶色の紙袋に入ったままの美智の洗濯物が床に落ちた。

紐を解いて、紙袋をたたんだ。タオルやシーツの束に、赤と黄色の幅広のリボンが掛けてあった。リボンの端は、つばめの尻尾のようにていねいにカットしてある。リボンを解いて広げてみると、木綿の小さな着物と梅の花の刺繍が施された「おくるみ」が出てきた。両方とも子ども用だ。クリーニング屋は間違えたのかしら。きっと違う人のものを持ってきたのだ。

けれど、その衣類の下に見覚えのある縞のふきんが数枚あった。美智の部屋のテーブルで見た白と紺のリネンのふきんだ。

バーバラは、その洗濯済みのものをゆっくりとたたみ、リボンを結んで、太田先生の部屋に持っていった。

ノックをしてもなかなか返事がないので、諦めようと思っていた矢先に、ドアが開いた。

太田先生が顔を出した。「すみません、旅行鞄の鍵の具合を確かめていたものですから。明日からちょっと米子の姪のところに行こうと思って」

「おじゃましてすみませんが……」

太田先生は、バーバラが手にしているものに目をやった。

「中本先生の洗濯物を開けてみたら、子どもの衣類が出てきたのです」

「ああ、そうですか。どうぞお入りになって」バーバラは、あとについて部屋に入った。

「こたつにどうぞ」太田先生は、こたつに入るようという仕草をした。「これはわたしのライフワークなんです」テーブルの上の、日本語や英語の手書きの原稿を掻き集めて、部屋の隅にある巻き上げ式蓋のついた古めかしい大きな机に移した。「もう定年になったので、もっぱらこれにかかりっきりなの」

「ヘンリー・ジェイムズですか?」バーバラはこたつに足を滑り込ませた。

「そうなの。二十世紀の日本の作家に及ぼしたジェイムズの影響。『畳の下絵』っていうタイトルです」

「ジェイムズの『絨毯の下絵』からとったのですか?」

「その通りよ。今お茶をいれるわね」太田先生は嬉しそうに微笑んで、スリッパの音をたてながら台所へ消えた。

太田先生の部屋には、家具や置物が所狭しと置かれている。イギリス風の飾棚や、仏壇、そしてガラス戸のついた本棚。本棚には、ディケンズやサッカレー、トロロープ等の小説があり、ヘンリー・ジェイムズ関連の本は二段にわたって収められている。ひとつの本棚の一番上の段には英国貴族風の陶器の人形が並んでいる。

太田先生は、銀の盆にバラの模様のティーセットを載せてきた。紅茶を注ぎ、クリームをすすめてくれた。そして砂糖つぼから角砂糖を銀のトングで摘まんでバーバラに聞いた。「おひとつ? おふたつ?」

「あ、いえ、けっこうです」すると太田先生は、ちょっとがっかりした様子だった。「ひとつお願いします」

太田先生は、バーバラのカップに角砂糖をひとつ入れ、自分のにはふたつ入れた。

「学生たちはいかがですか?」

「なかなかいい学生さんたちですわ。頭もいいし、好奇心もあるし」

「小平女子大学の学生は、ほかの大学の学生たちとは違って、遊び半分でなくて、真面目な学生ばかりです」

「わたしもそう思います。あの、太田先生……」

「何か少し召し上がる？　そうしてくだされば、ジェイムズ氏と二人っきりで食事をしなくてすむし」太田先生は再び台所に消えたかと思うと、蓋つきの器がいくつか載った盆を手に戻ってきた。「さ、どうぞ」

「茶碗蒸し！」バーバラは一番小さな茶碗の蓋を取りながら、声を上げた。大好きな和食だ。美智がよく作ってくれた。スプーンですくって食べてみると、シイタケとほうれん草の繊細な風味が口の中に広がった。

太田先生は自分の茶碗蒸しも持ってきた。

「先生のお夕食を取ってしまいましたね！」

「わたし、これで十分よ。茶碗蒸しは消化がいいので、年寄りや子どもに向いているのよ」

バーバラはみそ汁をすすり、焼きナスと焼き魚に箸をすすめ、ごはん粒も残さないようにつまんだ。

「おいしそうに食べてくださって嬉しいわ」太田先生はにこにこしていた。

「米子から戻ってきたら、時々ご飯を食べに来てください。お相手がいるというのはいいものですね。それに中本先生がいらっしゃらなくてお寂しいでしょうから」

「本当にそうです」バーバラは胸が締め付けられるようだった。

しばらくすると、太田先生はこう言った。「中本先生の洗濯物の中身を不思議だと思われるのは当然よね。先生にはお子さんがいらしたの」

「お子さんが？　娘さんがいたとおっしゃるのですか？」

「ええ、そうなんです」太田先生は頷いた。

バーバラは、その衣類を見つめた。リボンをするような小さな娘が美智にいたなんて。年齢が合わない。「ご養女だったんですか?」

「いいえ、ご自分のお腹を痛めた子よ」太田先生は自分のお腹を軽くたたいた。

「でも、それなら美智さんは若かったのですね」娘を産んだときの美智を想像しながら言った。

「そうねえ、娘さんはあなたぐらいの年だったかしら。もしかしたらもう少し若かったかもしれないわ。でももういないの」太田先生が答えた。

「その娘さんがですか?」

太田先生は頷いた。

「亡くなったんですか?」

「ずっと具合が悪くて長い間入院してらしたけど、最後は何かの癌で亡くなったの。去年の夏の初め頃だったかしら」

「美智さんはそんなこと、一度も言わなかった」

二人とも押し黙った。太田先生は茶碗蒸しの蓋をして、スプーンを傍らにそっと置いた。

「それじゃあ中本先生は、結婚していらしたんですか?」

「勿論よ」太田先生はきっぱりと言った。

「それはそうですよね……。ご主人も亡くなったんですか?」

「ええ、ずいぶん前にね。結婚生活はほんとに短かったみたい」

ノックの音がした。上田先生が、お風呂の用意ができたと知らせにきてくれたのだ。

太田先生は、上田先生と話し始めた。「あ、そうですか」上田先生は何回かそう言ってバーバラの方を見た。「中本先生のお嬢さんの衣類をお持ちなんですってね。ちょっと見せていただます?」

クリーニング屋から届いた包みをためらいがちに渡すと、上田先生は包みを開けて、衣類に親指を滑らせた。一枚そうっと引き出して腕に掛け、刺繍の部分を軽く撫でた。「中本先生が、ウメちゃんのために刺繍していらしたのをよく覚えているわ。確かにこれはウメちゃんのものだわ」バーバラを見る上田先生の黒い瞳には、人を寄せつけないものがあった。

「包みは、たまたまあなたのお部屋に届いたんでしょう?」

「バーバラさんは中本先生を慕っていらしたのよね、だからバーバラさんは、大事になさると思うわ」と太田先生が言ってくれた。

「ありがとうございます。もちろんです」バーバラは上田先生の腕からその着物を引き取った。「太田先生、お風呂にお入りになって」上田先生がうながすと、太田先生は会釈をして、二人のそばを足早に抜けていった。

バーバラは自分の部屋に戻ってドアを閉め、上田先生が去っていく音に耳を澄ませていた。遠ざかっていく足音は淋しげだった。自分がこれを全部もらってしまうのも申しわけない気がする。

バーバラは、寝室でウメの着物を袋包みから取りだして、畝のある鮮やかな赤いグログランリボンを指に絡ませながら、美智が娘の髪を優しくとかしている姿を想像した。そしてリボンを元に戻し、これは全部頂いておこうと思った。

おくるみを自分に当てがってみると、腰のあたりまでしかなかった。ウメが幼いときもので、おそらく洗礼のときの晴れ着だったのではないだろうか。指で梅の花の刺繡をなぞってみた。きっと美智は、自分が好きだった花の名前を娘につけたのにちがいない。ウメの死で、将来の希望を失くしてしまったのではないかしら。

丁寧におくるみをたたんだ。突然、静寂が襲ってきた。

一番年代の新しい梅酒を注ぎ、一気に飲んだ。梅酒だんすから、まだ開けてない瓶、バーバラの生まれた年の一九三九年製の瓶を取上げ、封印を剥がし、包み紙を外した。紙には漢字がぎっしり書かれている。美智がこの梅酒を作った頃、バーバラはちょうど母のお腹にいた。あるいはもしかして、もう生まれていたかもしれない。二十時間も苦しんだ、と母からよく聞かされていた。

その二年後、母は男の子を亡くした。死産だったということを、母ではなく父から聞いた。「お母さんは、その後すっかり変わってしまった。何をやっても気分が晴れなかった」

一九六五年の包み紙を広げて、じっくり眺めた。ウメが亡くなった年なので、おそらくこの包み紙にはウメのことが書いてあるのだろう。涙が滲んできて、その涙の中に漢字が一層はっきり浮かんできた。じっと見つめていたら一瞬その漢字が読めるような気がした。

梅酒をもう一杯注いだ。もし自分の母と美智が出会っていれば、きっと美智は、バーバラがここでしっかりやっていると言ってくれただろう。「ご心配なことはわかりますよ、わたしにも娘がいますから」と言ったに違いない。

五

いつもは秋に開催される大学祭が、今年は二月初めに行われる。藤沢学長が、婦人運動の全国大会で議長を務めるために、十月に大学を留守にしたからだった。翌週からは学年末試験をひかえているのに、学生たちは、キャンパスをすっかり模様替えしてしまった。建物には垂れ幕が下がり、のぼりがはためき、中庭には焼き栗、焼き鳥、飲み物などの屋台が設けられた。

英語部では、バーバラも一緒に『夏の夜の夢』の名場面を講堂で演じることになっている。劇の演出をバーバラが受け持つというのに、顧問の土井教授はバーバラに何の相談もせずこの演目を選んで、自分が編纂した台本を使うという。まともな打ち合わせはほとんどなく、郵便物受取室でほんの少しかた苦しいことばを交わしただけだった。「こんな真冬に『夏の夜の夢』をやるなんて、季節はずれではありませんか」とバーバラは言った。学生たちが、イプセンの『人形の家』をやりたがっていたのをバーバラは知っている。「なるほどこの芝居は今の季節に合わないかもしれませんが、本当に五月とか真夏にやるものなのでしょうかね?」土井教授にそう言われても、バーバラはわからないと言うしかない。「でしょう？　われわれ日本人は、冬の掛け軸を夏に掛けたり、夏の軸を冬に掛けたりするんですよ。相対性という感覚が日本人の美意識の中にあるんです」

バーバラはタイタニアに扮するため、楽屋でカビ臭い白のウェディングドレスに着替えてステージに上がり、学生たちがダンボールで作った松の木の下に横たわった。舞台のセットがエリザベス朝というよりは能舞台に近いので、この出し物のポイントはたしかに相対性にあるかもしれない。

舞台の幕がうまく動かず、赤いバスローブと金ぴかの冠を被ったオベロン役の土井教授は、必死になって滑車を操作していた。カーテンの奥から聞こえるブーンという音が、さらに大きくなった。バーバラは、藤沢学長が来ていなければいいがと気が気ではなかった。賓客を大学祭に連れてくると聞いていたので、こんなところを見せたくない。もしかしたら、バーバラが勧めた書道部とか茶道部の方を廻っているのかもしれない。

オープニングのナレーション役の理恵は、すぐ舞台に飛び出せるようにバーバラの傍らに立っていた。ずんぐりとした体に先のとんがった靴と、緑の房のついたオーバーブラウスにとんがり帽を被って、すっかりパックになりきっている。西洋文化に対してあんなに反感を持っていたのに、この変貌ぶりにバーバラは驚いた。学年末レポートにも、「西洋のキリスト教徒は原罪に苦しむが、日本には原罪という考え方はない」と大ざっぱに書いていた。

やっと幕がぎーぎーと音を立てて上がり、がたんと止まった。理恵は舞台の正面にスキップで飛び出し、腕を大きく振り深々とお辞儀をした。「英語部へようこそお越しくださいました。わたくしパックが、真夏のいたずらの世界へご案内いたします。近頃オベロン王はおなごたちとお戯れなので、奥方タイタニアはやきもちをやき、それに王はご立腹。奥方に思い知らせるために、目に惚れ薬を振りかけるようにと、このいたずらパックめにお命じになりました」

理恵は、ステージ上をどたどたとスキップしたあげく、体を折り曲げ荒い息をした。そして背筋をのばして、舞台用の大げさな声でささやいた。「さあて、いよいよタイタニアは、最初に目に入った生き物に恋をしてしまいます。たまたまボトムという牧人が、最近ロバに変えられてしまっていたのです」

突然、客席から大爆笑が起こった。日本的な職人の恰好でロバの耳をくっつけた宏子が、下駄をはいて舞台に現れ、歌いだしたのだ。

バーバラは起き上がって伸びをした。「花のベッドからわたしを呼び覚ますのは、どんな天使?」

バーバラが舞台狭しとボトムを追いかけまわすと、観客は腹を抱えて大笑い。ボトムに気がつくと、はっと息を呑んで大慌てではいずり出した。

「次を少し飛ばしまして、牧人たちが演じます」理恵が言う。

バーバラは大急ぎで、木の下に戻りもう一度眠った。牧人たちや、ピラムスに扮したボトム役の宏子、ティスベー役の千枝子、それに壁役の寿美たちが、面白おかしくパントマイムで、不幸な恋人たちの劇を演じ始めた。実際の英語のセリフでは難しくて、うまく観客に伝わらないからだ。バーバラは目を閉じて、舞台上の動きや観客の反応に耳を澄ませていた。寿美が恋人たちのあいだに手を突き出して邪魔をしたり、着ぐるみのライオンが舞台に飛び上がったり飛び降りたりする度に、笑いの渦が沸き起こる。自害の場面は、厚紙で作った短剣で、歌舞伎さながら、大げさに腹をかき切る儀式のように演じられた。観客は皆、切腹の動作がわかるはずだと理恵は言う。全部理恵のアイディアだ。バーバラは、理恵と言い合いをしたくなかった。今目を固く閉じて横になっていると、美智の空っぽの薬瓶、棺の中の小さな黒ずんだ顔、折りたたまれた眼鏡が目に浮かんだ。

舞台上ではうめき声と同時にどさっという音がして、ぎこちない笑いがあがった。バーバラの心にはまた死の影が浮かんでくる。手で耳を覆うと、笑いがさらに大きくなってきた。自分が何かコミック効果を高めているに違いない。

「さっきは目を覚ますのが早すぎましたよ、奥方。今ですよ」土井教授は大声を出して、魔法の杖でバーバラの額を軽くついた。「タイタニアよ、今宵の出来事はすべて夢の中で起こった」教授はしばらくバーバラを見つめていたが、小さな声で言った。「さあロバだ」

「え？　何ですって？　ああそうだわ……」タイタニアは観客の方を向いて言った。「わたし、ロバか何かに夢中になって追いかけていたような気がするわ」「そら、そこに恋人が寝ているぞ」土井教授はボトムを指差す。

宏子は立ち上がって目をこする。「かつて人間の目が聞いたこともない、人間の耳が見たこともない、人間の手が味わったこともない、人間の舌が考えたこともない、人間の心がしゃべったこともない、前代未聞の夢だったよ、おれが見たのは。これぞ耳よりなボトムの夢だ」

宏子は大げさに手を広げ、「耳ありの底なしボトムの夢ゆえに」

「我らが芝居はここまで！」土井教授が言うと、観客は大喝采。

「ちょっとお待ちください。さあパック登場！」バーバラが理恵を手招きしたが、幕はすでに降りはじめていた。

裏方たちは手違いに気付き、幕を途中まで上げると、バーバラはもっと上げるように身ぶりで指示し、笑いながら理恵と土井教授の手を取り、拍手にお辞儀で応えた。「土井先生、冬の昼下がりの真夏の夜には、どんな戯れごとに出くわすかわかりませんよ。冬といえども日本では春の始まりですけど」

土井教授から何か言われないうちに、バーバラは楽屋に急いだ。やっと終わった。藤沢学長の姿は最前列に無かったので安堵した。

バーバラは着替えをしてから、淳子や寿美と一緒にほかの部の展示を見て回った。華道部を見たあと、ディベートの部屋の前に来た。

小平女子大学でたった一人のアメリカ人の同僚リック・マッキャン先生が、ベトナム戦争についてのディベートのかじ取りをしていた。リックはバーバラに、ディベートを応援してほしいので、あとで立ち寄ってもらいたいと言っていた。理恵は小平女子大学ディベートクラブの部員たちと共にもう壇上に座っている。交流のある慶應大学の男子学生たちがマッキャン氏と対決している一方、小平女子大学生は押し黙っていた。最前列に陣取っている慶應大学の学生の一人が、北ベトナムにおけるアメリカ軍の枯葉作戦の問題について挑んできた。これはどう正当化されるのだろうか。マッキャン氏が助けを求めるようにバーバラの方をちらと見た。バーバラは軽く手を振って後ずさりした。淳子と寿美は素知らぬふりをして廊下を去っていった。バーバラは、ベトナム戦争をどう思うかと二人に聞かれたことがある。そのときは、よくわからないと答えた。美智は反戦論者だったと宏子が言っていたが、美智は本当のところどう考えていたのか、宏子に詳しく聞いてみよう。

書道部の作品を、一点ずつゆっくりと鑑賞した。「中本先生のお書きになった作品はあるんですか」

「いいえ、学生たちの書だけです」淳子が答えた。

「読めたらいいわね」

「書道では、作者の気持ちで字体を変えます。だから書の掛け軸は、日本人にもなかなか難しいのです。先生もお書きになってみたらいかがですか」

「でもまだ漢字がよくわからないんですもの」

「一字ずつ覚えていけばいいではありませんか。書道というのは先入観を持たないで、書きたいように書けばいいのです」

茶道部の部屋の外には列ができていたが、次のグループと一緒に席に入るように案内された。

バーバラは、茶を点てている女性の右側の正客席に座るように言われた。片頰にほくろの目だつ、厳しい表情の女性がいた。もう一人の白髪の女性は、茶碗の縁を白い紙で拭いていた。頭が不安げに傾いているので、どうやら目が見えないらしい。そう言えば、この人たちは美智の葬儀にも参列していた。その隣にいる男性は、短い着物風の上着を身につけ、職人がはくようなゆったりしたズボンをはいて、頭には白い手ぬぐいを巻いている。男性が振り返ってバーバラを見たとき、その黒い落ち着いた眼に、バーバラは見覚えがあった。この二人の女性のどちらかの息子だろうか。バーバラはもったいぶった微笑をうかべ、ゆったりとした動作で茶碗を手に取り、茶を啜った。お点前中はもうその男性に目もくれなかった。終わったあと、男性は廊下でバーバラを待っていた。

「失礼いたします。ぼくは岡田清二といいます。あの劇はとてもよかったですよ」

「まあ、ご覧になったんですね」二人は人々が行き交う廊下の真ん中に立っていた。「失敗ばかりで……、間違いだらけのコメディーですわ」

「とても楽しかったですよ。あなたは際だっていた」顔を見ると、物静かで真面目な表情だった。ほかの男性たちのように、バーバラとむやみに話したがっているようではなかった。

「バーバラ・ジェファソンといいます。中本美智さんの葬儀でお見かけいたしました。ご一緒の方々はお母様と叔母さまですか？」

「ええ、そうです」男性はうなずいた。

彼女は母親がどちらの人か、目の見えない方の人か見える方の人か、尋ねたかった。「わたしは中本先生と親しくしていました。あの方は、あなたの先生だったそうですね」

「かつてはね。ずっと前からの知り合いなんです」

「亡くなってしまってとっても淋しいです。個人的なことも心から話せるたった一人の人だったものですから……」

「ぼく、楽焼を学生たちに教えているんです。こういう陶器ですけど」

「そうですか。作るところを見たことがありません」

「今やっていますから、見に来てください」

「行きたいわ。どこですか？」

「運動場。ほら、あそこです」男性はお辞儀をして、廊下を急いで去っていった。乱れた髪が着物風の上着の襟にかかっている。両手で上着をなおし、傍らの窓の外を一瞥した。振り返りたがっているのがバーバラにもわかり、思わず微笑んだ。

近くにいる淳子と寿美がバーバラに目をやりながら、ぼそぼそと話していた。

「どの展示が一番よかったですか?」と淳子が聞いた。

「全部すばらしかったわ」

「茶道は初めてですか?」寿美はそう言いながら、淳子に微笑んで目配せを送った。

「ええ、そうなの。ずっと体験してみたいと思っていたのよ。母が一九三〇年代に日本にいたとき、楽しかったと言っていたから」

「お母様って、とても好奇心のある方なんですね。すごい」淳子が言う。

二人は昼ご飯を食べに行こうと誘ってくれたが、バーバラは一旦部屋に戻らなければならないと言って断った。髪をとかし口紅を塗りなおしてから、寿美たちの目にふれないように、運動場へ通じる裏の道を急いだ。

用務員たちが、運動場の真ん中でキャンプファイアの準備をしていた。今夜そこで歌ったりフォークダンスをしたりする。周りは大きくぐるりと雪が融けていた。

運動場の隅で、陶芸の実演用の火が小さく燃えている。バーバラは見物人の中に加わった。清二は、灰の中から真っ赤に焼けた塊を取りだして、台の上に置いた。傍らには様々な形の茶碗が並んでいる。

「作ってみますか?」清二が粘土をひと塊渡してくれた。

「最初どうするのかしら?」

「ちょっとやってみましょう」清二は右手で粘土を打ちつけてからこね始めた。バーバラはじっと手元を見つめていた。清二の指はがっしりとしていて、爪には黒い土がこびりついている。粘土を手早く茶碗の形にして、火ばさみを使って火の中に入れ、真っ赤になるまで待った。しばらくして傍らの灰の上に出し、そばの若者に何やら耳打ちすると、若者は清二と交代した。

バーバラが、取り囲んでいる人々の端の方に移動して、出来上がった茶碗を見ていると、清二が近づいてきた。「面白いでしょう?」

「ええ、陶芸って面白いですね。こんなに見事な茶碗って見たことがありませんわ」

「そうですか、よかった。これは今日の茶席で使ったのと同じ抹茶茶碗です。差し上げます」清二は、台の上の黒茶碗を一つ取り上げた。

「まあ、ありがとうございます」お辞儀をすると、二人は目を見合わせて、にっこりした。彼の髪は、明るい光の中で赤みがかって見え、顔には皺も見られるので、思ったよりも年を取っているかもしれない。もらった茶碗は、軽くてもしっかりと手になじむ。「このお茶碗はとてもいいですね。頂けるなんて嬉しいです」

「お知り合いになれてよかった」

「わたしの方こそ」バーバラは突然どぎまぎして、運動場の向こうのこんもりした竹林の方に目を泳がせた。先端の雪が落ちて、竹の緑色が青空に映えている。「美智さんと、昔からお知り合いだとおっしゃいましたわね」

「ええ、子どもの頃からなんです」清二の声は穏やかだった。

「いつか、美智さんのことを一緒にお話ししたいですわ」

「ぼくもそうできたら嬉しいです」しばらく沈黙した後、清二は続けた。「陶芸がお好きなんですね」

「ええ。わたしの郷里に、シーグローブというところがあるんです。よく行きました。そこの陶芸品は、東洋のデザインからの影響を受けたそうです。それでわたしも、日本の陶芸に興味を持つようになりました」

「ああ、それはいいですね。どうぞ工房においでください。立川へ行く途中の鷹の台というところにあります。隣に、うちの家族がやっている小さな食堂があります。そんなに遠くはないので歩いてこられますよ」

「伺いますわ。ありがとうございます」にっこりして言ったが、バーバラの声は少し硬かった。

「今晩キャンプファイアにいらっしゃるなら、地図を書いてきます。さてと、楽焼の方に戻らねば」

バーバラは茶碗を部屋に持って帰り、また校舎に戻った。清二のことや、粘土をこねる手などを思い浮かべながら展示を見て回った。茶室を通り過ぎるとき、目の見えない女性が頭はまだ傾けたまま、微動だにせず座っているのが見えた。茶道具を片づけているもう一人の女性に鋭い目差しを投げかけられ、バーバラは思わずお辞儀をして、急いで立ち去った。

その晩バーバラがキャンプファイアに行くと、黒のタートルネックとジャケットに着替えた清二から、日本語の小さな名刺をもらった。「これ、どうぞ。裏に家の地図が書いてあります。近々来られますか?」

「そうですね、今度の週末あたりはどうでしょうか?」

「お待ちしています」清二はお辞儀をすると、踵を返し、運動場を足早に去っていった。

六

数日前に降った雨で、雪はあとかたもなく溶けてしまった。土曜日の朝、玉川上水のほとりを通って清二の家へ出かけた。水嵩が増して土手のすぐ下まできていた。川沿いの木々の芽が膨らんで、細い枝は、遠くから見ると僅かに赤みがかった霧に包まれているようだ。

バーバラは、ぬかるんだ道を気をつけながら歩いた。林の中は何の気配もない。小鳥一羽いない。聞こえるのは自分の足音と息遣いだけだ。

黒い学生服の男の子が、自転車で勢いよく通り過ぎた拍子に泥が跳ねた。「スミマセン」振り返りざまに声をかけこちらを見たが、目の前の木々を避けながら走り去った。バーバラは、ストッキングとさくら色の絹のワンピースについた泥はねを眺めた。薄墨桜の風呂敷包みにも茶色の跳ねがかかっている。包みの中には、岡田家へ持っていくクッキーが入っている。

冷たい空気を吸うと、落ち葉の匂いと冬の花木の微かな香りがした。清二は、多少の泥はねなんか気付かないだろう。

ずっと向こうを先ほどの男の子が遠ざかっていく姿が目に入り、自転車の泥除けがきらりと光った。自転車は、行く手の女性を追い越し、カーブを曲がるとやがて見えなくなった。バーバラは、目を凝らして女性を見た。髪は短く、背丈は小さいがしゃきっとした姿。黒いコートを着て、グレーの風呂敷包みを抱えている。ここから見ると、驚くほど美智に似ている。美智も、きっとこの道を通って岡田家を訪ねたのだわ。バーバラは、足早に歩く女性に後れをとるまいと歩調を合わせた。美智と最後に三号館へ一緒に帰ったときも、ちょうどこんな感じだった。女性の顔を確かめようとして、足を速めた。前方を行く女性の姿から目を離さずに、ぬかるんだ道を滑りそうになりながら、走らんばかりだった。やっと追いつきそうになったとき、女性は国分寺へ通じる大きな通りに差しかかり、迷わずその通りに足を踏み出した。バーバラはもう少しで追いつきそうだったが、バスが目の前に停まり、発車したあとは、女性の姿が消えていた。

バーバラは、両方向からの車や人の流れを茫然と眺めた。もちろんあの女性は美智ではなかったが、心の中には穴が開いたような気がした。

通りの向こうの林は、さらに暗く深い静寂に包まれている。ポケットから清二の書いてくれた地図を取り出し、確かめた。流れに沿って鷹の台の方へ続く小径があり、その先は立川方面へと延びている。きっとこの道だわ。

屋根の張り出した小さな木造の神社のそばを通った。入口には赤い鳥居があり、二本の柱の上に、先が少し弓なりになった梁が乗っている。神社の前には、耳をそばだてるようにこちらを見ている石造のきつねが二体ある。風雨にさらされくすんだ灰色のきつねには、黒ずんだ苔が斑点のようについている。右側のきつねは、片方の目に苔がついていて、もう一体のきつねは、鼻の一部が欠けているせいか嘲笑っているような表情だ。

バーバラは先を急いだ。きつねの守り神があるので、あれは稲荷神社だろう。以前淳子と行った都内のデパートの屋上にも赤い鳥居の稲荷神社があった。淳子によると、きつねというのはお稲荷さんのお使いとも、あるいは稲荷神自身だとも信じられているそうだ。きつねには赤いよだれ掛けが掛かり、小さなコップや皿には酒と油揚げが供えられていて、手入れが行き届いていた。

緑の木々の間をざわざわと風が流れ、細い枝が上下に揺れている。このきつねと小径を見ていると、掛け軸のきつね女が肩越しに振り返っている絵と重なって、不安な気持ちになってくる。子どもの頃は、その女の表情が怖かった。きつねに、どこか遠いところへ連れていかれてしまうような気がしていた。ところがどうだろう、実際にこんなに遠い日本にまで来てしまったではないか。

前方に冬小麦の畑が広がった。その先には道が続き、藁葺き屋根の農家が二軒見える。少し坂になっている小径を上ると、林が途切れるあたりから空き地になった。眼下には店が数軒と住宅が連なり、屋根瓦に陽が当たって光っている。村のはずれの赤茶けた土地に小麦畑がパッチワーク状に点在し、真中に道路が通っていた。ずっとかなたの地平線上には、太陽をきらきらと反射している丸い鉄骨のビル群と、飛行機の巨大な格納庫がある。立川の空軍基地だろう。白い尾を引いた飛行機が一機、金属音とともに飛び立った。

バーバラは、緩やかな丘を降りたところでまた地図を取りだした。行く手に豆腐屋と銭湯がある。鬼ごっこをしていた小さな子どもが、叫んだ。「ハロー、アメリカさん」バーバラも微笑み、「ハロー」

と言いながら手を振って答える。すると子供たちはキャッキャと笑って散っていった。

八百屋の店先には、果物や野菜、それに魚の干物が入った木箱が置いてある。白菜をぶら下げたおばさんが驚いた顔でバーバラを見上げた。さらに店が二、三軒と公衆電話がある。安っぽいスーツを着た若者が体をゆすって電話でしゃべりながら、目でバーバラを追ってきた。

次の角には小さな食堂があり、入り口には藍染めの暖簾が掛かっていた。手書きの地図には「岡田食堂」と書いてあり、矢印と星印に加え、「入口」と書き添えてある。ここに違いない。窓に目をやると、招き猫が見える。バーバラは暖簾を分けて、中に入った。テーブルが五、六卓あるだけの小さな食堂だ。「いらっしゃいませ」着物を着た店員が、にこやかにテーブルの方を示した。

「岡田清二さんは？」「そこのドアの外です」店員は建物の裏の方を指差した。

バーバラはお辞儀をして、首をちぢめて暖簾をくぐり、食堂の外側へ回った。裏は、土がむき出しの中庭になっていて、両側に細長い小屋があった。左側の建物の入り口から中を覗くと長テーブルの上に粘土で作った壺が見える。建物の外側には大きな木箱がいくつも置いてある。

小屋を一つずつ覗いていった。さっきの店員が窓越しにこちらを窺っている。清二を呼ぼうか、それとも捜しに行こうかと迷っている様子だった。

突然、清二が重そうなバケツを持って右側の建物から現れた。バーバラに気が付かず、疲れた憂鬱そうな顔だった。バーバラに気づくとぱっと清二の顔が輝き、驚きの声が上がった。ゆっくりとバケツを置いて髪を片手で掻きあげ、にこにこしながら近づいてきた。黒い厚手のセーターとゆったりしたズボンに黒のゴム長を履いて、額と片頬には渇いた土がこびりついている。バーバラの前に立ってお辞儀をした。「よく来てくださいました」清二にじっと見つめられて、気持ちがほぐれてきた。「どうも。これお母さまと叔母さまにどうぞ」

不器用に風呂敷包みをほどいて、クッキーの缶を取りだした。

「ありがとうございます。母も叔母も喜びます。本当によく来てくださいました。いきなり陽が差してきたような感じです」

「わたしも嬉しいです」バーバラはにっこりした。

「どうぞこちらへ、工房をご案内します」

清二の後ろについて工房に入った。土の臭いが鼻をつく。明かりは、入り口と汚れた窓から入るだけで、目が暗がりに慣れるのにしばらくかかった。

入口の近くにはろくろがあり、部屋の奥行いっぱいに並んだテーブルの上には、釉薬のかかったもの、かかっていないものが所狭しと置いてある。光沢のある焼きあがった湯呑や茶碗、大皿がずらりと並んでいる方へ案内してくれた。「ここにあるのは全部完成品です」ほとんどの製品は、茶色がまだらに入っていたり、金色の斑点のある黒褐色のものばかりだった。バーバラは、黒茶碗の口にそっと触ってみた。赤を勢いよく掃いた大きな黒い壺にも手を触れた。「見事だわ」「なかなかいいお見立てですね。これは日本の陶芸界の第一人者、浜田氏の作品です」

「まあ、そうですか、あの益子焼の？　写真で作品を見たことがあります」

「益子焼をご存じなんですね」

「本で見ただけです」

「浜田先生の工房で修業できることになって、ぼくは幸運です」

でき具合のいい黒茶碗を手にして、これは清二の作品だろうかと思った。「浜田先生につかれるということは、あちらに越されるのですか?」外に出してある木箱は全部引っ越しのためかもしれない。

「あちらに引っ越せればいいのですが、母の面倒を看なくてはならないので、ここにいます。母は目が見えないので、ぼくを頼りにしているんです」

「大変ですね」

彼は頷いた。バーバラはもっと聞きたかったが、清二の表情はすでに固く閉じていた。

この人は少なくとも三十歳にはなっているだろう。「ご結婚は?」母親の目が見えないからといって結婚できないわけではない。奥さんが世話をすることだってできる。

「いいえ」無愛想に言うと、急に向こうを向き、テーブルの端の方にある茶碗を並べ換え始めた。

「こればかりは、縁がありません」清二はバーバラに目を向けた。「そんなに不躾なことをおっしゃるとは。いいですか、覚悟してください。ぼくも同じように不躾にお聞きすることにしますよ」清二の眼差しは優しかった。

「いいですよ、どうぞ聞いてください、今度はあなたの番です」微笑み返した。

「アメリカにボーイフレンドがいますか?」

「いいえ」

「ああ、よかった」清二は無遠慮に笑った。

「そうね」バーバラは咳払いをして、手に持った黒茶碗を置き、金色の刷毛目のある褐色の茶碗を取り上げた。すべすべして手に心地よい重みを感じる。

「それ、お気に召しましたか？　どうぞ。差し上げます」

「でもう、すばらしいのを頂いているわ」

「この方が、楽焼より趣きがあります。この茶碗でお茶を一服点てましょうか？」

「まあ嬉しい。お願いします」

隣のテーブルには、戦士の胸像や馬、赤ん坊をおぶった女性の素焼きの像があった。

「これは埴輪です。ご存知ですか、埴輪って？」

バーバラは首を振った。「古代の風習なんです。益子の陶器祭りのために作ったんですけどね。これ、ぼくが書いた説明文です。どうでしょうか？」

バーバラは、明るい方へかざした。片面は日本語で、裏側は英語で書かれている。

「『埴輪、土偶の歴史。およそ千七百年前、倭彦命尊《やまとひこのみこと》が亡くなったとき、家臣たちは、生きたまま墓に埋められました。筆舌に尽くしがたい痛ましい声が、昼となく夜となく聞こえたそうです。主君と共に生き埋めになるという風習は、当時よく行われていたということです。やがて野見宿祢《のみのすくね》が埴輪というものを考えました。皇后が亡くなったとき、人間の代わりになるような人型や馬を土で作り、一緒に埋めました。この埴輪の材料は、古代の土人形の土とほぼ同じです。長年の研究の結果、今日同じようなものを作ることができました。古代美術に関心のある人たちから、高く評価されています。贈答品としても、また装飾品としてもご満足いただけると思います』」

バーバラが読み終えるのを待って、清二は心配そうに言った。「ぼくの英語は間違っていませんか」

「いいえ、見事です」

「もう少しいい英語にするには、どうしたらいいですか？」

「少し直せばいいです。ほんの少し修正するだけで」

「直していただけたら嬉しいのですが」

「喜んで。代わりに日本語を教えていただけませんか」

「ええ、もちろん。ちょうどいい交換教授ですね」清二は腕を組んで、ほほ笑んだ。「きっとあなたは熱心に取り組むでしょうね」

「実をいうと、わたしにも訳したいものがあるんです」バーバラは、ゆっくり切り出した。二人で六畳間のこたつに入って、梅酒を飲みながら美智の書いたものを見ている場面を想像してみた。清二が訳してくれれば、言うことはない。美智をよく知っているばかりでなく、大学関係者ではないので、あの包み紙に書いてある内容が知れ渡ることはないだろう。「美智さんが書いたもののことなんですけど……」

清二の微笑みが消えた。「中本先生が？」

「ええ」

「それは何ですか？」

「日記か自分の生い立ちのようなものだと思うのですが。梅酒の瓶を容れていらしたたんすをご存じですか？」

清二は驚いて一瞬遠くを見つめた。「梅酒のたんす？」視線を戻した。「ええ、それなら知っています。どうしてそれをご存じなんですか？」

「亡くなったとき、わたしに遺してくださったのです」

「あなたに？」

「そうです。梅酒の瓶には全部紙が巻きつけてあって、紙の内側には何かが書いてあるのです」

バーバラの話が途切れると、清二は顔をくもらせて、地面に目を落とした。

「その手記の翻訳を手伝っていただけませんか？　幸い美智さんのこともよくご存じだし……」声がだんだん小さくなっていった。

「美智さんは、その手記を内密にしておけると思って、あなたに遺したのではないでしょうか。あなたは日本語が読めませんからね」と言って清二はバーバラを見上げた。

「でも、もし誰にも読まれたくなければ、燃やしたと思いませんか？」

清二の顔は一層険しくなった。そうではないと言おうとしていた。

「最初、わたしの学生か語学学校の学生にでも頼もうと思っていましたが、よく知らない人より知っているあなたに読んでもらった方がいいと思って」

清二は片手を激しく振った。「語学学校なんて。学生もだめです。ぼくが訳します」と言って小屋を出て行った。

バーバラも清二のあとを追って、庭に出た。「怒らせるつもりなどなかったのに、すみません」

清二は突然振り返り、二人はじっと見つめ合った。

「すみません、失礼しました。喜んで手記を読みます」

「本当に？」

「ええ。まずお茶でも一服いかがですか？」

「いただきます」

　バーバラは、庭の奥にある木戸の方へ行く清二についていった。中庭に続く、高い竹垣を通り過ぎた辺りに、引き戸が開いたままの平屋があった。中を見ると、日の当たった畳と机の端が見えた。中庭のもう一方の端には、茅葺屋根の小さな小屋のようなものがあった。庭に敷き詰められた砂利には、きれいに掃き目がついていて、盆栽が置いてある。池には枯葉が浮いていた。

「茶室にご案内する前に、差し上げたいものがあるので少しここでお待ちください」清二は、小さい方の家屋を顎で示してから、大股で母屋に走っていった。母屋の玄関で長靴を脱ぐと、中に消えた。

　バーバラは自分が外国人なので、美智の手紙のことを順を追ってうまく話すことができなかったのではないかと思った。聞きたいことを聞ける人がいない。日本のしきたりを教えてくれる人は、美智しかいなかった。以前、バーバラが美智のところに大きな花束を持っていったときのことを思い出した。美智はやさしく、こんなにたくさんの花ではなく、三本か五本がいい、四本はいけない、四という発音は死という音と同じだからだと教えてくれた。今回は美智がいないというだけで、バーバラは一瞬どうしていいかわからなかったのだ。石畳を踏んで近づいてくる足音に、われに返り振り向くと、清二が頭を心持ち後ろに反らせてやってきた。彼は顔を洗い、髪を撫でつけていた。腕に掛けた藍色の上着をバーバラに差し出した。「茶室は寒いので、これを着て下さい」

　裏に白と紺の模様のある絹の羽織だった。清二は抹茶茶碗を手にして、バーバラが羽織をはおるのを見ていた。温かくやわらかな羽織をしっかりと掻き合わせた。「お気遣いありがとうございます」清二に見られているのを意識しながら、バーバラは、羽織の衿から長い髪の毛を引き抜いて振った。

「さあ、こちらへ」庭の曲がりくねった通り道を伝い、茶室の向こう側へと案内してくれた。

茶室の前庭は苔に蔽われ、荒々しく曲がった節くれだった松の木が一本あった。その根元には、子どもをおぶった女性の大ぶりの埴輪が置いてある。茶室の入り口に続く敷石を伝って、踏み石に足を掛けたとき、二人の腕がわずかに触れ、清二の袖口がバーバラの絹の羽織をこするかすかな音がした。清二は素早く離れて、左側の小さな茶室を指差した。「ここは水屋で、こちらが茶室です。謙虚な気持ちで入るために、入口が低いのです」清二が身をかがめて中に入ったので、バーバラも清二に触れないように気をつけて、あとに続いた。

中は畳敷きの小さな部屋で、座布団が二枚おいてある。瓢形の火鉢には炭がおこり、鉄瓶が掛かっていた。左側の壁は床の間になっていて、片側の床柱は皮を剥いで磨かれた木材でできている。床の間には三個の青い組み石が置かれ、霧に包まれた山の墨絵の掛け軸が掛っていた。

清二は、座布団を床の間に向けて置き、ほほ笑んだ。「お茶の準備をしてきますので、どうぞお楽にしていてください」

清二が水屋に入ったあと、バーバラは床の間をじっと見つめながら、水屋の中の動きに耳を澄ませていた。美智もここに座って、この同じ掛け軸や青い石を眺めたのだろうか。

清二は入り口でひょいと首を縮めて、お盆にのせた茶道具を慎重に運んできた。バーバラの方を向いて膝を折り、抹茶をそうっと掬い、湯を注ぎ、茶筅を振った。

「どうぞ」抹茶を勧めてくれた。

緑の泡が点っている抹茶は、青菜のピューレのようだった。一口啜って茶碗の端から清二を見ると、彼はかしこまって見つめ返した。「結構です」バーバラは、短く応えた。

「それではお茶碗を二回左に回して、名残惜しそうに下に置いてください。愛しむようにして」

「抹茶は大好きです」バーバラは畳の上に茶碗を置いた。清二は自分用の茶も点てて、静かに飲んだ。

バーバラが茶碗を置いたとき、清二にじっと見つめられているのに気がついて、腕から胸にかけて、ぞくぞくするような昂ぶりを感じた。日本人はめったにキスをしないということを聞いているが本当かしらと思いながら、清二の唇を見つめた。

「中本先生とは親しかったのですか?」清二が口を開いた。「中本先生は、わたしがこちらで出会ったたった一人の心を許せる人でした」とバーバラは答えた。

「先生は個人的なことまでお話しになったのでしょうか?」清二の口調は何気なかった。

バーバラは少しためらいながら訊ねた。「ウメちゃんってご存知でしょうか?」

「ええ」清二はバーバラから目を反らせ、茶碗の縁を白い紙で拭った。「小さい頃、凧を揚げるのが好きで、野原で楽しそうに凧を揚げていました」

清二は茶道具をお盆に戻した。「お菓子も出さずに申し訳ありませんでした。またおいで下さい。今度はもっとおいしいお茶を点てます。今日はお粗末さまでした」

「いいえ、そんなことありません。また伺います」

「では、明日の午後はいかがでしょうか?」

「ええ、大丈夫です」バーバラは驚いて言った。

「そのとき、中本先生の手記をお持ちください。お預かりして翻訳をします」清二は頭を下げた。

「ということは、手記をここに置いていくんですか？」

「英語の力があまりないので、時間が多少かかるかと」

「でも、わたしもお手伝いします。一緒にやりましょう、辞書を持ってきますから。内容を言ってくだされば、わたしが書きますが、いかがでしょう？」

「いいですよ。でもそんなに簡単な内容ではないと思います」清二は水屋に戻ると、桐箱とバーバラの風呂敷を持ってきた。清二の手を見ると、随分優しい指だ。その指で茶碗を布でくるみ、箱に入れて茶色の紐で結んだ。

バーバラは、お辞儀をしてそれをありがたく受け取った。立ち上がるときに膝がぽきっと鳴った。

二人は門まで黙って歩いた。清二が翻訳のことをどう理解したのか、毎回手記を一通ずつ持ってきて、その都度持ち帰るということを理解してくれたかどうか、バーバラにははっきりしない。

門まできたところでバーバラは、口を開いた。「明日、わたしの宿舎に来ていただけませんか、たんすをお見せしたいし、瓶に巻いてある手記がどれくらいあるか、見ていただけますから。梅酒はお飲みになりますか？」

「たぶんそのうちに、叔母か母と一緒に伺った方がいいですね。ぼく一人であなたの所に伺うことはできませんよ。ロミオのように、暗闇で梯子を昇っていくのなら別ですが」清二はにっこりした。

バーバラも笑ったが、顔が火照った。

「では、明日三時においでいただけますか？」突然真顔になって清二が聞いた。

「ええ、三時にまいります」

清二の家を出て、かなり遠くまで来てから、まだ羽織を着たままなのに気がついた。振り返ったが、門はもう閉まっている。明日返そうと思いながら、八百屋や公衆電話やそば屋を通り過ぎた。来たときよりもっとじろじろと人に見られているように感じた。林の方へ続く小径に出たとき、自分がどんなふうに見えるか想像した。長いブロンドの髪を羽織の上に垂らして、ちょうどきつね女が林の中へ消えて行くように見えるに違いない。

七

翌日、バーバラは朝からそわそわしていた。どの手記を持っていこうか、どうやって持っていこうか、何を着ていこうかとあれこれ考えているうちに、時間が経ってしまったので、タクシーを頼んだ。

清二は、家の前の通りに出て待っていてくれた。バーバラは昨日うっかり羽織を着たまま帰った上に、今日も遅れたので申し訳なく思っていたが、清二を見たとたんに、その気持ちはすっかりどこかへ飛んでしまった。清二はバーバラから受け取った羽織を腕に掛けて、門を開けてくれた。

「こんにちは」バーバラの声は少しはずんでいた。

「いらっしゃい」清二も嬉しそうにほほ笑んでいる。

「どうぞ、こちらへ」清二は頭をさげて、母屋の横を抜け庭へと案内してくれた。バーバラを迎えるためか、きちんとした服装をしている。きれいに磨いた靴に黒いズボン、白いシャツと格子縞のベスト姿だ。

二人は、中庭の通い路に沿って小さな池の傍らを通り、茶室の脇にまわり込んだ。まるで浅瀬を渡っているように、青々とした苔の中に置かれた敷石を伝っていった。昨日よりはゆったりとした気持ちで、茶室の踏み石を踏んだ。

「どうぞお入りください。お茶の支度をしてまいります」

低い入口から身を屈めて入ると、しっとりとした空気に包まれた。炭火にかかっている鉄瓶から湯気があがり、かすかに香が漂っている。真ん中の座り机の上には、和英辞書、レポート用紙が二冊と、ペンが二本きちんと並べてある。バーバラは入口を向いて座布団に座った。机の斜め向かいには座布団がもう一枚あり、二人の座が隣り合うように設えてある。

清二は和菓子を二つ運んでくると、炉の傍らに座って抹茶を点てた。静かに菓子を食べ、薄茶を飲んだ。時々、「おいしい、デリシャス」ということばと、「おそれいります」というかしこまったことばが交わされるだけだった。清二は落ち着かない様子で、あまり目を合わせない。部屋の中を見回すと、床の間には掛け軸と石が飾ってある。にじり口からは松の枝が見え、まさに一幅の絵だった。これこそ美智が説明してくれた落ち着いた気品、つまりしぶみという日本の美意識というものだろう。

水屋で清二が茶道具の後始末をしているあいだに、バーバラは風呂敷包みから、一九六五年の瓶の包み紙を取り出した。最初、一九六四年と一九六三年のものも持ってこようと思ったが、思いとどまった。もし一通しか翻訳する時間がなければ、手記をここに置いていくかどうかで揉めることもない。落ち着かないまま、丸めて紐で結んでおいた包み紙を机の上に置き、新しい和綴じのノートを取りだした。訳を書こうと思って買っておいた和紙のノートだ。これでようやく、美智が書いた内容がわかりそうだ。

清二が戻ってきた。「一通しか持ってきませんでした。一番新しいものです。この手記から始めるのはどうでしょう」とバーバラは言った。

「そうですか」清二の顔に少し不満そうなかげがよぎった。

清二は紐を丁寧に外し、丸まった手記を机の上で伸ばすと、ズボンのポケットから取り出した二つの小さな黒い石で、紙の左右を押さえた。そしてベストの下に着込んだシャツのポケットから取り出した眼鏡を掛け、手記の上に身を屈めた。

あまり長い間黙りこくっていたので、難しい漢字に手こずっているのではないかとバーバラは思いはじめた。しかし清二の目が動かない。下を向いて手記をじっと見つめている。

バーバラは咳払いをして、座布団の上で座りなおした。

「中本先生は、娘さんのことを書いていますね」清二はやっと口を開くと、眼鏡を外して机の上に置いた。「ご存知かと思いますが、娘のウメちゃんは普通の状態ではありませんでした」

「ええ、そのようですね、癌だったのでしょう？　太田先生がおっしゃっていました」

「ええ、でもその前に……」清二が辞書を開いて、一つの単語を指差した。

「小頭症？　どういう意味ですか？」バーバラは顔をしかめてその定義を読んだ。「小さい頭」

「そうです。でもウメちゃんの頭は、実際は普通の大きさでした。小頭症は知能障害を伴うことが多いのです。亡くなった時は十九歳でしたが、五、六歳の知能でした」辞書を閉じ、机の傍らに置いた。

「お気の毒なことでしたね」

「でもその原因はおわかりですか？」清二は、バーバラをまっすぐ見た。

「いいえ」

「中本先生は、原子爆弾が投下されたとき、広島に住んでいて、ウメちゃんがお腹にいました。ウメちゃんは、胎内被曝で生まれたのです」清二はお腹の辺りに手をやった。

「知らなかったわ」バーバラの声はかすれていた。テレビで見た、あの不気味で巨大なキノコ雲が、ゆっくりと広がっていく場面を思い浮かべた。そう言えばあのとき、美智は広島で撮った母の写真をじっと見ていた。

清二は眼鏡を掛け直した。「さあ訳します。一九六六年一月一日」

「でもそれって、一九六五年の瓶でしょう?」

「そうです。梅酒は一九六五年に作られたので、前年のことを次のお正月に書いたようです。こう書いてあります。《夜遅く静かな家の中で書き初めをしました》書き初めというのは、われわれ日本人の古い慣わしです」と言って、さらに続けた。「《窓の外は墨を流したように真っ暗。この暗闇にどっぷりと筆を浸すことができるなら、何と書こうかしら。娘が生きていてわたしの文が読めるのなら、わたしはこう書くでしょう。母親でいるのはむずかしいと。娘はいつもしくじってばかりいますから》」

バーバラは胸が痛んだ。美智はウメに宛てて書いているのだわ。

バーバラは一番上の部分を指差した。「今、ここの部分を読んでいるんですか?」あとから思いついて書き足されたように見える。

「いいえ、そこは天気のことだけです。その日は穏やかとかなんとか。おわかりのように、この手記はウメちゃんに関することで、家族のことをウメちゃんに言っておきたかったのでしょう。次です。《今年一九六六年は、丙午《ひのえうま》です。わたしの母は前の丙午、つまり六〇年前に生まれました。丙午生まれの女は災いをもたらすという迷信があります。母に関してはまさにその通りでした。母親という立場にうまく馴染めず、悩んでいました。わたしに対して母は冷淡だったので、いつもわたしの心は傷ついていました。でも二度にわたってわたしを生かしてくれたのも事実です》」

バーバラが書きとることができるように、清二は待ってくれた。「二度目に生かしてくれたということに関しては何と書いてあるのですか?」美智が生きていたら、直接聞けたはずだ。

彼は首を振った。「娘さんのことを書きつづっています。《ウメは五ヶ月前の七月十二日に、白血病で逝きました。毎日娘のことを思い出し、よく夢を見ます》」

バーバラは黙って書きとっていた。薄い紙の上にペンの走る音が聞こえる。清二を見上げると目を閉じていた。

「大丈夫ですか?」バーバラは思わず声をかけた。

「え? ええ、すみません」また続きのところから訳し始めた。「次に、中本先生は医者から宣告されていたにも関わらず、ショックが大きかったことを書いています。《枕の上の顔を見たとき、この子が生きるはずだった本当の人生はどこにいったのだろうと、不憫でなりませんでした》」

清二はそのページに目を落とした。二本の指が、紙の上のすべすべした黒い石にそっと触っていた。

バーバラは清二の手に自分の手を重ねたかった。

清二は、バーバラを見上げて言った。「こんなことを言って失礼かもしれませんが、中本先生がなぜこの手記をあなたに残したのかわかりません。何かの間違いではないかと思えるのです」

二人の視線がぶつかった。「確かにわたしに託してくれたんです。わたしにくれるという手紙がたんすにテープで止めてあったので、間違いなんかじゃありません。わたしたちには通じあえるものがあったのです」

「その手紙を見せていただけませんか？　それとたんすの中にある手記も全部、たんすごと」

「お一人でわたしの部屋に来るのは、気が咎めるのでしょう？　ずいぶんお気に障るようなので、何ならだれかほかの人に翻訳を頼みましょうか？」

「だめです、いいですか、ぼくしかいないのです」と片手で胸を叩いた。「このぼくしか。約束してください」

バーバラは清二の激しさに驚いた。「わかりました。でも全部隅々まで訳してくださいね」念を押してそのページの上部のところを指差した。

「さっき言ったように、ここは殆ど天気のことです。《今日は暖か。霧深し。梅林を見に行きました。今年は随分早く芽が出ています。このままでは霜で梅の香りがなくなってしまうのではないかしら。そういえば思い出すことがあります。盲目の按摩さん……》この意味は」――清二は辞書を引く――「マッサージをする人……《盲目の按摩さんが、母の梅の花のかすかな香りに誘われて、広島のわが家へやってきました》」

バーバラは、ぎっしり書いてある漢字を見ようと身を乗り出した。「それで全部ですか？」もっと長いように見えたからだ。「本当に？」

「はい、全部です」清二はタバコに火をつけ、本筋に戻った。「中本先生は、ウメが最後に外出した日の思い出を書いています。去年の五月の土曜日のことです。《病院から連れ出したとき気がついたのですが、ウメは肉付きがよくなっていました。病気だから痩せているはずだと思っていたので、ふっくらしていることに希望があるように思えました。でも看護婦さんは、薬のせいだと言います。ウメはセーターもスカートもきつくなって、髪の毛はずいぶん抜けてしまいました。身を切られる思いでした》」清二はここでちょっと中断した。「《病気なのに女らしいふくよかな体に宿っている子どもの心、精神状態……を思うと心が痛みます》」バーバラには、大人なのに子どもっぽいウメの顔が想像できた。美智の猫のような顔の小型版が、太った体の上に乗っていて、胸とお腹が膨らんでいる姿を想像した。

「《二人で明治神宮のアヤメの花を見に行きました。ウメは無数のアヤメが川のように長くうねるように植えられているのを覚えていたのです。とても喜んでいました。アヤメの川!と言ってほとりを不恰好に走っていました》」

清二はバーバラが書きとめるのを待って、さらに続けた。

「《ウメはお出かけに、巻きずしとサクランボの砂糖漬けを持っていくのが好きでした。お弁当を広げていたすきに、ウメがちぎったアヤメの花をスカートに入れて持ってきたので、厳しく叱りました。こんな些細なことでウメを叱りつけて、最後のお出かけを台無しにしてしまったことを、今では後悔しています。ウメがしゃがみ込んで泣き出したので、思わず胸に抱きしめてやりました。そのとき、わたしは、あの悪夢のような日のことを思い出したのです。元安川のほとりにうずくまっていたとき、ウメがわたしのお腹の中でどんなに泣いていたことだろうと思いました》」

長い沈黙があった。清二はそのページを見つめたまま身動き一つしなかった。茶室の外の光は、夕暮れの冷たい光に変化していた。バーバラは突然アメリカの家に帰りたい衝動に駆られた。

清二は、手元の皿でタバコを消した。「《一緒に買い物に行く予定でしたが、ウメがスカートを濡らしたので、病院へ戻りました。外出と叱られたことで興奮したのだと思います。一人で買い物をすませて戻ると、ウメは手に古いこけしを抱いて眠っていました。頭のリボンはチョウチョがとまっているように見えます。寝姿を見ていると無垢な命がこれから始まろうとしているように見えました》」

清二は深いため息をついて眼鏡を外した。「あとほんの少しで終わりです」

やがて彼は机に手をついて立ちあがり、伸びをした。ニットのベストがベルトの上にめくれ上がり、腰が見えた。あまりにも細かった。

「疲れたでしょう?」バーバラの声は優しかった。

「お茶でも飲みましょうか? それともビールでも?」清二はほっとしたように言った。

「ビールがいいわ。お願いします」

清二は水屋に消え、程なくしてキリンビールを二本持ってきた。「すみません、グラスがないんですけど、いいですか?」

「ええ、大丈夫よ」ボトルに手を伸ばすと、清二は立ったままいたずらっぽく笑った。「若き女性大学教師、ビールを飲む! 中本先生みたいだ」そう言ったかと思うと、笑顔が消えていった。

「本当?」美智がきっとこんなふうに飲んだから、藤沢学長は梅酒のことを心配したのだわ。ひょっとしたら美智は飲み過ぎだったのかもしれない。睡眠薬を、梅酒か何かもっと強い酒で流し込んだということもあり得る。それが偶然の相乗効果をもたらしたのかもしれない。

「女性教師がお酒を飲むということは、よくないのでしょうか？」

「人前ではビールなど飲むものではありません。日本では、教師というのは尊敬され、威厳のある存在になっています。特に女性の教師はです」

清二は座布団の上で居ずまいを正し、ふたたび翻訳を進めた。「『ウメと一緒に過ごした夜、正一と幼い春のことを考えていました。春の遺体は見つかりませんでした。ずっと以前、父や母と一緒に三滝山に栗拾いに行った日の二人の顔を、とてもはっきりと覚えています』」

「春さんは見つからなかったのね？」バーバラは思わず呟いた。

清二は頷いた。長い沈黙のあと、咳払いをしてまた続けた。「『赤や黄の落ち葉で覆い尽くされた地面は、まるでトルコ絨毯のようでした。正一は夢中で栗を拾っていましたが、春は跳ねまわり、正一の邪魔をしていました。春が木の陰から、からかうように顔を出していたのを思い出します。元気なかわいい子でした。ちょっと濃い眉と形のよいはっきりとした日本人的な鼻。ウメの機嫌のいいときの顔を見ていると、春の顔と重なります』」

バーバラは春の、つまりウメの素顔を心に描きながら、急いで書きとっていた。

「もうあと少しですよ。《この頃、三滝山でのあの日のことをよく思い出します。あの日から時間が過ぎていくのではなく、逆に近づいているようです。母が信じていた平安の地というものがあるとすると、三滝山こそその場所なのでしょう。そこにみんな集まるのです。ウメとわたし、父、母、正一、幼い春、祖母の江《こう》、健三郎……そしてそのほかにも懐かしい人々》」

　清二は眼鏡を外して目をぬぐった。「これで終わりです」

「健三郎って誰ですか？」

「中本先生のご主人です。戦争で亡くなりました」

「美智さんは、ご主人のことは一言も言いませんでした」頬づえをついて机に寄りかかっている清二にバーバラは目を向けた。「あなたには耐えられないことでしょうね。中本先生は……、あなたの子どものときの先生なんでしょう？」清二は頭を上げ、バーバラを見ないで、手記をゆっくりと巻きはじめた。清二の指は微かに震えていた。

「あなたもあそこにいたのですね」

「ええ」清二は微動だにしなかった。

　バーバラは、キノコ雲の下に子どもの清二がいるのを思い浮かべようとしたができなかった。どうしても想像できないのだ。

　清二が手記を丸めているのを見ながら、バーバラはかすれた声で呟いた。「アイム・ソーリー」

　清二は紐を拾って、巻いた手記をていねいに結わえた。人差指で紐を輪にして、きれいなチョウ結びにした。

「梅酒のたんすを見にいらっしゃいませんか？」

「今ですか？」

「今でもいいですし、いつでもご都合のいいときに」

「ありがとうございます。ではこれから伺いましょうか。僕のトラックで行きましょう」

八

清二の運転は乱暴だった。警笛は鳴らすし、車の間を縫って走る。しかし巧みなハンドルさばきだ。小平女子大学へ行く道もよくわかっている。

「美智さんには、いつ頃教わったんですか？」

「ぼくが十二歳くらいだったかな。先生はまだ新米だった」

「でも勿論、ずっと後々までお付き合いがあったんでしょう？」

「そうです。先生の住まいはぼくの家の近くで、広島の郊外の己斐《こい》というところでした」

赤信号で停まると、清二はダッシュボードの上の箱からタバコを一本取り出して、火をつけた。

「何歳だったのですか？　あの……ときは」

「十三歳でした」たばこを吸いながら、目をしかめて信号を睨んでいる。バーバラは清二の横顔をじっと見つめた。もう二、三年早く生まれていたら、戦争に行っていたはずだ。

信号が変わると、清二はアクセルを強く踏んだ。バーバラは清二から目をそらし、窓の外を見た。

彼女は子供のとき、原爆のことなど何も知らなかった。戦争のことも何も覚えていない。大学生のとき、『ヒロシマ・モナムール／二十四時間の情事』という映画を見た。破壊された街や黒こげの死体のフラッシュバックが今でも鮮明に蘇る。最初は移り変わる景色のように抽象的だが、次第に、悲惨な場面と対比されるかのように、二人の絡み合う裸体が交互に映し出される。「広島のことはわかっているわ」フランス人女性が言う。「君は何もわかっちゃいない」（Tu ne sais rien d'Hiroshima.）と日本人の男性は何度も繰り返す。「まるでわかってない」

大学に着くと、中まで入らないで車を道路脇に停めた。門は開いているが、幸い受付には誰もいない。それでも、図書館と本館のところを通るときには、二人とも緊張した。砂利道が木立の間をカーブを描いて三号館に続いている。構内では誰にも会わなかった。三号館に、上田先生の車がなかったので、ほっとした。そういえば、ちょっとどこかに出かけると言っていた。太田先生もまだ米子から帰ってきていない。

二人は玄関で靴を脱ぎ、バーバラは清二のために客用のスリッパを揃えた。学生たちの部屋からはラジオの音が聞こえてきたが、ドアは閉まっている。廊下を忍び足で進み階段を上った。誰にも見られなかった。うまい具合に人の目に触れずに部屋に入った。「ちょっとここでお待ち下さい。たんすのある部屋が散らかったままなものですから」そう言って、清二を洋間に待たせた。寝室に入り、朝決めかねて着ていかなかった服や散らかしたままのヘアスプレー、カーラー、手鏡などを大急ぎで拾いあつめ、押し入れに突っ込んだ。むき出しの瓶も何本か畳に転がっている。清二のところに持っていかなかった包み紙も二枚ちらばっている。紙類はまとめて、たんすの脇に置いた。

梅酒だんすの一番上の引き出しから美智の手紙を取りだし、美智と一緒に写っている写真の横に置いた。何とか体裁を整えた居間を通って洋間に戻ってきた。清二は窓際に座って美智の部屋の方を見ていた。

「お待たせしました。どうぞ」

清二は振り向いてほほ笑んだ。「お部屋は片付きましたか?」

清二は、バーバラの後について小さい方の部屋に入り、梅酒だんすの前に座った。

「これが美智さんからの手紙です」バーバラは開いて見せた。

清二はしばらくじっと読んでから、それをたんすの上に戻した。「鎌倉へ一緒に行かれたんですね」

清二は写真に目を凝らした。

「ええ、十月でした。あれは一九六四年と六三年の瓶の手記なんです」頷きながらたんすのそばの包み紙に目を向けた。

「今読みますか?」

「はい。だけど先に引き出しの中を見ていいですか?」

一番上の引き出しを一緒に開けた。紙が巻かれた最初の瓶に清二はそっと手を置いて指で包んだ。そして一本ずつゆっくりと手を移していった。

一番上の引き出しを閉め、まん中の引き出しを開けた。瓶の列を長い間見つめていた。それからそうっと閉めて、一番下の引き出しを開けた。「あっ!」と小さく叫んで覗きこみ、日本語で呟いた。

「えっ、何ですか?」

手は一番古い瓶に触ろうとして止まった。それを取り出すのかと思ったが、その引き出しを閉め、もう一度一番上の引き出しを開けた。一九六一年の瓶を手にし、紐をほどきシールを剥がした。訳そうともせず、黙ってその紙の内側を読んでいたが、瓶を取りあげ、また紙に包み始めた。

「それを訳してくださいませんか?」

「順番にやっていきましょう。一九六五年のを読んだので、次は一九六四年の手記にしましょう」

ずいぶん仕切りたがりね、と思ったけれど、バーバラは口にはださなかった。

二人は、一九六四年と一九六三年の手記を六畳間に持ってきて、こたつに並んで座った。バーバラはノートを開け、清二が一番新しいのを読むのを待った。「さあ訳しますよ、いいですか?」

「結構でございますよ、どうぞ」バーバラはわざと馬鹿丁寧に言った。その皮肉っぽい態度に清二は気付かなかったようだ。「これは前の瓶と同じく、その年の初めに書いたことにしています。でもこの手記の一部はもっと早い時期に書いていますね。《六月十五日。今年は梅の熟すのが早くて驚きました。忙しさにかまけているうちに、気づくのが遅れたようです。ほとんどの実が落ちてしまって、地面で潰れて酸っぱいにおいを放っていましたが、いいものはまだ少しだけ、高い枝に残っていました。手に届くものは気にせず取りました。今夜は、実家の庭にいた母のことが思い出されます。ずいぶん前の、広島がまだ広い島という以外の、特別の意味を持たなかったころの母のことです》」

清二は中断して頭を上げた。手は手記を強く押さえつけていたので、指先が白くなっている。原爆のことが再び蘇ってきて、きっと堪えがたい思いだろう。バーバラは今しがた苛立ったことに、少し気が咎めた。「何か持ってきましょうか、お茶がいいですか、それとも梅酒は?」

清二は首を振った。

「暗くなってきましたね」バーバラは頭上の電灯をつけた。「よく見えるでしょう？」

「ありがとうございます。梅の実が落ちて傷まないようにと、お母さんが木の下に幕を広げていたことを、中本先生は思い出していますね」清二は咳払いをして、また読み続けた。「《ある日、庭にある茶室の中を片づけていると、庭から母の呼ぶ声が聞こえました。「美智、黄金色の宝石を見にいらっしゃい」今でもその声が聞こえます。幕の上には、薄い皮に包まれたたくさんの金色の実が、陽の光に輝いていていました。母のそばにしゃがんで、梅の実を集めました。まだ露に濡れていて、手に取ると一つ一つの粒が、殻の中の冷たいやわらかな卵のように感じられました》」

「《母は、何年か後病院で息を引き取るとき、この梅の実を思い出していました。何日も熱にうなされ、原爆以来、おきつねのことばかり話していました》」

「美智さんが言っていたけど、お母さんはきつねのことばがわかったそうです」

「ことばのことではないんです。いわゆるピカドン、つまり原爆の閃光と炸裂音のことです。中本先生のお母さんは、原爆は邪悪なきつねのせいだと思っていたのです。その後降った黒い雨、これも最悪のきつねの嫁入りのような天気だったと。おばあさんのお江さんも、あの世からお母さんのところに来て、あの恐ろしい出来事はおきつねの仕業だと言ったそうです。では先生のことばをきちんと訳します。《江おばあさんの霊が、母と一緒にいつもその部屋にいました。時には窓際に、時には椅子に母と一緒に座っていました。父が正一の遺灰の入った骨壷を持ってくると、祖母は母に、やけどの上に正一の灰を塗りつけるようにと言ったのです。こうすれば火傷が治ると祖母は信じていました。

灰を顔に塗りつけた母はまるで幽霊のようでした。母は祖母としか話していませんでした。だから突然わたしの方を向いて、しわがれた声で、「みっちゃん、金色の宝石のこと覚えてる？」と言ったとき、わたしはぎょっとしました。子どもを宿したわたしのお腹に手を当てて言いました。「この子は金の宝石ね」だから母は自分の孫に、梅の実、金の宝石という意味のウメという名前をつけたのです。ウメが生まれたときには、母はもうこの世にいませんでしたが、ウメが入院していたここ数年というもの、時々病室に母がいてくれたような気がします。だから母に対するそれまでのことを許す気になりました》」

「どんなことを許すと言っているんですか？」バーバラは聞いた。

「ここで終わっています。これ以上は何も……」

清二は、包み紙を取り上げて、ゆっくりと瓶に巻きつけた。紐を掛け、丁寧に結んだ。

「一度に読むのは、これがやっとです」

「わたしもそう思います」

清二はゆっくりと立ち上がり、伸びをした。

「何か召し上がっていただきたいのですが、何もないんですよ」バーバラは恐縮した。

「家事があまりお得意ではなさそうですね。ご主人になる人は大変ですね」清二はバーバラを見下ろして、にやっとした。

バーバラも一緒に笑いながら立ち上がったが、言い返せなかった。

「どこかレストランにでも行きましょうか？」

部屋を出るときも、誰にも会わなかった。空は暗く、三日月とわずかな星が瞬いていた。聞こえるのは二人の、砂利を踏む音と、木々の枝先が微かな風にそよぐ音だけだった。バーバラは、美智とあの日最後に歩いた方に目をやった。木立は暗闇に包まれていた。

清二は、国分寺の小さな食堂「神谷」に連れて行ってくれた。バーバラには初めてのところだった。裏通りにある「神谷」は賑やかな食堂で、着物姿の店員が大声で注文を伝えたり、ひっきりなしに下駄の音が厨房へ行き来していた。壁には歌舞伎役者のポスターが何枚か貼ってある。二人は、眉を寄せた侍の版画ポスターのそばに座った。店員やお客たちが清二に挨拶をし、バーバラに好奇の目を向けたが、彼はバーバラを紹介しようとはしなかった。

メニューを見ても、日本語なのでさっぱりわからない。

「ウナギ、イールはお好きですか?」

「食べたことがありません」ウナギと聞いただけで、バーバラは気持ちが悪くなった。

「これはウナギによく似たアナゴといって、ぼくの郷里の名産です。おいしいですよ」

「それでは食べてみます」クラゲは食べたことがある。ゴムバンドを噛んでいるようだった。ウナギは多分それほどひどくはないだろう。

店員が熱いお絞りとお茶を持ってくると、清二はアナゴを注文した。

バーバラはお絞りで手を拭いたが、清二は顔と首筋を拭って、それから手を拭いた。

「郷里って広島のことですか?」

「そうです、広島です」清二はバーバラの目を見た。

「よくお帰りになるのですか?」

「年に二、三回です。今ではすっかり新しい街になっています」清二はしばらく沈黙したが、また口を開いた。「お家はアメリカのどこですか?」

「ノースカロライナ州です。南部の東海岸に位置します」バーバラは手帳に小さな地図を描いた。東海岸にはたくさんの魚がいる海、フロリダにはオレンジやグレープフルーツの木を描いた。ノースカロライナの西部には樹木と山々を描き込み、そして州の中ほどのローリーに星印をつけ「わが家」と記した。

「とてもいいところのようですね。行ってみたいです」

「ぜひどうぞ」

二人は微笑をかわすと、バーバラはポスターを見上げた。

「この版画は写楽のです。有名な浮世絵師です」清二が説明した。

「知っています。美智さんが写楽の美人画を持っていたので」

料理が来た。黒くて油っこいアナゴ丼と、清二が酒も注文したので小さな杯と銚子も運ばれてきた。

清二はバーバラの杯に酒を注いだ。「さあ、ぼくにも注いでください」バーバラも銚子を取り上げ、燗をした酒を清二の杯に注いだ。

清二はそれを軽く持ち上げた。「乾杯」

バーバラも一口口に入れた。「いかがですか?」「おいしいです」とバーバラは言ったものの、燗をした酒は、生温かく、熟しすぎたバナナのような味なのであまり好きではない。アナゴは思いのほかおいしかった。濃厚な香ばしい味がする。バーバラは、日本人のように、どんぶりを顔のそばまで持ちあげて掻きこんだ。清二は半分空になったバーバラのどんぶりを覗き込んで、からかい半分に驚いてみせた。「お腹が減っていたんですね?」

バーバラはにっこりして、杯を持ち上げお酒を注いでもらった。少し飲めるようになった。

「おばあさんのお江さんのこととか、そのほか美智さんが書いていた事柄などをご存じでしたか?」

「中には知らなかったこともあります」バーバラは、清二がもっと何か言ってくれるものと思っていたが、清二はそれ以上は言わなかった。

「一九六一年の手記には何か変わったことが書いてありましたか?」バーバラは聞いてみた。

清二は眼を上げずに頷いている。

「何て書いてあったのですか? ウメのことですか?」

「さまざまなことが書かれていました。前年の細々したことなど」清二は、どんぶりの底に残ったごはん粒をこそぐのに夢中だった。

「わたし、美智さんが亡くなったことを、何度も、なぜかしら、どうしてかしらと思っていたのです。本当に心臓発作だと思われますか? それとも、もしかして……絶望のあまり……」

清二はきっぱりとした表情で顔を上げた。

「ウメのことで……」バーバラはぐっと息を詰まらせた。

清二は箸をどんぶりの上にきちっと揃えて置いた。口は固く結ばれている。

「他人の心の中のことを知るのは難しいものです」

「すみません。もちろんわかりません。ただ……」

「あなたは中本先生のお友だちでしたから、当然かもしれませんね」清二がバーバラを見上げたときの顔は和らいでいた。

また長い沈黙があった。

「美智さんって名前で呼んだことはないのですか?」バーバラが口を開いた。

「まあそうですね。たいていは、友だちでも姓で呼ぶんです」

「じゃ、わたしもそう呼ぶべきだったかしら?」

「外人だからいいんじゃないですか?」清二は首をすくめた。

ガイジン、外の人とバーバラはよくそう言われる。少なくともガイジンはたいていの間違いは許される。外国人には間違いがあって当然のことだと日本人には思われているからだ。

「今度はいつ翻訳をしてくださいますか? 来週は午後だったらお宅へ伺うことができると思います」

「申し訳ありませんが、来週は益子まで届けなくてはならない物があるのです」

「そうですか」バーバラは自分でも落胆するのがありありとわかった。

「その次の週だったら多分いいです」

「再来週は小平女子大の入学試験があるのです。その後、三月十八日の卒業式まで旅行に行く予定です」

「そうですか」という少しがっかりした清二の声を聞いて、バーバラは気味がよかった。

「中本先生の四十九日の法要には、いらっしゃらないのですね。金曜日ですけど」バーバラは念を押した。

「いえ、その日までには戻ります。じゃその後やりましょうか?」

「いいですね」

「じゃ、そうしましょう」と清二は頷いた。「楽しみにしています」彼は立ち上がり、出口で支払いをした。そして二人はトラックに戻った。

「法要の席で、中本先生のことについて何かお話なさるんですか?」バーバラは聞いた。

「いいえ」

「でも中本先生のことをよくご存じなんでしょう?」と言っても清二は答えなかった。

トラックに戻るとバーバラは言った。「わたしは何か話すようにと言われているのです」

「そうですか」清二はバーバラをじっと見た。

「ちょっとおかしいでしょう? だってわたし、中本先生には、去年の夏に初めて会ったばかりなんですよ」しばらく黙ったまま車に揺られていたが、清二が口を開いた。「何をお話になるんですか?」

「ひとつは優しさです。いつだったか、おいしそうな魚を、頭がついたまま持ってきてくださったとき、わたしが捌き方を知らないだろうと思って、料理してくださったんです。それからその調理法を細かく書いてくださったのです。一ページ目に、『魚の調理の仕方』って書いて」

「魚の料理法を知らなかったんですか?」清二は驚いた様子だった。

「日本式のやり方はね」実のところバーバラは料理があまり得意ではなかった。母親が誰も台所に入れたがらなかったからだ。

「清二さんは中本先生と親しかったのでしょう?」バーバラが聞くと、清二はバーバラをちらと見た。

バーバラは、美智と清二が、月明りのような丸い和紙の灯りの下に座っているところを思い浮かべた。食事をしているのか、それとも座っているだけなのか、二人の会話のあい間には温かな沈黙がある。「ぼくたちはちょっと説明しがたい関係なのです」

「人間の感情というのは不可解ですもの」

大学の前にさしかかると、車はスピードを緩めた。「門の中まで送りましょうか?」

「ここでいいです」

門を通り過ぎた辺りの道路脇に車を止めた。門灯が後ろのほうからトラックの中に微かに差し込み、清二の顔がかろうじて識別できた。「夕食ごちそうさまでした。おいしかったです。またご一緒に訳すのを楽しみにしています」

清二はお辞儀をして手を差し出した。「アメリカ式でグッバイ」大げさな身振りで握手をして笑い合った。

「ぼくたちがこうして会えたこと、縁って不思議なものですね。お見合いみたい」清二が微笑みながら言った。「これからもよろしく」

九

その夜バーバラは胸さわぎを覚えて目が覚めた。きつねがしゃべっている夢を見た。そのときは理解できたが、目が覚めたら覚えていない。何か切迫した雰囲気だった。

電気をつけて掛け軸を見た。きつね女の顔は、謎めいてはいるが優しい顔だった。たんすのそばに置いてある翻訳用のノートを取り上げて、気になっている部分をめくってみた。清二が読みたがらなかった一九六五年の部分には何か大事なことが書いてあるらしい。翻訳を急いでもらえばよかった。一番上の引き出しを開けると、樟脳のつんとした臭いが冷たい空気の中に広がった。一九六五年の瓶を取り上げたとき、弛んだ包み紙が簡単に外れた。ぎっしり書きこまれた行を注意深く見ながら、ノートと照らし合わせてみた。なぜ清二は、正月の天気のことを読むのがそんなに気が進まなかったのだろう。「これは、ぼくしかわからないのです、岡田清二しか」と言って、胸を叩いたのだ。ひょっとするとこの部分は誰か他の人に読んでもらった方がいいのではないだろうか。

たんすのそばにある杯に梅酒を注ぎ、電気毛布を肩のあたりにかけた。この手記を国際文化会館に持っていけば、美智の知り合いの図書室司書が、訳せる人を紹介してくれるだろう。それよりも、小平女子大学関係者の中から見つける方がずっと早いかもしれない。学生、太田先生、中野先生などが頭をよぎった。中野先生の研究室は、マッキャン先生の部屋の向かい側だ。

マッキャン先生でもいいかもしれない。日本語が堪能だから、何か困ったことがあったらいつでも訪ねてくるようにとか、何でもお役に立てることがあればどうぞ、などと言ってくれていた。

梅酒を飲んでから、毛布のしわを伸ばし、その中にもぐり込み、寝返りを打った。内緒でことを運んでいるのを清二が知ったら、きっと激怒するだろう。

翌朝バーバラは、マッキャン先生の研究室へ行った。開いたままの入口から中を見ると、マッキャン先生は机に覆いかぶさるようにして、学生たちの提出物を読んでいた。「やあバーバラ」両手でくしゃくしゃのグレーの髪をかきあげながら立ちあがった。「さあ入って。ちょうどコーヒーを入れようとしていたところなんだ」

バーバラは机をはさんで座った。マッキャン先生は、バーバラをやっと捕まえたかのようににこにこしながら、何度もバーバラに目をやり、インスタントコーヒーを入れてくれた。いつも好意を示そうと躍起になっているところがある。奥さんは日本の生活に慣れなくて、去年の夏突然アメリカに帰ってしまったと中野先生が言っていた。

コーヒーとホイットマンのチョコレートの箱を出してくれた。「どうぞ。アメリカの優しい味だよ」「ああ、藤沢先生からですね」バーバラはさくらんぼチョコを口に入れた。

マッキャン先生はチョコレートの包み紙をがさがさとさせて、自分も一つ取り、椅子に戻った。

「さあバーバラさん、いかがなさいましたか?」

「お願いしたいことがあるんですが」バーバラは鞄から丸まった紙を大事そうに取り出した。自分でも手が震えているのがわかった。

「どうぞ、何なりと」

「ちょっとしたものを訳していただけないかと思いまして」

「もちろんいいよ」

「これは内密のものなんですが」バーバラは、瓶の包み紙を広げて息を大きく吸い込んだ。

「あなた自身も謎の女性という様子ですよ」バーバラがいささか戸惑っていると、マッキャン先生は続けた。「大丈夫。もちろん承知しているから」

バーバラは手記の一部分だけが見えるようにして、そのほかの部分を白い紙で被った。二人の間にある机の上に、その二枚の紙を置いた。

「ここの部分だけ訳していただけませんか?」

「ここだけ?」マッキャン先生は、中指で紙の端を軽く叩いて、爪の先でめくろうとした。

「そこの部分だけです」

「ラブレターかな?」彼は眉をピクピクと動かした。

バーバラは黙っていたが、もしかしてマッキャン先生に見せたのはまずかったかなという思いがよぎった。

　マッキャン先生は前かがみになって、指で筆跡をたどった。彼の息はコーヒーの匂いがした。

「最近書いたもののようだ。今年の一月一日、一九六六年ではなく、昭和四一年と書いてあるね。これは日本式の年号で、天皇としての名称なんだ。この場合は天皇裕仁のことで、昭和というのは平和な治世って意味さ。何だか皮肉だよね」

「ほかに何て書いてあるのですか?」苛立ちを抑えて聞いた。

「女性ことばのようだし、そうだな、書いたことにちょっと詩的な説明をしているようだ。ここについてのことだろうね」彼は片方の紙の上に手を置いたので、バーバラは、払いのけたい衝動にかられたが我慢した。

「ええ。このページに書いてあるほかのことについて言及しているのです。ちょっと微妙なところもあるものですから」バーバラは付け加えた。

「《例年になく暖かで、もやがかかっています。今年は梅の花のつぼみがずいぶん早く膨らんできました。少し早すぎます》この人は梅のつぼみを自分の手で閉じたがっている。広島を思い出しているようだ。広島?」

　バーバラは紙の上に置いていた指を固く握りしめた。「続けてください」

「《目の見えない按摩さんが、梅の花のかすかな香りを頼りに、毎年広島の家にやってきます》ほらね、わかるでしょう、かなり詩的だって。もしかして……」マッキャン先生がためらっているので、先を促した。「もしかして、今年は梅が霜でやられてしまってもう香りがないのではないかと、この女性は思っているね」マッキャン先生は上体を起こした。

「それで本当に全部ですか?」

「そうだよ、ほかのところを読んでほしくなければ」

「ええ、それで結構です……本当にありがとうございました」バーバラはマッキャン先生からそっと手記を取り戻すと、ほっとしてめまいがする思いだった。「どうかこのことは他言しないでください」

「もちろん言わないよ」


バーバラは、美智の四十九日の法要がいとなまれる部屋に入り、弔辞を述べる教授たちと一緒に最前列に座った。薄暗い部屋の後ろの方に座っている清二の姿が目に入った。

その部屋は、葬儀をしたときとほぼ同じしつらいだ。花に囲まれた祭壇に美智の大きな写真が飾られ、香炉がある。段の中央には、棺ではなく、白い錦織に覆われた小さな箱があった。美智の遺骨が入っているにちがいない。まるで何か特別な処理をして棺を縮めたような形だ。美智が弟の遺灰のことを手記に書いていたことを思い出した。放射能のやけどの痛みを和らげるために、その遺灰を母親が顔に塗っていたと書いてあった。今や美智は、骨と灰になってしまっている。のど仏は特別な骨で、たいてい火葬した遺骨の中から箸で取り出され、特別の箱に入れられると淳子が言っていた。

のど仏ってどんなものかしら。バーバラはあまりにも気が昂ぶっていて、聞けなかった。

物思いに沈んだ美智の遺影から眼をそらし、僧の読経に集中しようとした。僧の丸めた頭には、猟犬のような皺があり、いかめしい古風な顔は思慮深い様子だが、本当にそうかどうかはわからない。バーバラは、わけのわからない読経にうんざりしていた。簡単な言葉でさえ、たとえば店員と値段の交渉をしているお客のことばとか、駅のスピーカーから流れてくるアナウンスでさえ、わからないと不思議に意味ありげに聞こえるものだ。

僧は祭壇に向かってお辞儀をし、参列者の方を向いてまたお辞儀をした。そして参列者に藤沢学長を紹介したようだ。杖にすがって椅子から体を押し上げ、前の方へ大股で進むと、黒いドレスとパールを身に付けた学長は、押さえつけるような早口の日本語で話した。時々眼鏡越しに参列者を見ていた。バーバラが想像するに、決まり切ったこと、つまり、中本先生はすばらしい先生で、同僚に尊敬されていて、その死は小平女子大学にとってても社会にとっても大きな損失である、というようなことを話しているのであろう。バーバラは、藤沢学長の平べったい顔と盛り上がった二重あごをまじまじと見つめた。おそらく空の薬瓶のことは知っているにちがいない。美智の死の原因をどう考えているのだろう？　少し息を切らして学長が座ると、今度は太田先生が立ちあがった。列に目を走らせると、自分の番までにあと二人、中野先生と上田先生しかいない。バーバラは緊張で胃が痛くなってきた。

太田先生は英語で話している。その穏やかな声を間近で聞いているうちに、バーバラは驚いて顔を上げた。「……日本と西洋との錯綜した歴史分野の研究で、中本先生は間違いなく第一人者でありました。でも悲しいことに、女性なるがゆえに、学問の世界では認められませんでした。日本と西洋の関係については、たびたび議論をいたしました。今でもよく覚えているのは、カリフォルニア大学バークレー校の博士課程におられたときに、共に過ごした二日間のことです。わたしはロンドンからの帰途でした」バーバラは身を乗り出した。美智がカリフォルニアにいたなんて知らなかった。「わたしたちは、中本先生が取り組んでおられた研究について、バークレーの歴史公文書館で何時間も一緒に調べました」太田先生は原稿をめくった。「また東洋美術展も見に行ったり、サンフランシスコの日系人地区で昼食をご一緒したりもしました」

太田先生はバーバラの方を目の端で見た。「ペリー提督と、西洋の日本への進出ということに関する執筆を完成させるには、あまりにも短い人生でした。中本先生の無念はいかばかりだったでしょうか。先生のご逝去は、わたくしどもにも本当に残念なことです。いずれにせよ、先生の私心のない高潔さは言うまでもなく、その学識の広さと深さに、学生たちも、中本先生をよく知る方たちも、大いに触発されました」太田先生は座るとき、バーバラにちょっと会釈をしたので、バーバラも、英語でスピーチをしてくれたことに感謝の意をこめて会釈を返した。

中野先生のスピーチは英語ではなかったので、期待外れだった。しかも準備してきた数枚の用紙を読み上げただけだった。スピーチの内容は、授業で扱う作家たちの伝記のように、きちんと整理された、中本先生の経歴であろう。

中野先生のスピーチは、ずいぶん早く終わった。次に上田先生が立ち上がったので、隣は空席になり、バーバラは手の汗をスカートのわきでぬぐった。上田先生はいかにも悲しみを抑えきれないようだった。眼は落ちくぼんで、握りしめたハンカチを胸に当てて話しだした。バーバラは、黒いターバン帽の下の蒼白な顔を見つめていた。美智が上田先生のことを、悲惨な人生を送り、つらい結婚をしたと言っていたのを思い出した。上田先生はいつも冷静で少し近寄りがたいので、お決まりの挨拶をする程度だが、いつか美智のことを語り合いたいとバーバラは思っている。

上田先生はお辞儀をしてスピーチを終え、席に戻ってきた。いよいよバーバラの番だ。胸がどきどきしてきた。

やっとの思いで立ち上がり、進み出た。

「すみません、日本語でなくて」とバーバラは切りだして、手に持っているメモ用紙に目を落とした。

誰の目にもバーバラが震えているのがわかった。「中本美智子先生は、わたしにとって母のような存在でした。初めてここに来たとき、三号館の入り口で温かく迎えていただきました。後でわかったことですが、わたしのためにさまざまな用意をしておいてくださいました。部屋の食器戸棚に食べものを入れておいてくだったり、窓際のクッションや時計、ラジオ、それにご自分の枕も貸してくださったりしたのです」

メモ用紙に目を落としたが、すでにほとんど話すこともない。「実をいいますと、わたしは美智さん、いえ、すみません、中本先生のことは、ほかの方々に比べてほとんど知りません。子どもというのは小さい頃、両親の本当の姿を知りません。中本先生に関しても同じです」参列者を見回し、さらに続けた。「中本先生は広島の出身で、被爆者だということを最近知りました……」言葉が宙に浮いて、参列者の、驚きからくる沈黙が押し寄せてきた。前列の人たちは、みな目を伏せていたが、藤沢学長だけは困ったような表情で睨みつけていた。二、三列後ろの淳子と寿美はバーバラを凝視している。寿美などは半分口を開けていた。後方の清二を見ると、身じろぎもせずバーバラを見つめている。

「そして、わたし――ごめんなさい――わたしが心から言えることは、皆さんもご存じのように、中本先生はとても親切で、優しかったということです。ありがとうございます」顔を火照らせて、自分の席に戻った。

次に僧侶が二言三言いうと、参列者たちは立ち上がった。ほとんど話し声はなく、ぼそぼそという低い声と椅子を引く音だけだった。

太田先生が通路の端で待っていてくれた。藤沢学長は冷やかにひと言だけ言った。「あなたのお気持ちが一番心にひびいたわ」手を軽くたたいて慰めてくれた。「ご苦労さま、ジェファソン先生」

バーバラは中野先生を探したが、もう姿は見えず、出口へ向かう人々の流れの中に見失った。

清二は席に残っていた。バーバラは会場を出るときに立ち止まって彼に耳打ちした。「またお会いできますか？　とてもお話ししたいんです」

「お坊さんにちょっと用がありますので、後ほど神谷食堂でお会いしましょう」清二は目も合わせず、小声で言った。

外に出ると、淳子と宏子と寿美がひそひそと話していたが、バーバラが近づくと口を噤んだ。

「ちょっとしゃべりすぎたかしら？」

「びっくりしました、先生。中本先生が被爆者だなんて知りませんでした」寿美が言う。

困ったことになった。思っていた以上に深刻なことのようだった。「じゃあ、秘密だったのね」

「被爆者の中には、世間に平和を訴える人もいるけど、知られたくない人もたくさんいるのです。中本先生は、きっとジェファソン先生を信頼して、打ち明けたのだと思います」宏子が言う。

「ごめんなさい、わたしちょっと用があるの……。ここで失礼するわ」バーバラは大急ぎで、人々を掻き分けていった。美智の信頼を裏切った自分を恥じた。マッキャン先生は、すべて了解しているというように微笑んでくれた。つまりあの手記が美智と関係があるということがわかっていたのだ。後悔の気持がこみ上げてきて、胸が締めつけられるようだった。

神谷食堂に行くと、男性客が一人カウンターにいるだけだった。お昼はとうに過ぎているのに、店内にはうなぎの匂いがこもっていた。例の版画ポスターの下に座った。暖簾のかげから見ていた店員が、お絞りとお茶を持ってきた。ここで人を待ちたいということを、日本語で何とか伝えようとした。店員はカウンターの男性と、バーバラが言わんとしていることを確かめてから、振り返った。

午後の光の中で見る食堂は、古ぼけていた。テーブルには安物のビニールカバーが掛っているし、造花が飾ってある。バーバラはゆっくりとお茶を飲んだ。清二は、僧侶との話に手間取っているのだろう。

やっと現れた清二の手には、白い風呂敷包みがあった。途中で買い物でもしていたのではないかと思い、バーバラは一瞬むっとした。

「こんにちは」

「こんにちは」清二は傍らの椅子に包みを置いて、店員にビールを注文した。

店員が暖簾のかげに消えると、バーバラは堰を切ったように話し出した。「わたしはとんでもないことをしたようです。あんなことを言うべきではなかったわ。学生たちも知らなかったのに」

「被爆者がなぜ黙っているかということを、あなたはご存じないからでしょう。でも悪意があったわけではないし」

「もちろん、悪意なんかありません」

ビールが運ばれてくると、清二は頭を少し後ろに反らせて、目を閉じたままビールを飲んだ。

「被爆者がなぜ沈黙しているかということを説明していただけませんか？」

「多分いつかできると思います」ビール瓶を机に置いて、傍らの椅子の方へ眼をやった。「中本先生の遺骨を持ってきたんです」

「えっ？」

清二が手を触れたふろしき包みを、バーバラは前かがみになって見た。長方形の箱が風呂敷包みからのぞいている。

「美智」声に出して名を呼ぶと、涙があふれてきた。「ねえ、その遺骨をどこへ……どうするのですか？」

「とりあえず、仏壇に安置します。しばらくしたら広島に持っていきます」

そう言えば、美智の部屋の小間に仏壇があった。いつだったか、美智が梅酒のたんすを見せてくれた晩に見た、大きな黒い家具のようなものだったが、そのときはあまり気にもとめていなかった。

「あの仏壇は、今どこにあるんですか？」

「ぼくの叔母の家です」

「お宅に？　お宅に置くようにって遺言に書いてあったのですか？」

清二は、グラスの中で揺れるビールをじっと見つめていた。

「中本先生は東京に出てきた頃、ウメちゃんと一緒に、うちに数年間住んでいたのです」

「ということは、中本先生をよくご存じだったんですね」

「ええ」清二の手はふと止まった。それでもまだビールを見つめていた。顔はひきつっていたが、顎は動いていた。清二を疑って悪かった。

「すみませんでした」

「ありがとう」清二は頷いた。

「中本先生がどうしてあれを、手記のことですけど、自分に残さなかったのだろうと思うあなたの気持ちがわかりました」

清二はバーバラを見上げた。「わかってくれて嬉しいです」

「母は、第二次大戦前、特派員として日本にいたのです――広島にも。たぶんそのせいもあって、美智さんは、わたしに残してくれたのだと思います」

「そうだったのですか。お母さんは広島のことをどんな風に書かれたんです?」

「わかりません。母の特派員時代のレポートは一つしか残っていないのです。箱根へ行ったときのものだけで、あとは全部なくなってしまいました」

冷えて苦くなったお茶を飲みながら、風呂敷包みが置いてある椅子の方に目を向けたが、包みはここからは見えなかった。

「美智さんは、わたしが突然あんな風にしゃべったことを許してくれるでしょうか?」清二は何と言っていいかわからないようだったので、バーバラは付け加えた。「感情に任せてしゃべってしまいました」

清二は初めて微笑んだ。「そうですね。ま、あなたの性分ですよね」

次の月曜日に、三号館で翻訳を続けることにした。三号館のほかの住人は皆、休暇で旅行に出てしまうはずだ。二人は帰ろうとして立ち上がった。清二が風呂敷包みをそうっと持ち上げたとき、箱の角がくっきりと見えた。

バーバラは、歩いて帰った。わき道を通り、林を抜ける道のりは遠かった。日が暮れかかって、夜のとばりが木々の間に降りてきていた。ふと立ち止まり、深い流れを見降ろした。黒い帯にも見える川の中を、白い箱がゆっくりと流れていくのを想像した。

十

翌朝早く、ノックの音がした。

「まあ理恵！」バーバラは驚いた。洗ってさっぱりした理恵の髪に、反戦はちまきはもうない。

「ちょっとお話があるのですが、先生」

「いいわよ、どうぞ。お茶でもいかが？　それともコーラの方がいいかしら」

理恵は丁寧に断って洋間に入ると、本棚の本を見た。「日本文学の本がずいぶんありますね」

「去年ノースカロライナ大学で、中野先生の近代日本文学の授業を取ったの。せっかく日本に来たので、手当たり次第に買ってしまったというわけ。もちろん英語訳だから同じではないことはわかるけれど」

理恵が振り返ってバーバラを見た。「中本先生の法要でなさったスピーチを聞きました。率直にお話しくださってよかったと思います」

「大変なことをしてしまったわ。中本先生にも申し訳なかったと思って」

理恵は首を振った。「とても日本的なことですが、建前と本音という言葉があります。建前というのは外づらで、本音は本当の感情のことです。日本人の多くは建前を気にしますが、先生はご自分の気持ちを本音でお話しになったので、えらいと思います」

「理恵、ありがとう。嬉しいわ」

「原罪のことを少し考えてみます。この問題について、もう一度書いてみようと思いますけど、読んでいただけますか?」

バーバラはにっこりした。「ええ、もちろん」

「わたしって、自分の意見をあまりにも率直に言いすぎるってよく言われるんです」理恵が突然笑うと、えくぼができた。「先生とわたしは、どこか似ているのかもしれませんね」

「そうね」バーバラが理恵を廊下へ送り出すと、理恵は階段を駆け下りていった。思いがけないことはたえず起こり、これで終わりということはない、と父が言っていたのが聞こえるようだ。そういうとき母は決まって言い返していた。「そんなことないわ、終わるわよ。いつも必ず終わるものなのよ」


その日の昼下がり、教室で学生たちの成績をつけ終わって三号館に戻ると、上田先生がお茶でもどうかと声をかけてくれた。

上田先生の部屋に入るのは初めてだった。美智の部屋と同じ間取りで、東南に窓があり、部屋の中は小気味がよいほど散らかっていた。本棚は溢れんばかりだし、書類は積み重なっている。

本棚の上方に目を移すと、淡い紅色の帯をしめた美人画が飾ってある。美智の持っていた写楽の版画だ。

「どうぞ」上田先生は手ぶりで座卓に案内して、言った。バーバラは腰を下ろし、先生は台所に消えた。座卓は、美智の部屋側の窓際にあった。

上田先生は、お茶と和菓子を持ってきて、バーバラと向かい合わせに座った。今日はターバンのような帽子をかぶっていない。ひっつめた髪を小さく丸めていて、横を向くと、白髪の下に頭皮がすけて見えた。目の下にはたるみがあるが、白い肌は窓から差し込む光に輝いて艶があった。端正な顔立ちから、昔は美しい人だったということが窺える。「中本先生の版画をお持ちなのですね」バーバラは口を開いた。

「ええ、わたしにコレクションを全部くださったんですよ」

「よかったですね。藤沢先生によると、個人的に何か頂いた方はほとんどいないということです」

「娘さんがお世話になった病院に、お金を寄付するためにほとんどのものをお売りになりました。でもその前に形見分けをされたのでしょう?」

バーバラは少しどぎまぎした。「そうです、わたしも梅酒だんすを頂いてとても感謝しているんです」

「わたしは梅酒じゃなくてよかったわ。アルコールは飲まないことにしているのです」と言う上田先生に、バーバラは微笑を返した。上田先生は、あの手記のことを知らないようだ。

「中本先生の弔辞のことなんですが、先生は、広島での体験をバーバラさんにお話しになったのですか?」

バーバラは一瞬間をおいた。「前にお聞きしたことがあるのです」

「わたしは知らなかったので驚きました」

「一九三〇年代の終わりごろ、母が広島にいたので、美智、いえ中本先生と広島のことを語り合ったことがあります。だからご自身の被爆のことをわたしに話してもいいと思われたのじゃないでしょうか？」

「おそらくそうかもしれませんね。それにあなたが日本人じゃないということもあるのでしょうね」

上田先生は、そう言いながらバーバラの湯呑にお茶を注ぎ足した。

「ありがとうございます、先生。でも美智さんが被爆者だということをあの席で言うべきではなかったようですが……なぜなのでしょう。教えてくださいませんか？」

「被爆者は、不吉な影や死と結びつけられます。実際に放射能を浴びたので、その人たち自身は犠牲者なのに、汚染源だということになって、日本では排斥されます」

「原爆犠牲者が差別されるなんて、考えられません」

「こういう考えはずっと昔からのことです。普通の人たちと違うとか、外聞の悪い人は差別されるのです。被爆した人たちは、子孫に影響が及ぶのではないかと恐れられて、結婚も難しくなります。筋が通らないのですが一種の穢れになるわけです。殊に、戦争での残虐行為が明るみに出てからは、敗戦後の兵士たちも同じように見られました。日本の兵士たちも皆この重荷を背負ってきました。負けたということ以外には何も知らないとしても。わたしの夫も戦争から帰ってきたあと、こういうことに苦しんで、人間が変わってしまいました」

「お気の毒に」バーバラは何か適切なことを言わなければと焦った。「先生は広島のご出身じゃないんですよね？」

「ええ、終戦の時は岐阜の実家にいました」上田先生は湯呑を揺らしながら見つめている。

バーバラは壁の版画を振り返った。「写楽はいいですね。これを見ていると美智さんを思い出します」

上田先生はしばらくバーバラに目を注いでいたが、思い出したように言った。「わたし、ほかにウメちゃんのものを持っています。ご覧になりますか？」

「ええ、ぜひ」

上田先生は奥の部屋から、和紙貼りの箱を持ってきた。テーブルの上で蓋を開け、中からフレームに入った写真を取りだした。美智が小さな女の子のそばにしゃがんでいる。女の子は口を大きく開けて、空を見ている。ウメだ。遠くには、たくさんの白い鳥が木々に止まっている。

「これ、ご覧になったことありますか？」

「いいえ、ウメちゃんの写真は初めてです。いつの写真でしょう？」

「ちょうどウメちゃんが七歳になったときで、一緒に白鷺の生息地を見に行ったんです。中本先生が、小平女子大学で教え始めた年です」箱の中から、花柄の赤い絹の着物を取りだした。「ウメちゃんが、七五三のときに着たものよ。子どもが三歳、五歳、七歳になると、親は近くの氏神様にお参りに連れていくんです。わたしも最初の年に一緒に行ったのですが、残念なことにその時の写真はなくって」

着物を撫でながら、糸屑をつまんだ。「辛い中にも楽しい日々でしたね。こんな小さな子どものときから、ウメちゃんは明らかに正常ではなかったんです。中本先生は何とかしようとなさったんですよ。でも何ともできなかったのです。当時は、被爆者が広島以外で生きていくのに、何の補助もありませんでしたから」

「辛かったでしょうね。でもいいお母さんだったのでしょう?」

「それはもう。でもご自分では十分だとは思っていらっしゃらなかったのよ。子どものためにも友だちのためにも、あんなに尽くす人って見たことありません。わたしも娘を亡くしたので、中本先生はいつも慰めてくださったわ」

上田先生は、また湯呑に目を落とした。

「まあ、お辛かったでしょうね。お嬢さんは何歳でいらしたんですか?」

「二歳でした。コレラで。戦争が始まったころのことなの」上田先生は、着物を優しく撫でて、箱にそっと戻した。「まだほかにもあるのよ。ご覧になる?」

箱の中を見ると、きれいにたたんだ着物が何枚かと、木製の人形があった。

人形を手に取った。丸い頭をしていて、女の子のように塗られている。胴は素朴な筒型で、裾の周りの赤い縞模様は剥げかかっていた。「これ、こけしっていうのでしょう?」

「ええ、かなり古いので、もとは中本先生ご自身のものだったようです」

バーバラはその人形を頬に当て、美智が書いていたウメのことを心に描いてみた。きっと最後の外出をして病院へ戻ったとき、ウメが手に持っていたこけしだ。「ウメの寝顔を見ていると、無垢な人生が始まったばかりのように見える」と書いてあった。

十一

月曜日の朝、国分寺の街へ買い物に出かけた。午後に清二が来る予定なので、和菓子とお茶、それに清二がゆっくりしていくときのために、夕食用の鮭とサヤエンドウも買った。薬屋でスプレータイプの制汗剤を買おうと思い、小型の英和辞書で調べたが、デオドラントに当る日本語がなく、デオドライズ、「消臭する」ということばしかない。若い女性の店員が、消臭剤と粉のクレンザーとトイレ洗浄ボールを出してきた。仕方なく、腕を上げて腋の下をこする身ぶりをしてみせた。店員はじっと見つめていたが、首を振った。時計を見ると時間がないので、ベビーパウダーを買うしかない。途中で花も買う。床の間用に黄色の菊を三本とたんすに飾るつぼみのついたアヤメを一本買って、大学に戻った。

構内は人影もまばらでひっそりとしていた。学年末休暇は、美智の法事で遅れてはいたものの、すでに始っていた。学生も教授たちも三月半ばの卒業式には戻ってくるが、授業は四月までない。構内の中央通路を歩いていると、藤沢学長の公用車が向こうの方から来た。車はバーバラのところで止まって、後ろの窓が開いた。

「こんにちは、ジェファソン先生。お休みに日本発見の旅にお出かけにならないのですか？」と学長は言って、花と買い物袋に目をとめた。

バーバラは、仕事を片づけてから土曜日に京都の学生のところに行くつもりだと説明し、学長から仕事のことを聞かれないうちに、箱根にも二、三日行くかもしれないと続けた。「母が戦前に行ったものですから」

「そうですか。ではお気をつけて、ジェファソン先生。先生方の福利厚生には気を配っていますから。もしご計画を前もってお知らせくだされば、秘書に箱根ホテルを予約させましたのに」

「ありがとうございます」言い終わらないうちに、学長はもう窓を上げ始めていた。

三号館に戻ると、上田先生の車が見えないのでほっとした。きっと旅行に行っているのだわ。太田先生はまた米子かしら。山口先生は九州の実家に帰っているし、三号館はわたし一人しかいない。

部屋に戻って、窓や襖を全部明け放った。いつになく穏やかな日だ。花は、たんすの上と、床の間の清二の抹茶茶碗の横に生けた。六畳間のこたつの上に紙とペン、大きな和英辞書を置き、座布団は座卓のそばに並べておいた。

二時きっかりに軽いノックの音がした。待ちわびていたと悟られないように、廊下をゆっくりと玄関へ向かった。

清二は、恭しく頭を下げた。「早過ぎましたか？」手みやげに、薄緑の百合を三本とクッキーを持ってきてくれた。「日本的な花がいいかなと思ったので。それとクッキーは、お郷が懐かしいと思って」クッキーの箱には、日本語と英語でこう書いてある。「カロライナ・ビューティー・バーボン・スナップス――洋酒入りクッキー」さらに、小さな文字で「美しきものは時を超える。女性の歴史は常に美を求めてやまず」と書いてある。

「これはあなたにお誂えむきだと思いまして」

「まあ、ほんとに――あの、そうじゃなくて、ありがとう」急いで二度ぺこぺこと頭を下げて六畳の居間に案内した。「ここだったら一緒に作業できるんじゃないかしら。どうぞお楽に」そう言って、清二をこたつへ促した。

彼はまるで初めてかのように部屋を見回した。「すごく素敵だね」彼は言って、満足げに頷いている。「ああ」床の間に飾ってある自分の茶碗を見つけた。「これは光栄です」とにこにこしながら振り返った。

「そんな、当然だわ」バーバラは、顔が赤くなるのが自分でもわかった。「失礼してお花を花瓶に入れてきます。お楽になさってね」バーバラの顔もほころんだ。

百合をこたつの上に飾るつもりで戻ってくると、清二の姿が見当たらない。清二は、隣の部屋のたんすの前に屈んでいた。一番下の引き出しを開けて、小さな白い包みを出している。

「あら、何？　どこにあったんですか？」

「瓶の隙間に、紙にくるんでありました」

包み紙をとると、中からまた包みが出てきた。赤い絹の布にくるんで紐で結んである。バーバラが手を伸ばすより先に、清二が素早く紐をほどいた。絹の布がはらりと落ちた。

「わあ」彼が声を上げた。「きつねだ！」

清二は二本の指でそれをつまんだ。十センチ程の木彫りの白いきつねだ。

「見せて、ねえ」バーバラは手を出した。

清二はそっときつねを手に乗せてくれた。「もう一つあるみたいだ」と言って、引き出しの奥の方で丸まった紙に触った。

白く塗った木彫りは、長年の間に黒ずんで角が欠けている。単純な形だが、どことなく惹かれるものがある。脚と尻と尻尾の部分が認められるが、尻尾は上がっていて背中にくっついている。三角に尖った小さな耳があり、突き出た鼻先には髭が、口元には少し下向きの曲線が描かれている。目は、線が一本斜めに引いてあるだけだ。それでいて、顔からはどことなく賢さが伝わってくる。美智がきつねのことばのことを言っていたことがある。このきつねは話せるように見える。

清二がもう一つの丸まった紙包みを引っぱり出した。

「わたしに開けさせて」バーバラは清二の手から包みを取った。先ほどのきつねをたんすの上に置いて、包み紙を破る。紫色の絹に包んだものが出てきたので、紐を解くと、中からはまた小さなきつねが現れた。

「思ったとおり。対になっているんだ」清二は、肩が触れそうなほど身を寄せてきた。

バーバラは両手にきつねを一つずつ乗せてみると、二体はうりふたつだった。違いは口だけで、ひとつははっきりと三角形なので、まるで喋っているような表情だが、もう一つは口を噤んでいるように見える。

「きつねがしゃべることと何か関係あるのかしら？　きつねが人を化かすとか」

「ちょっと違うね。きつねが守り神になっている稲荷神社を知ってる？」清二が言う。

「お宅へ行く途中にある神社でしょう？」

「そう、もっと大きな神社もあるんだよ。稲荷神社は日本各地にあってね。稲荷というのは農耕の神で、きつねはその神のお使いだと言われている。神社にお参りにいく人の中にはきつねに願いごとをする人がいて、神主にこういう二匹のきつねに祈願してもらうんだ。願いが叶うとそのきつねを神社にお奉納する。これを願掛けぎつねといっている」

「じゃ、ここにきつねがあるということは、美智さんの願いは叶わなかったのね」

「このきつねは、ずっと古いもので、おそらく中本先生のものではないと思う」

清二はきつね女の掛け軸を見上げた。「この絵も美智さんから貰ったの？」

「いいえ、母が日本にいたとき、誰かに貰ったの。その人から、母はきつね女のように美しい、と言われたんですって」

「では、あなたの美しさはお母さんゆずりだね」清二は微笑んだ。

「まあ」また顔が火照ってきた。

「美智さんが言っていたけど、この絵は、きつね女が子どもを残して去って行くところなんですって。どんな物語かご存知？」

「日本には、きつねにまつわる話がたくさんあって、大抵は、きつねが男をたぶらかすために美しい女に化ける話なんだ。有名なのはきつね妻の話で、子どもも皆知っている。ある日狩人がきつねの命を救うと、翌日美しい女が狩人の家へ来て、嫁にしてほしいと頼む。狩人は喜んで、二人の間には子どもも生まれて、しばらく幸せに暮らすんだ。でも次第に妻の本性が表れてきた——たしか水辺を通りかかったときだ。水はいつだって真実を映すから、人間の女ではなく、きつねの姿が映ったんだ。だから女は、夫と子どものもとを去らなければならなかった」

「哀しいお話ね」

「これこそ日本的な結末で、これを『あわれ』と言っている。きつねの話はほかにもあって、そこそこハッピーエンドの話だってあるんだよ」

「もっと聞きたいわ」

「話は山ほどあるから、たぶん、すごく時間がかかるよ」

「そうね」彼を見ていると、人知れず心が揺らいでくる。バーバラは一番下の引き出しを閉めて、一番上の引き出しを開けた。「どれかはかかのを訳しましょうか？　このあいだひとりで読んでた一九六一年のはどう？」

「最初に決めた順番で訳していこう」一九六三年の包みに手を延ばしながら清二は言った。

バーバラは肩をすくめた。言い合っても仕方がない。たんすの上からきつねを取って、清二の後ろについて居間へ入った。

二人はこたつに足を入れた。バーバラはきつねを自分の前に置いてノートを開いた。清二は瓶の包み紙を外して、座卓の上で伸ばした。二人は肩を寄せ合って、バーバラが紙の左側を、清二が右側を押さえた。

清二は眼鏡をかけて、包み紙の上に体をのり出した。

「これもやはり年頭に書いたものだね」日本語の文字を指でたどりながら辞書を取りあげた。薄いページをめくる清二の指は長く、ほっそりして、爪もきれいだ。「ちょっとこれを発音してみてくれる?」一つの英単語を指差した。

「サイコロジカル」

「そうそう」と言って、また美智の手記に戻った。「さあ、訳すよ」バーバラはペンを執る。「《皇太子妃である美智子妃殿下は、数ヶ月間口がきけませんでした。脳卒中か癌ではないかと心配されましたが、元に戻られました。精神的なことが原因だったようです。皇太子の昭仁親王に嫁いで以来、舅にあたる天皇と姑にあたる皇后から受けた扱いに傷ついたのだということです》」清二は次の部分を黙読してから声に出した。

「《皇太子妃のことを聞くにつけ、祖母の江《こう》のことを思い出します。祖母もまた、その姑からひどい仕打ちを受けました。そのため、生まれて数ヶ月の乳のみ児だったわたしの母を置いて、家を出てしまったのです。子どもだった母にとってはかわいそうなことでした。いるはずの母親がいないという寂しい家庭で育った母も、今度は自分が母親になったのです。だからわたしは母に不満も言えないし、母親らしくないなどと言うべきではありませんでした。わたしも母親として、ウメをやさしく見守ってやらなければなりません》」

「江さんがどうして家を出たのか、書いてある?」

「ここには何も書いてない」清二は指を走らせた。「でも次のところはとてもおもしろいよ。特にたんすのことは」

「わたしが貰ったたんす？」

「そう。中本先生はこう書いている。《このところ昼も夜もずっと年賀状を書き続けていると、昔のこと、母や祖母のことが思い出されます。祖母の江のことを書いた母の手記を、最近また読みかえしました。母にとっては、自分の母親のことが書いてある物は何でも、大事な宝物のようです》」

「《母は亡くなる日、父とわたしを枕許に呼んで、年頭に自分が書いたものを大切に保管してほしいと、苦しい息の下から言いました。空襲から守るため、茶庭の石の下に埋めてあるということです。母が死んだあと数日して父と一緒に、一括りになった手記の入った木箱を見つけました》」

「美智さんのお母さんの手記ね！」

清二は頷いた。「最初の手記は、昭和五年一月二日に書かれている。中本先生が八歳の時だね。さらにこうあるよ。《父とわたしは机に一緒に座って、母の手記をどきどきしながら読みました。その日茶室で、母が作った梅酒の瓶が何本も入った埃だらけの木枠を見つけました。どの瓶にも製造年を書いたラベルが貼ってありました。手記も梅酒作りも同じ年に始まっていたので、その手記で瓶を包むことを思いつきました。父もそれがいいと言い、梅酒瓶を入れるたんすを作ることにしました》」

「《己斐には、原爆によってなぎ倒されたにもかかわらず焼けなかった樹木が、たくさん残っていました。母がよくお参りに行っていた神社にも、古い樟の木が一本残っていて、父はその木でたんすを作りました。でき上がるまでには何週間もかかり、父の弱った体にはこたえたようでしたが、逆にそれは、父にとって生きる気力にもなっていました。父はこのたんすをどうしても作りたかったのです。

とても粗削りだとは言いながらも、非常に満足していました。母が作った梅酒と手記をたんすに納めると、わたしは肩の荷が下りてほっとしました。母とお江おばあさんの言伝がこの世に残っていくでしょう。「大きいたんすだから、これから作る梅酒と年頭の手記を毎年入れることができるよ。お母さんの後を引き継いだらどうかね？　お母さん、きっと喜ぶよ」と父が言ったので、そうしてきました》」

バーバラと清二は、たんすをあらためて見てみようと立ち上がって、小さい部屋に行った。たんすは夕日を浴びて輝いていた。「きれいね。作るの、大変だったでしょうね」

「そうだね。高須さんは本職の職人じゃないのに、これは大したものだ」二人は跪《ひざまず》いた。清二はタンスの引き出しの角を指で撫で、バーバラは側面に手を当てた。とても固く張りのある感触だった。

「樟だけで作るのは、非常に珍しいんだよ。二つとないものだ」

「樟のことに詳しいの？」

「うん、よく知ってるよ」

二人はもう一度、一番下の引き出しを開けて、古い梅酒を眺めた。バーバラは気が嵩ぶって震える手を、一九三〇年の瓶にそっと当ててみた。するとその梅酒がずっと自分のことを待っていてくれたかのような気がした。「ねえ、次はこれにしましょうよ」

「そうだねえ」清二は、何か心の中で思い出していて、渋っている様子だった。

「美智さんのお母さんの手記のことは、知っていたの？」

彼は首を振った。

「美智さんの手記のことは知ってたのでしょう？　だって美智さんはお宅で暮らしていらしたんだから」

「いや、知らなかった」清二はそっけなく言った。

「でもこの梅酒のことは……知って……」

「え、まあ」彼は不意に立ち上がって、隣の部屋に行ってしまった。

「清二」バーバラは清二を傷つけたようだ。

洋間にいる清二に問いかけた。「何か気に障ったかしら？」

長い沈黙があった。「ごめん。このたんすを見ていると、辛い記憶がよみがえってくるんだ」

「そうね、よくわかるわ」清二は美智のことをよく知っていたのだ、教え子だったんだから。それに、被爆という共通の壮絶な体験もあった。

バーバラは清二の腕に触れた。「お茶を入れましょうか、清二」

「うん、ありがとう」

バーバラは台所で湯を沸かし、盆に湯呑と手みやげのカロライナのバーボン入りビスケットを用意した。

しばらくすると、清二が玉暖簾を分けて台所に入ってきた。台所を眺めまわし、一つずつ確かめるように見た。そして戸棚からピーナッツバターの瓶を取ると、蓋を開けて匂いを嗅いだ。

「舐めてみる？」バーバラはクラッカーにピーナッツバターを塗って渡す。二人の指がかすかに触れた。クラッカーをほおばっている清二の顔はユーモラスで、もう機嫌が直ったようだ。

バーバラは盆を持って居間に戻り、こたつに座ると、二人分のお茶を注いだ。ビスケットに、なつかしいバーボンの味はなかった。アメリカ南部のものではまったくないし、かと言って日本のものでもない。紅茶を飲み終わると、バーバラは梅酒の瓶を手に取った。

「飲んでみる?」

「ハイ」お互いに梅酒を注いだ。バーバラはちびちびと芳醇な味わいを楽しんだ。

清二は一気に飲み干すと、お代わりを求めてコップを差し出した。「とてもおいしい」と彼女に微笑んだ。こたつの上に並べてある対のきつねに触った。「何か願い事があるのでは?」

「もちろん」バーバラも微笑みを返した。「誰だってそうじゃなくて?」

「そうだね」清二は振り向いて、部屋中を見回した。「ここで寝ているの?」

「いいえ、あっちの三畳間で」

「ベッドは嫌い?」

「前は使ってたけど、今は布団なの」

「ずいぶん日本的なんだね」

ノックの音がした。二人ともはっとして身構えた。居留守を使おうかと一瞬迷ったが、後で困ることになるかもしれない。二人の声が聞こえているに違いない。

バーバラは急いで立ち上がり、ドアを開けると上田先生が立っていた。割烹着を着て、頭にはスカーフのようなものをつけていた。「まあ、こんにちは。旅行にお出かけだと思っていました」バーバラは、うろたえた。

「いいえ、ちょっと買い物に出ていただけです。髙島屋でおいしそうなお肉を見つけたものですから、お夕飯ご一緒にいかがかと思って」

「まあ、ありがとうございます。でも今ちょっと用があって……」

「でもどのみち、お夕食の時はそれを一旦中断なさるのでしょう?」上田先生は首を少し伸ばして中をちらっと覗きこんだ。

バーバラも振り返って見たが、清二はまだこたつに入っているので姿は見えなかった。「今、友だちに翻訳を手伝ってもらっているところです。お気持ちはありがたいのですが、今日はちょっと……。ぜひ次の機会に」

「そうですか。ではまた」上田先生は足早に階段の方へ去った。

バーバラが居間に戻ると、清二は上着をはおっていた。「もうおいとました方がよさそうだ。この次は、手記をぼくの家へ持ってきて。いつ来られそう?」

「実は箱根へ行こうと思っているの」

「そうなんだ。いいところだよ。どれくらい行ってるの?」

「二、三日。今週末までかしら。土曜日には、京都の生徒のところに行くの」

「なるほど、そうなのか」清二はちょっと間をおいてから言った。「箱根は大好きだよ」

「それなら箱根で翻訳するのもよさそうね」

「うん、うん」清二は頷いた。「それはいいね。どこに泊るの?」

「箱根ホテルよ」バーバラは藤沢学長が薦めていたホテルの名前を思い出して、言った。

「ぼくは、その近くの旅館に泊まるよ」

「水曜日の朝、出かけるわ」それなら計画を立てる余裕がある。

「では箱根ホテルのロビーで、二時に待っているから」清二はお辞儀をして、玄関の方へ、急いで降りていった。

バーバラは、階段の上で清二の足音に耳を澄ませた。玄関では、物音がしなかったのでほっとした。上田先生は部屋から出てこなかったようだ。

バーバラが寝室の窓に駆け寄ると、丁度清二の後姿が見えた。背筋をのばし、手をポケットに入れて、砂利道を足早に歩いている。バーバラは清二とずいぶん打ち解けてきたように感じていた。

十二

漆喰壁の重厚な箱根ホテルが、芦の湖畔の急斜面に静かに佇んでいる。バーバラの母親は、箱根の記事の中で、あの有名な逆さ富士のことを書いていた。あいにく今日の富士山は雲に隠れている。湖を取り囲むなだらかな山々も、山頂部分は霧に覆われている。

ホテルのロビーはオーストラリア人の団体客で賑わっていた。バーバラは急いでチェックインして、部屋に案内してもらった。広い洋間でとても清潔そうだが、湖の見えない山側の部屋だった。

早めに着いたので、鞄の中身を確かめた。美智の手記を入れるために買った鞄だ。固い革製で、医者の往診鞄のような形をしているので、巻いた紙も潰れない。まん中の部分に六通の手記を入れた。美智のお母さんのものが三通と、美智のものが三通。底には、タオルで巻いた美智の手製梅酒の瓶を、鞄の片側のポケットには手帳と、バーバラの母親が書いた箱根の記事を入れた。翻訳ノートも入れた。もう片方のポケットには、絹と紙で包んだきつねの置物を、カシミヤのセーターにくるんで入れてある。出がけにあわてて、避妊具のペッサリーも突っ込んだ。

この遠出は随分大胆だった。まさに忍び逢いである。もちろん母のゆかりの地を訪ねる、という言い訳は考えてある。母が一九三八年に書いた、ぼろぼろの記事をベッドの上で慎重に広げた。

箱根だより——日本の景勝地

ミス・ジャネット・ジラード

箱根は、日本の七大景勝地の一つで、必見の地である、と案内人はだれしも言う。富士山系に位置していて、気候は健康によく、一方、そこかしこに湧き出でる温泉は、ミネラルを多く含み、消化促進から精力増強にまでよく効く。

富士屋ホテルの豪華な昼食に間にあった。見たこともないような御馳走だ！　鳩肉に、芦の湖で獲れた鱒、象牙色の繊細な楊枝を刺したウズラの卵の串焼き、大皿に盛りつけられたピータン。友人によると、何でも百年間も土に埋めておいた卵を、掘り出したのだそうだ。（まったくやりすぎというものだ。それほどまでしなくてもいいのに）

記事の残りの部分を飛ばし読みしていった。終わりの方に、箱根神社のことも出ている。神社には戦さの犠牲者が何百年にもわたって祀られていること、中国での日本軍の行動、戦地に行った息子を思って涙する母親のことなどが書かれていた。

記事は、さしておもしろくもないし、郷愁をかきたてるようなものでもない。バーバラは、記事を折り畳んで鞄に戻した。美智がここにいたら、たぶんこの部屋で、母のことを語り合っただろう。でももしそうだったら、清二とは出会っていなかったかもしれない。今回の箱根旅行はバーバラにとって、胸が躍る半面後ろめたい気もする。清二との密会を美智はどう思うだろう。

鞄から手帳を取り出して、胸中を書き留めた。「美智、わたしは、あなたの手記を訳すために、岡田清二と箱根に来ています。清二にとても魅かれています。もし彼を街で見かけたら、そのままついて行ってしまうほどで、こわいくらいです……」

突然、部屋の電話が鳴った。飛びつくと、男の方がおみえですというフロント係の抑揚のない声が聞こえた。

清二はロビーに座っていたが彼女が入ってくると、立ち上がりお辞儀をした。バーバラと同様、緊張しているのがわかる。真面目くさった顔だ。服装にも気を使っている。ニットのベストに上等の茶色いズボンをはいて、靴も磨いてある。

「外に出ない?」と彼女は言った。

「うん、この辺りは見るところがたくさんあるからね」

「わたし、母が訪ねた箱根神社に行ってみたい、この湖の向こう側の」

外に出ると、大型の観光船がちょうど出航したところで、船の後ろには、大きな緩やかな波が、扇のように広がっている。船上では、観光客たちが一列に並んで手すりにもたれている。

「個人でもボートを出してくれると思うよ」

二人はボート小屋の方へ降りて行った。雲は低く垂れさがり、水面のあちこちに霧がかかっている。

ボート小屋の中では、若い男がタバコを吸いながら、ラジオから流れてくる歌を聞いていた。清二が何やら話しかけた。「向こう側の神社まで行ってくれるって」

舟に乗り込んだ、小さな舟内には、厚い板のベンチがある。若者はタバコを水にひゅっと投げ捨て、エンジンをかけた。沖へ出ると、水面が波立ち、しぶきが顔にかかった。中央のベンチに座った二人は上下に揺れた。

雲が山からどんどん降りてくる。

バーバラは、清二の端正な横顔と滑らかな肌を見ていた。「雨にならないといいわね」

「ここは天気の変わりやすいところだからね。まあそのうちに晴れてくるでしょう」

白色の薄い幕のような霧が、水の表面を覆っている。霧はだんだん濃くなり、後ろを振り返っても、もはや岸辺は見えず、辺りは二人だけの世界となっていた。

清二はバーバラに微笑みかけ、バーバラは、お互いの手がベンチの上で触れそうになっているのを見つめていた。

やがて船は船着き場に舳先を突っ込んで、上下に揺れた。清二はバーバラの手を取って、陸へあがるのを助けてくれた。神社の方へ登っていく道には、古代杉が立ち並んでいる。やがて、母親の写真に写っていた長い階段が見えてきた。「美智さんの言ったとおり、やっぱり母はここへ来たのだわ」

二人は階段を上り、古びた神社の周りを歩き回った。どこも自由に出入りできるが、一つだけ閉め切った建物があった。あれはきっと母が記事の中で書いていた宝物殿だろう。辺りには人ひとりいない。神官もいない。清二が銅鑼を鳴らし、柏手を打って、形どおりのお参りをした。境内を歩くと、古材の湿った臭いが鼻をつく。社は七百年もここに建っている。それを思うと、自分も母も、小さな塵のようなものだ。こんなに古色蒼然とした神聖な神社に身を置いても、バーバラの頭の中は清二のことでいっぱいだった。

階段を下りて戻ろうとした。手すりが無いのでためらっていると、清二が手を取ってくれた。舟に戻ると、二人は身を寄せ合って船べりによりかかった。霧が薄くなってきて、湖面や遠くの山々の一部が見えはじめた。富士山は依然として雲に包まれたままだった。

間近で清二を見ると、黒い髪にも赤味がかったところがあり、上着の襟から見える首筋には皺もある。バーバラも清二にじっと見つめられた。

やがてボートは船着き場に着いた。ホテルまで歩きながらバーバラは言った。「どこで訳しましょうか？」後ろを振り返ると、オーストラリアの団体客たちが追いついてきている。

「ぼくの泊まっている宿の方がいいかもしれませんね」

ホテルに着くとバーバラは、美智の手記の入った鞄を急いで取ってきた。清二はホテルの外で、再び霧に包まれた湖を眺めながらタバコをふかしていた。鞄を持ってくれて、言った。「ぼくの宿はここから十分くらいの丘の上です」

清二は静かに口笛を吹き始めた。どこかで聞いたような曲だと思ったら、ボート小屋のラジオから流れていたあの曲だ。登っていくうちに、二人は次第に無口になっていった。道の両側の松の木々にも霧が立ちこめている。

小さな宿がひっそりと佇んでいた。ロビーも受け付けもない。玄関で靴を脱ぎ廊下を通って部屋に入った。畳敷きの部屋の真ん中には、旧式の炭団《たどん》入りのやぐらこたつがあり、布団がかかっている。清二が庭に面した障子を開けると、木々や灯ろうが、奥には、草の生い茂った斜面が目に入った。

「こたつにどうぞ。今、何か温かいものを頼むから」

こたつに入り、足をやぐらの上にゆったりと乗せているうちに、体が自然に温まってきた。霧はまるで煙のように庭を漂い、草木や斜面の景観を変えていった。水の流れ口に取り付けてある筧が、時折こーんと鳴って、心地よいリズムを奏でている。

清二は戻ってきて、バーバラの隣りに座りこたつに入った。女中が、酒とせんべいを乗せた盆を持ってきてくれた。

二人は窓の外を見ながら、燗をした酒を飲んだ。「とて落ち着くわね」と口から出たが、あまりの静けさに、バーバラはだんだん気づまりになった。「そろそろ訳を始めない?」

清二が、鞄をこたつのところに持ってきた。「さて、どの手記をもってきたの?」

「まず美智さんのお母さんの手記から始めない? おばあさんの江のことが知りたいの」一九三〇年代の手記を清二に渡して、ノートとペンを取りだした。

清二は手記を広げながらうなった。「この漢字は古い字体だねえ」清二は全体を大まかに見てから、毛筆で書かれた文に指を走らせていく。

「やはりこれは中本先生のお母さんのものだね」やっと口を開いた。「ほら高須千恵という名前がある。高須というのは名字だよ。これも年頭の一月二日に書かれていて、去年初めて梅酒を作ったと言っている。一旦梅酒作りを始めたら、途中で止めると縁起が悪い、とお姑さんに言われたので、作り始めるのをためらったけれども、結局毎年作ることにしたようだ」

「作るのを止めるとどうなるの？」

「梅の木によくないんだ。それは、千恵さんが妻として不幸になるということで、日本では、梅の木を女性に譬えるんだ」清二は、その手記にまた覆いかぶさるようにして言った。「千恵さんはこうも書いている。《美智は今年八歳。子猿のようにおてんばで、まるで男の子のようです。男の子ではなくて残念ねと文夫さんに言うと、いいや、とは言うものの、男の子だったらよかったときっと思っているに違いありません。美智は英語に興味を持ち、英語塾に行っています。中嶋旅館に来る外国人と英語でしゃべるので、まるでペットのように皆さん可愛がってくれます》」

バーバラはノートから顔を上げた。「母も、わたしが男の子だとよかったみたい」

「ぼくは、きみが女の子でよかった」

バーバラはまた顔が火照った。「嬉しいわ。中嶋旅館というのは広島にあるの？」

「そう、広島」

「知ってるの？」

「己斐の近くの山間部だったと思う」

「もう無いんでしょうね？」

「おそらくね。己斐の辺りにはまだ残っている家屋もあるけど」

「わたし、行ってみたい。広島をいろいろ見たいわ」

清二は何も言わずバーバラに目を向けて、静かに切り出した。「行けるよ。でも土地に詳しい人がいないと、よくわからないと思うよ」

「では清二さんが案内してくれる？」

「いいよ」

「ありがとう」またノートに目を落とした。

清二は咳払いをした。「まだ続いている。中本先生のことだ。《ちょっと前、また美智が夕食に遅れて帰ってきました。その時、みっちゃん、もしもお母さんがいなくなったら、どこかに行ってしまって帰ってこなかったらどうするって聞いたことがあります。そうしたら美智は笑って、お父ちゃんがいるわって言いました。どうしようもない子です》」

清二は、その手記を置いてタバコに火をつけた。「さあ、一番古い日付のものはこれでおしまい」

次のものは非常に長くて、一九三一年の瓶に何枚も重ねて巻いてあった。ひと通り目を通すと、今度は漢文という漢字だけの文章で書かれていて、訳するのに少し時間がかかるという。

二人は暮れなずむ庭を静かに眺めていた。

「そろそろホテルに戻るわ」

清二はさらにお酒を注ごうとバーバラの方へ身を寄せたので、二人の肘が触れた。清二の肘に軽く押されたバーバラは催眠術でもかけられた心地がした。そのとき、筧のこーんという音が聞こえた。遠くの方から美しく哀しげな鳥の鳴き声が聞こえてきた。

「あれは何かしら？」

「愛の鳥かな」

バーバラは笑った。清二はバーバラを優しく抱いて、頬に唇を軽く当てた。日本語で何か呟きながら、彼女の髪に顔をうずめた。

「何？」彼の顔に触れようとしながらバーバラは言った。「何て言ったの？」

「帰したくない」

「わたしもよ。まだ帰らなくてもいいわ」しかし清二はもう身を引いて立ち上がっていた。バーバラが立つとき少しふらついたので清二は支えてくれたが、すぐ手を放した。

一緒に旅館を出て、暗くなった坂道を降りていった。軽くぶつかりあっていた腕は、お互いの手を捕まえた。やがて、下の方にバーバラのホテルの灯が見えると立ち止まり、清二はバーバラを恐る恐る抱きしめて、唇をそっと重ねた。バーバラも清二の背に手をまわすと、清二の鼓動が伝わってきた。お休みなさいと言って、清二は旅館の方へ戻っていった。清二の姿が暗闇の中に消えるまで、バーバラは後姿を追っていた。

その晩真夜中に、バーバラは不意に目が覚めて、黒い鞄のことを思い出した。美智の手記や、清二への想いが書いてある手帳、そう、そしてペッサリーも。全部清二の部屋に置いてきてしまった。

十三

朝、起きると冷たい雨がしとしとと降っていた。バーバラは夜明けとともに目が覚めたが、九時頃まで待って清二の旅館に出かけた。きっと清二は、わたしが到着するまで鞄の中を見はしないだろう。清二が泊っている旅館の玄関は開いていたが、廊下は暗くひっそりとしていた。早過ぎたかしら。廊下の奥の方に電灯が一つ灯いている。朝食のにおいがする。「おはようございます」おもむろに声をかけた。清二の部屋のそばまで来ると驚いたことに、部屋の中から男同士の話し声がかすかに聞こえる。

部屋の戸をそっと少し開けた。「おはようございます。早過ぎたかしら?」

「あ、バーバラさん」と言うと、清二は畳の部屋を横切ってきた。青と白の寝巻の上に茶色の丹前をはおり、素足のままだ。「こちら、友人の川端さんといって、この宿のご主人で、歌人でもあるんだ」

白い顎ひげの明るい目をした年配の男性が、こたつの脇であぐらをかいていた。男性は美智の手記を手にしたまま、腰を折って丁寧にお辞儀をして、鼻眼鏡越しにバーバラを見つめた。

「わたしの鞄を開けたんですか!」

「ええ、この川端さんが、千恵さんの書いた難しい漢文を読んで下さるというので」

川端さんは、何やら清二に言った。

「川端さんは、あなたが幽霊に見えたって。雨の朝、旅館に入ってきた、金髪の」

「ドウモアリガトウゴザイマス」バーバラは軽くお辞儀をしたが、褒められているのかけなされているのかわからなかった。「わたしも、そちらのお方が幽霊かと思ったと言ってください」清二が通訳している間に、バーバラはこたつの傍らに座って鞄を手にとった。男性は突然大声で笑い出した。

「きみはおもしろい人だって思っているみたいだよ」

「きっとそうでしょうね」男性はテーブルの向こうから、バーバラをいたずらっぽい目でじっと窺っている。そして日本語で何か言った。

「朝食をいかがかと言っておられる」

「もう済ませてきました」バーバラは頭を下げた。

「どうぞお楽になさってください」川端さんは頭を下げて、こたつに手招きした。そして急に立ち上がると、茶目っ気たっぷりにほほ笑みを投げかけながら、また日本語でまくしたてた。

「炭を継いだので、暖まってくださいって」川端氏が出ていったあとも清二は続けた。「おかみさんが温かいお茶を入れてきてくれるそうだ。その前にちょっと着替えてくるね。きみがこんなに早起きとは思わなかった」と清二は微笑してつけ加えた。

「そう?」バーバラもこたつに入って頬をゆるめた。「わたしのこと、朝寝坊だと思っていたんでしょう？」

「いえいえ、猫のように眠りこけているのではないかと」

バーバラは顔を赤らめた。清二が小さいスーツケースから服を取りだすのを、眺める。「ほかの手記を読んだの？　美智さんの」

「ううん。一九三一年のを一通だけ。でもかなり長い文章だから、川端さんに手伝ってもらって何とかできた」

清二が着替えに出ていくのを待って、バーバラは、鞄の外側のポケットに手を突っ込んだ。手帳も訳文ノートもそのままなのでほっとした。ペッサリーの箱もハンカチに包んだままだった。勿論清二は他人のものをあさったりするような人ではない。訳文ノートを取り出し、一九三一年の丸まった手記を広げた。この文字は、美智の字体よりずっと装飾的だというのが見てとれる。筆遣いもとても勢いがあり、筆止めも大胆である。千恵の書いた内容が今はわからなくてももうすぐわかるかもしれないと思うと、期待がふくらむ。この先、訳していくうちに、それも清二の助けを借りながらとなると、体を合わせることになるかもしれない。

庭に降り注ぐ雨は、松の脇にある大きな石に跳ねかえり、深緑の苔に吸い込まれていく。濡れた土と湿った畳のにおいに、建物のどこからか漂ってくる線香のかすかな香りが入り混じっている。

川端さんのおかみさんが、お茶とまんじゅうを持ってきた。優しげな表情の白髪の女性だ。おかみさんと入れ替わりに、清二が昨日と同じ服を着て戻ってきた。素足のままだが、髪は念入りに梳かしている。そしてバーバラの隣に座る。

「読んでいるの？」と、にっこりしながら言う。

「そうできたらいいんだけど」

「でも読めるのなら、ぼくなんか要らなくなってしまうのだから、ぼくを必要としてくれるのはすごく嬉しいよ」

思わずバーバラは微笑んだ。「わたしも」

清二はその巻物を手にとって咳払いをした。「千恵さんは、母親である江《こう》さんの生涯のことを述べている。中本先生もおばあさんのことを書いていたはずだよね」

「ええ、そうよ」これは美智の生い立ちなのだ。急いでノートをめくり、新しいページを開けた。

「この手記は昭和七年、ということは一九三二年だね、一月二日に書かれている。まず千恵さんは、娘である中本先生の子どもの頃のことを書いている。《「美智」というあなたの名前は、知性があるという意味だけど、母親の言うことをきかない、やんちゃな手に負えない子だこと。これは、美智ちゃん、あなたがわかるようになった日のために書いておきます。江おばあさんのことです》

「《江おばあさんは、神々の宿る地、出雲の松江の出です》今は島根といって、西日本の日本海側に面した田舎なんだ」清二はバーバラに説明しながら、手帳の端に小さく地図を描いた。「《江は裕福な松平という武家の長女でした。まるで、天女のごとく品があったということです。漆黒の髪は膝まで届くほどで、美しく流れるようでした。肌は真珠のように透きとおっていました。茶道にも華道にも舞にも秀でていたそうです。父親に、学問をすることを許され、自宅に先生を呼んでもらったので、漢字の読み書きができたのです》前世紀までは、侍の娘といえども、女が学問をするのは珍しいことだった。さて千恵さんはこう書いている。《江には、家族ぐるみで親しくしていた外国人の知り合いがいたので、その人から英語とギリシャ語を多少教わっていたようです。その頃、江は二十歳くらいで、当時としてはかなり年がいっていたのに、縁談がありませんでした。仲人の骨折りも実を結びませんでした。それというのも、その家はきつね憑きだったからです》川端さんによると、きつねにとり憑かれていたということなんだ」

「どういうこと？」

「うわさでは、その家には、松平家の莫大な財産を守っている小さなきつねが七十五匹いるということだった。川端さんの説明によると、そのやり方は巧妙で、主人の命を受けて出かけて行っては、よその財宝を持ち帰る。だからきつねは、江の婿になる家にとっては、脅威だったんだ。きつねたちがに随いてきて、婚家に禍をもたらすからね。きつねは松平家の盗賊集団なんだ」

「そんなこと信じていたの？」

「特に日本海側では、きつね憑きの家の娘は結婚相手を見つけるのが難しかったようだ」

「現代でも？」

「川端さんによると、今でもそういう話を聞くって。でも江の父親はきつねの話など知らない、広島出身の仲人に頼み、ある武家の年頃の子息とめ合わせたそうだ。それが高須家の若者だった」清二はバーバラの手帳にその名前を書いた。「《高須家は広島の城下町の在で、極めて格式の高い家柄でした。裕福な家の出の江は、美しく上品な娘であり、軟弱な学問好きの息子広志にはうってつけだと、高須家の人々は思ったようです。誰も江の本当の年齢はわからず、仲人は、十五歳だと言っていました。

勿論、きつねのことなどだれも知りませんでした。やがてこの縁談が整い、江は家族から遠く離れた広島へ嫁ぐために、山を越えて長い旅をしました》」

清二は、バーバラの手帳に地図を描き足して、日本海側から山を越えて、広島に至る江のたどった道を点線で描いていった。

「そこで千恵さんがこう言っている」彼は間をおいて、ノートのページを見た。「《高須家の若い女中ロクが、母の江が広島の高須家に輿入れした時の話をしてくれました。ロクには、後にわたしの世話もしてもらいました。花嫁は、神道のしきたりどおり、白無垢の婚礼衣装の下に赤い着物を着ていました。顔は白塗りで目は黒々と輝いていたそうです。若い花婿の広志は花嫁を一目見て、口もきけないほど衝撃を受けたと、ロクは言っていました。江は最初から広志を虜にしてしまった、と後に姑も述懐しています。そして、気位の高い、あでやかな嫁の顔つきを見たときから、何か怪しいものを感じていたのでしょう》」

清二はバーバラを見た。「次のところはかなり立ち入ったことだけど気にしないで」

「《二人の閨ごとは、初夜から何か常軌を逸しているように姑には思えました。新婚夫婦は、夜も昼も部屋に籠もりっきりでした》これは日本人の夫婦としては異常なことなんだ」清二はバーバラの様子をちらっと窺った。「《広志はその日から家業を顧みなくなり、ますます俳句にのめり込み、江から教わった一風変わった出雲節を三味線で弾くようになりました。二人は一緒に風呂を使い、奇声を発し、戯れあったりしたので、姑は眉をひそめたものです。ある雨の夜遅く、二人が裸のまま庭に出ているのを姑は目撃しました。江が広志の背にまたがり、常軌を逸したように髪を振り乱し、嬌声を発していました。姑は二人の周りに閃光を見た、とロクが言っていました》」

バーバラは、清二の視線を感じながらも、ノートから目を離さなかった。

「《母親に対する広志の態度は随分変わりました。江が家事を何もせず、年貢米の管理を覚えようとしなくても、舅は最初おう揚でした。江は高慢で放蕩三昧でした。終日湯殿にいて、二人の女中に、特別な生薬から抽出した液で髪を洗わせていたという話もロクから聞きました。江にはきつねが憑いていることや、獣の臭いのする外人と付き合い、英語を教わっていたという噂が、出雲から山を越えて流れてきても、姑はもう驚きませんでした》」

「獣の臭い？」

「昔の日本人は、外国人のことをこう言っていたのさ。特に、日本人が牛肉を食べるようになるまでは、西洋人は独特な臭いを発していると思っていた。でもこの話の中では、そんなことは大したことではないよ。姑は江のことを、広い頬と尖った顎をもっていて目も鋭いのできつねのようだと言っていたんだ。高須家はきつねにとり憑かれている、江自身がきつねだ、と姑は思ったのさ」

「姑は妬んでいたのかしら、それとも本当にそう思っていたのかしら？」

「おそらくそう信じようとしたのだろうね。食事にきつねの好物の油揚げが出ると江がどんなに喜んだかを皆見ていた、と千恵さんが細かく書き残している。しかも江は普通の女性より食欲が旺盛だったとか。姑は、ロクにこうも言っている。江が稲荷神社に秘かに行きたがるのでついていくと、きつねの石像の前で拝んでいた。すると石造りのきつねたちは尻尾を振り、夏なのに江の周りに雪が降るのが見えたと。信じられないね！」

バーバラは黒い鞄からきつねの置物を取り出し、包みを解いた。「きつねの置きものを持ってきたんだ！」清二は笑った。

バーバラは、小さなきつねの置物をこたつの上に並べた。

「《舅は科学の知識のある人なので、江がきつねだなどとは信じていませんでした。でも姑は、そうだと言い張っていました。あるとき姑が広島の街の本通りを歩いていると、何だか荒野を彷徨っているように思えたことがあるそうです。それで、きつねの化身である江に目を眩まされていると思ったのです》」

入口の戸が開いた。川端さんがおかみさんと一緒に入ってきて、こたつの上に蓋つきの丼ぶりを置いた。川端さんは、目の前のきつねの一つをつまんで、大げさに驚いてみせた。

バーバラは清二を見た。「何ておっしゃっているの？」

「ふざけて、君がきつね女ではないかと確かめているんだよ」

バーバラは川端さんをじっと見つめた。ブロンドの外国人なんて、人間じゃないと思っているのだろう。

「川端さんのことばは、褒めているととった方がいいよ。このきつねは骨董品だって」と清二が言った。

「おそらく、江さんのものでしょうね」

川端夫妻が出ていくと、バーバラはなぜかほっとして、野菜や肉の入った川端さん手打ちの麺の餡かけうどんに箸をつけた。バーバラは、ノートときつねの置物を眺めた。長い艶やかな髪を垂らした江が、お稲荷さんで拝んでいるところを想像してみた。馴染みのない土地でよそ者だった江は、外国人のわたしのように、きっと心細かったのではないかしら。

「この先は、かなり残酷だから、ショックを受けるかもしれないよ」

「聴きたいわ」

清二は再びその手記を手に取った。「《その後高須家には禍がふたつ起こったのです。ひとつは、大きな米蔵が焼けたことです。姑は、これは江の仕業だと思ったのです。もうひとつは、広志が日露戦争に出征すると間もなく、江が女の子を産んだことです。一九〇六年の丙午の年です》このあたりのことはわかるかな。丙午は六十年に一度巡ってくるんだけど、当時は丙午に生まれた女の子は不幸をもたらすと信じられていたんだ。丙午生まれの女の子は、大人になって夫を殺すという迷信があって、縁起が悪い。だからよく丙午生まれの女の子は闇に葬られた」

「本当に?」

「話を続けるよ。千恵さんが言うには、丙午の女の子が生まれたのは、江がきつね憑きだという何よりの証拠だと、姑には思えたと。かばってくれる広志もいない。江からきつねを追い払うために、祈祷師が呼ばれた。もしこれで江が死んでしまえば、やはりきつねだったのだということになる。後に、千恵はロクから、その祈祷のことを聞いた。ロクはそれを、江に仕えていたもう一人の女中から聞いた」

バーバラはペンを置いたが、清二は続けて読んでいった。「《江は食べ物を与えられずに、何日も部屋に閉じ込められていました。江がきつねに取り憑かれているのなら、そのきつねは腹を空かせて、江の体から出ようとするはずです。祈祷の日、祈祷できつねを追い出すために、江は鼻や目や口に唐辛子を入れられ、肌には焼け火箸が当てられました。体の中できつねが泣き叫ぶ声が聞こえましたが、それでもきつねは出てきませんでした。祈祷師は、胸や腹に錐のようなものを突き刺し、きつねを追い出そうとしました》」

バーバラは思わず胸を押さえた。清二が心配そうにバーバラを見ると、彼女は言った、「大丈夫、続けて」

「ここが最も怖ろしいところだけど、もうこれで終わりだ。ロクは千恵にこう言った。《人間の姿をしたお江を、その後見ることはありませんでした。お江は亡くなり、普通の葬式もしないで葬られたという人もいました。また、お坊さんに包帯を巻いてもらって、出雲に送り返されたという人もいました。しかし、山の方へ向かう途中、赤いきつねが木立の中へ逃げていくのを付添いの一人が見たので、駕籠を覗き込むと空になっていたそうです。江の正体が本当にきつねだったのかどうかはわかりませんが、そのとききっと、江の魂がきつねの姿に戻ったのかもしれません。その後芸者に姿を変えて、ひそかに広島で娘を見守っていたと、ロクもほかの使用人たちも信じていたのです》」

「皆で殺したのだわ！　疾《やま》しさから、こういう話をでっち上げたに違いない！」バーバラは思わず口走った。

「はっきりしないけど、千恵さんはこう書いているよ。《わたしがもう少し大きくなったとき、高須のおじいさんに、母の消息を訊ねたことがあります。おじいさんにとっては、そっとしておきたいことだったでしょうから、訊ねるのには大変な勇気がいりました。おじいさんの部屋に入っていくと、おじいさんはパイプを燻らして科学誌を読んでいました。わたしは、訊ねることばを慎重に心の中で繰り返し練習しましたが、緊張のあまり、率直なことばが口から出てしまいました。「わたしのお母さんはどうなったの？ 祈祷で死んでしまったの？」おじいさんが「どこで聞いたのかね？」と言うので、ロクからと言うと、おじいさんはこう言いました。「使用人たちの噂話なんかに耳を貸すんじゃない。お前のお母さんとおばあさんは、うまくいかなかっただけだ。その後、お母さんが平穏に暮らせる地は見つかったんだよ」その場所を聞くとおじいさんは首を振りました。「もうお母さんのことは忘れなさい」》」

「《おじいさんは本当に優しい心根の持ち主でした。わたしが運悪く丙午の年に生まれたとき、家族に禍が及ばないように、わたしを殺すべきだとおばあさんは考えました。こういう子どもは、一日の命の子と言われていました。けれどおじいさんは、赤ん坊を産んだばかりのロクに、わたしを預けたのです。ロクもわたしも、これが真相だということを知っています。しかし長い間わたしは、ロクが母だと思っていました。でも後にわたしが真実を知ったとき、かすかに覚えがあるのは、母である江の乳房ではなかったかということに気がつきました。そういえば、サテンの布のようにわたしを包んでいた髪も、いい匂いがしていたことを思い出します。幼いころ、夜中にわたしの顔に、髪や衣服がそっと触れて目が覚めたとき、部屋に誰かがいて、見守ってくれているという気がしていたのです》」

しばらく二人はことばもなく座っていた。バーバラは江の物語にすっかり惹きつけられていた。自分も、清二も、美智もそして江も広志も、すべての人が一枚のつづれ織りを紡いでいる気がしたのだった。

「ひょっとしたら芸者置屋はまだあるかもしれないわ」探しにいけば、美智に縁のある地を訪れることができるかもしれない。

清二は首を振った。「これは広島での話だよ」

「わかってるわ。何か記録が残っているかもしれない」

清二は、その手記を巻きながら言った。「芸者の名前は書いてないよ。江が芸者だというのは、残念ながらロクと千恵の作り話にすぎない。高須さんは、江をどこかほかのところへ遣ったのかもしれない」

「江は出雲へ戻ったとか?」

「出戻りは体面に傷が付くけど、ありえるね。もしかしたら、どこかで女中にでもなったかもしれない。あるいは、結局のところは殺されてしまったのかもしれないし、もう誰にもわからない」

清二は伸びをして、敷居に近づき戸を開けた。「ほら、雨が降っているのに陽がさしているよ。きつねの嫁入りだ」清二は振り返って微笑んだ。「さあ外へ出よう。雨が止んだら、富士山の美しい姿が見られるかもしれない」

十四

川端さんはバーバラに、古い火口から富士山系の「鳥瞰図」を見せようとして、山頂へと車を走らせた。大げさな身ぶりを交えてしゃべり続けている。カーブにさしかかるたびに、後部座席の清二とバーバラはぶつかり合った。バーバラは、道路の端の断崖から下を見ないようにした。江も輿に揺られ、こんなふうに山々を越えて嫁いでいったのだろうか。

「もうすぐ、あの人とは別れるからね」清二が低い声で耳打ちした。

そのうちに、川端さんが高い声で何やらうなり始めたので、バーバラは面くらって清二に目を向けた。

「詩を吟じているんだ。今日のこのよき日と、美しききつね女に感極まってね。ぼくも感激しているよ」

「きつね女に？」

清二の目許がほころんだ。「もしきみがきつね女というなら、さしずめぼくはきつね男だ」

バーバラは苦笑した。「日本の昔話の中に、きつね男というのは出てくる?」

「きつねにまつわる話は、女性の方が多いね。でもきつね女は、大抵はそんなにひどいことはしない。せいぜい人を騙すくらいでね」

「騙すことで害を与えることだってあるでしょ」

車は急カーブにさしかかったところで砂利に乗り上げ、古ぼけたリフトのところで停まった。バーバラは山肌を見上げた。木立の上の方に切り立った岩が見え、さらに上方に目を移すと、鉄柱と鉄柱の間に、後ろ下がりに傾いたリフトの座席が、危なっかしげにぶら下がっている。

二人は川端さんに礼を言い、手を振って別れたあと、リフトのチケットを買って乗り場で待った。後ろから来たリフトが二人を掬うとき、清二がバーバラの腕をとってくれた。足が地面から離れた。

木立の中へ吸い込まれていくような感じがしたかと思うと、やがてその上をかすめていった。真下を見下ろすと心臓がばくばくする。清二が手を握ってくれた。「後ろの景色が素晴らしいよ」と清二が言うので、一緒に後ろを振り返った。眼下には、お椀を伏せたような緑の山々に囲まれた湖が、銀色に光っていた。湖の彼方に目をやると、富士山が陽を浴びてきらきらと輝いている。リフトが少し揺れたので、バーバラは目を閉じ、清二の手を掴んだ。「目が眩む?」

「いいえ」とバーバラは微笑んで、清二の顔を近くでまじまじと見た。彼の目は、褐色だがほとんど黒に近い。それまで気付かなかったが、瞼のひだに、やわらかなまつ毛が隠れている。

「君と知り合えてよかった」清二はバーバラの後ろに腕をまわし、背に軽く触れた。その時まるで留め金が外れたように、バーバラの中で何かがはじけた。ただリフトの動きに身をまかせながら、体を起こし、息を深く吸って周りを見回した。山々の眺望も、刷毛で刷いたような雲もはっきり見える。

前方の座席には、一組のカップルが乗っていた。女性は、鮮やかな黄色のコートを着ている。陽の光に照らされた髪は青みがかって見える。男性は吸っていたたばこを、ふいに空中にはじき飛ばした。

バーバラはタバコの行方を目で追った。白い灰が舞いながら散っていく。火事にならないといいけど。そのとき、荒涼とした岩場にさしかかった。あちこちで蒸気が上っている。

「ここは火口のはずれ」清二が口を開いた。

「最後に爆発したのはいつ?」

「何百年も前のことだよ。でもまだ、その時のままのような荒涼たる原野が残っているんだ」清二は微動だにせず、火口を見下ろしている。その横顔はきわめて深刻だった。この不毛の地を見て、おそらく広島の荒廃した光景を思い出しているのではないか。

リフトが急角度に上っていくにつれ、二人は口をきかなくなった。荒々しい山肌が目前に現れ、黄色味を帯びた噴煙が岩の割れ目から噴き出している。

船がドックに入るときのようながたんという揺れがあり、リフトは降り場に入っていった。飛び降りるときに清二は彼女の腕をとった。足がすこしがくがくした。

「なんとか無事に着いたね」清二は笑っている。

二人は小さな建物が並んでいる方へと向かった。地図を貰うために観光案内所に入って、制服を着た若い女性ガイドから、大涌谷への道筋を教わった。

順路は駐車場の脇から出ている。傾斜した道は、二人がやっと並んで歩けるほどの幅しかない。草木も生えない岩だらけの緩やかな坂を上っていくと、丸い濡れた石のあたりから蒸気が噴き出し、強い硫黄の臭いが鼻をつく。灰色の泥の泡がぶくぶくと湧き出ている泥沼は、まだら模様を呈し、一見固い地面に見える。英語の標識は、「柵の中に入らないでください」と警告している。案内板に従って、木造の「見晴らし台」の方へ進んで行くと、リフトで一緒だったカップルが先にいた。男の方はまたたばこを吸っていて、脚をかきながら下の方を見ている。女の方は、黄色のコートの襟を鼻と口にまで引き上げて、その場を離れた。バーバラと清二が近づくと、カップルも近づいてきた。女性はみるからにみじめな様子だが、よく見ると二人ともそうだ。男の目はとろんとしていて、アルコールの臭いがする。

バーバラと清二は、見晴らし台の柵に寄りかかって見下ろした。あちこちで泥がごぼごぼと噴きあがっている。腐った卵のような硫黄の強い臭いで胸がむかむかする。すぐに引き返そうとした。前方のカップルは、女が男の後ろからついていく。女性は歩きにくそうなハイヒールを履いている。脚はO脚ぎみだ。

「あの人たち、ここへ来る電車の中で見たわ。新婚旅行じゃないかしら」

「でも、新婚の江と広志とは大違いだね」

「ええ」

「江と広志の新婚旅行をどう思う?」

「とても素敵」バーバラは咳払いをした。「情熱的だわ」

「情熱っていうのはいいものだよね」

「本当ね」その時、清二はバーバラの手をとったが、すぐ放した。バーバラは触れられたことで、周りの様子がすっかり変わってしまったように感じた。岩の上を流れる水も、泡立ち噴き出す泥も、硫黄のもやでさえも、官能的で妖しげなものとなった。

蒸気をすかして見ると、曲がりくねった道の端に、小さな木造小屋があった。先のカップルが、スカーフをかぶった赤ら顔の女性と話している。清二とバーバラは、小屋の少し手前で立ち止まって、ぼこぼこと湧いてくる硫黄の泥沼を見下ろした。男がひとり何やら作業をしている。よく見ると、汚い石ころのようなものがいっぱい入ったかごを、滑車で引っ張っている。

「あれは火山泥で茹でた卵だよ。売っているんだ」清二が小屋の方を顎で指すと先のカップルが玉子の殻を剥いていた。女性が剥くのを見ていると殻の中から黒っぽい玉子が出てきた。女性は一口かじると空を見つめた。男性は口いっぱいにほおばっている。妻とおぼしき女性はもう一口食べて、残りをハンカチに包んだ。

バーバラも玉子売り場に連れていってもらうと、売り場の女性が、灰色の玉子の入った器の方を指差して何か言った。

「これは保存してあった玉子、つまり古い玉子なの?」バーバラは聞いてみた。

「全部新鮮なもので、今日茹でたばかりだって。食べてみようか」清二はひとつ取って渡してくれた。まだ温い。

カウンターの角で卵をたたくと殻が簡単に剥けて、中からつやつやした黒い卵が出てきた。清二はもう食べ始めている。腐った卵のような硫黄の臭いの中にいると、何か不思議な儀式にでも立ち会っているようだ。一口かじってみる。もう一口と食べているうちに、一個食べてしまった。臭い以外は普通の玉子の味と同じだ。

売り場の女性は、大丈夫でしたねとでも言っているように大笑いした。

「どう？　おいしかった？」清二はからかうように言った。

「今まで食べた中で最悪だったわ」

「戦時中、線路際に生えている草で母が作ってくれた団子が、ぼくには一番ひどいものだった」

二人は、黙って歩いていた。バーバラは不毛の地を見渡しながら何か言わなくてはと思い、清二の顔をちらと見た。清二はすでに、石のように無表情になっている。清二の表情が急に変わったので不安になった。

順路の出口にさしかかるころになってやっと清二は口を開いた。「口直しに何か食べようか」普通の声だったので、バーバラはほっとした。二人は喫茶店に入り、富士山が見える大きな窓のそばに座った。

「富士山に登ったことはあるの？」バーバラは聞いてみた。

「一度ね」清二は窓の外をじっと眺めたままだった。

「どうかしたの？」

清二は無理に笑った。「ごめん。時々君をほったらかしにしちゃうね」

二人は下山するバスに乗るために、駐車場に向かった。バスの中では一言もしゃべらなかったが、互いの腕は触れ合っていた。前方に富士山が浮かんでいるように見える。箱根ホテルの前でバスを降り、二人は暗黙のうちに清二の宿の方へと坂道を上っていった。

もう午後も遅くなっていて、近くのものは、僅かに残った黄昏の光を強く反射していた。夕闇が迫って、道端の雑草はほとんど見えない。遠くの木々はすでに微かな黒い稜線を残すのみとなっていた。

清二の部屋はきれいに整頓されていて、書類とバーバラの黒鞄はこたつのそばにきちんと置いてあった。手記を調べてみると全部ある。きつねもこたつの上の電気スタンドの脇に二つ並んでいる。和紙の笠からもれる光は柔らかい。宿の女中がお茶を持ってきて風呂をどうするかと聞いた。

「食事の前にお風呂に入ったらどう？　疲れがとれるよ」清二が言う。

「それって、大浴場、それとも一人用のお風呂？」

清二は微笑んだ。「男女別々になっているよ。温泉だから気持ちがいいよ。案内してくれるから」と言って女中の方を見た。

バーバラは女中の後について、廊下をいくつも曲がって浴室へたどり着いた。小さなタオルと衣類を入れるかごと、きれいにたたんだ浴衣をもらった。

湯気のこもった脱衣場に入ると、その奥には、ちょうど子供用の小さなプールのような浴槽が見える。タイル張りの浴室の壁際には、蛇口と腰かけと洗面器がある。そこで体を洗い流してから浴槽に入るようになっている。

バーバラが浴室に入って、小さな腰かけの上で体をこすっていると、女性が湯で赤くなった肌を平手でぴしゃぴしゃと叩きながら湯船から出て、近づいてきた。そしてバーバラのタオルに手を伸ばし、バーバラの背中に石鹸をつけてこすり始めた。バーバラは日本語でお礼を言って、丸めた体に洗面器のお湯を何度もかけた。その女性のあとから湯船に片足を入れると、やけどするほど熱くて思わず足を引っこめた。女性は笑っていた。バーバラは胸を隠して何とか湯に入った。

「アツイデスカ?」別の女性が言う。

「ハイ、アツイデス」

湯船の端にもたれ、目を閉じて、体が浮かぶにまかせた。

部屋に戻ると清二はもうすでに浴衣に着替えていた。髪は濡れ、浴衣にも濡れたあとがある。

「随分ゆっくりだったね。魚になったのじゃないかと思っていたよ。さあ梅酒でもいかが」こたつの上には杯が二個と梅酒の瓶が置いてある。

「いただきます」バーバラは清二の隣に滑り込んだ。二人は互いに梅酒を注ぎ合い、杯を合わせて乾杯した。

夕食が運ばれてきた。きれいに盛り付けられた刺身に、みそ汁とごはん、それに漬物である。しばらくは二人とも食べたり飲んだりしていた。マグロは脂がのってコクがあり、おいしかった。

「どれもおいしいわ」とバーバラは日本語で言った。

「とてもいい発音だよ。箸の持ち方も上手だ。君は思った通り優秀な生徒だね」清二の足がバーバラの足に触れた。

「あなたの足、とてもあったかいわ」とバーバラは小さな声で言った。

女中が食卓を片づけ、押し入れから布団を二組出すと、並べて敷いた。そして二人を見ないで軽くお辞儀をして出ていった。清二が庭に面した戸を開けると、筧の水音と松の木がかすかに擦れる音が入ってきた。清二はバーバラの傍らに座った。

「きつね女の話をしようか？」

「ええ、お願い」

「ずっと古い話、たぶん日本の最古のきつね物語だけど」清二はバーバラの手を取って、手の平と指を撫でた。

「一人の男が嫁を探していました。ある日森の中で優しい美しい女に出会いました。嫁になってくれるように頼むとその女は喜んで、二人は夫婦になりました。やがて男の子が生まれました。同じ頃、男の飼っていた犬も子を産みましたが、その犬は嫁にやきもちを焼いて、嫁が近づくと唸り声上げたのです。嫁は夫に犬を殺してくれと頼みましたが、心優しい夫にはそんなことはできません。ある日犬は嫁に激しく吠えたてました。驚いたことに、嫁は高い塀の上にひょいと飛び乗って、本性を現しました。きつねだったのです」

「でも夫は嫁が恋しくて、忘れることができませんでした。それで夫は嫁に、毎夜戻ってきて一緒に寝てくれと頼むと、嫁は戻ってきました。その嫁の名前は、きつねといいました。これは掛けことばで、キテネル、つまり来つ寝、きつねだという説です」

「キテネル」バーバラは呟いて自分の手を被っている清二の手を見つめた。

清二はバーバラに手を廻し、バーバラも彼に身を委ねた。二人はひしと抱き合い、頬と頬がぶつかった。清二の肌は石鹸の匂いと共に僅かに硫黄の臭いもした。清二はバーバラの髪を荒々しく掴んで首筋にキスをして、彼女の耳元で囁いた。「キテネル、きつね、おいで」

十五

バーバラが目を覚ましたとき、部屋はすっかり明るくなっていた。清二の方を向くともう姿はなかった。布団はそのままだが、衣服とスーツケースがなくなっている。布団から今出たばかりというわけでもなさそうだ。起き上がって急いで服を着た。こたつの上には急須と湯呑が一つあるだけで、メモもない。庭に面した戸を開けると、玉虫色のトカゲが石の上で朝の光を浴びていた。筧から水がぽたっと落ちたとたんに、トカゲは驚いて逃げていった。

「おはよう」清二が部屋に入ってきた。

「どこに行っていたの？」

「宿の主人とちょっと打ち合わせをしていたんだ。よく休めた？」清二は軽く頭を下げた。

「ええ、よく寝たわ。素敵な夜だった」

「そう」清二は目を逸らせてそっけない声で言った。

「悪いんだけど、出かけるよ」

「ええ、もう?」

「浜田先生が外国で展覧会をするから、打ち合わせのために今日益子に戻らなくてはならないんだ」

「じゃあ翻訳はどうなるの?」

「一通だけ訳してノートに挟んでおいた」清二は、こたつの脇の黒い鞄に目をやった。「気をつけて帰ってね」

バーバラがこたつの上を見ると、美智の手記は全部鞄の中に片づけられている。「東京へはまだ戻らないわ」

「帰らないの?」清二が驚いた様子だったので、バーバラは少し気味がよかった。

「京都へ一、二週間行こうと誘われてるの」とは言ったものの、まだ淳子とはっきり約束したわけではない。

「そうか」清二は頭を下げた。「楽しんできて」

「ええ、そうするわ」バーバラはむりに笑った。「あなたも浜田先生のところで楽しんできてね」

しばらく二人は立ったまま見つめ合っていた。バーバラは、二人の間に煮え切らないものを感じ、揺れ動く気持ちのまま別れの挨拶をした。

玄関から遠ざかっていく清二の足音をバーバラは聞いていた。人の話す声が聞こえ、やがて坂道をがたがたと下っていくトラックの音がした。バーバラは、手帳と黒い鞄を手にして、宿の庭を横切った。ガイジンが帰っていくのをじっと見つめる、刺すような視線を感じる。不愉快だ、と川端たちを睨みつけてもどうにもならない。小走りで斜面を下りるときに黒い鞄が膝に当たった。出るとき、部屋をもう一度よく調べるべきだった。きつねの置物を置いてきてしまったかもしれない。立ち止まって鞄のポケットをさぐった。ていねいに包んだきつねの包みはある。うしろを振り返ると、あたかも幻だったかのごとく、宿は木陰に隠れてもはや見えなかった。

ホテルに戻ってベッドに身を投げ、清二のことを思いだした。すぐそばにあった顔、瞼のひだにかくれた繊細なまつ毛。脚をからませ一緒に布団にくるまって肌を合わせた。バーバラは他人とあんなに体を寄せたのは初めてだった。それなのに、それなのに、二人で交わした抱擁のことは一言も言わずに行ってしまうなんて。熱い感覚が体中に広がった。

さあ、起きて帰るのよ、と自分に声をかけた。クローゼットからスーツケースを出して荷物を詰めた。間もなく電車があるはずだ。こんなところで落ち込んでなんかいられない。

フロントで聞くと、駅へ行くバスは一時間後に出るという。

坂を下りていった。空は晴れ、雪帽を頂いた雄大な三角形の富士山が、湖の向こうの低い山々の上にそびえている。雪を冠った富士山の輪郭は思いのほか近い。

立ち止まって水面に映える富士山の姿を見つめた。これがかの有名な逆さ富士なのか。美しく輝く姿は神々しい。絵はがきにある姿そのものだ。一緒に見たいと清二に伝えたい。

山を下るバスに乗ると、鞄を傍らの座席に置いた。清二との気持ちのすれ違いで、すっかり打ちひしがれていた。眠るように目を閉じると、昨夜のことが浮かんでくる。

彼は明かりを消して、バーバラの方へくるりと向いた。「清二」と声を忍ばせると、彼は彼女の瞼から鼻、唇に指をすべらせ、そしてそっと胸に触った。バーバラは清二の体を引き寄せた。声もなく抱き合った。「バラバラ」清二はバーバラの髪に顔をうずめ囁いた。「バラバラさん」には二人とも笑ってしまった。「君の名前の発音は日本人には難しすぎるよ」

「じゃあ日本の名前をつけてちょうだい」

「そうだね、キレキッ、そうだキレキッさん。美しいきつねっていうことだよ」そのまま彼の熱い息を瞼に受けながら眠ってしまった。

そして今朝目を覚ましたら、清二はいなかった。わからない、何か微妙な慣習の違いでもあるのだろうか。たぶん宿の主人川端さんに知られたくなかったのかもしれない。だからと言って、川端さんがお堅い人とも思えない。

清二にはまた会える、きっと電話をくれるだろう。

電車には、乗客がほとんどいなかった。車掌が通り過ぎてから黒い鞄を開けた。清二は、美智の書類を全部一つにまとめて、それを丸めて紙ひもで結んでおいてくれた。ノートには、ぎこちない子供っぽい字で、一九三三年、千恵記と書いてあった。

《娘を育てていると、母の江に会いたくなります。みっちゃんのことで相談できたらどんなにいいかと思います》バーバラがそのあとのところを一通り見ると、千恵は美智を上品な娘に育てようとしていたのがわかる。《このお正月に、母の婚礼だんすに入っていた品々を見ようと、箱を取り出してみました。母が姿を消した日に、ロクが母の部屋から持ち出し、数年後それをわたしが保管するようになったのです》

《丸めた紙が年代物の黒い絹のリボンで結んでありました。その中に『梅酒の作り方』という覚え書

きがあったので、その作り方に従って、広島の家で採れた梅で梅酒を作りました》
美智が母親の作り方で作った梅酒は、江から伝授されたものなのだ。バーバラと清二は、江の梅酒を飲んだということになる。江と広志の夜ごと放った閃光に思いを馳せながら、バーバラは目を閉じ、昨夜のことと重ね合わせていた。「情熱っていうのはいいものだ」開け放たれた縁側から、涼しい外気にまじって土の臭いが入ってくる。清二がバーバラの手の平に指を這わせた。「キテネル、こっちにおいで。抱いてあげよう」
清二は時々、眠っているバーバラに目をやりながら翻訳をしていたのだろう。ページをめくって読み続けていると、千恵のことばに重なって、清二の声が聞こえてくる。《江の持参品の中で一番貴重なものは浮世絵です。この浮世絵を見るといつも、去っていく女性に縋りつく幼子の中に自分を見て、寂しくなります。障子に映った女性の頭部がきつねの姿になっているのです。きつね女は子供と永遠の別れをします。美智ちゃん、いつかこの手記を読んだら、その絵を見てね。絵の中の女性は、宍道湖のほとりから嫁いできた江おばあさんの姿なのよ》
美智がバーバラの部屋で掛け軸を見たとき、このきつね女と自分自身の身の上を考え合わせていたにちがいない。
《いつかおばあさんのこの姿絵が、あなたの手元へいくでしょう。それを見てくれれば、美智ちゃんはわたしのことをわかってくれると思います》
その浮世絵は、美智の部屋には掛っていなかった。もし掛かっていたら、バーバラは覚えているはずだ。ひょっとすると、あのたんすの中に入っているのかもしれない。どれかの包み紙にいっしょに丸めてあることも考えられる。

バーバラは、千恵の書いたきつね女の部分をもう一度読んだ。縋りつこうとする幼子が母親の着物の端を掴まんとするのを感じた。すると、長い間思い出しもしなかったことが浮かんできた。たぶん八歳か九歳の頃だったか、母親と居間の中ですれ違ったとき彼女は呟いた。「もっとお母さんらしいお母さんがほしいな」母は途中で立ち止まり、「お母さんらしいってどういうこと?」と笑った。

座席にもたれていたら、電車の揺れで眠くなった。「おいで、キテネル」と清二は言った。狂おしい思いに満ちた秘事の残映が瞼に浮かぶ。愛しあった者たちの抜け殻の部屋、射し込む朝の光、灰皿の中の吸い殻、布団、はぎ取られたシーツなどが。

十六

だれもいなくて真っ暗だと思っていた三号館に戻ると、上田先生がいたので嬉しかった。夕食まで準備して待っていてくれたのだ。でもバーバラの戻る時間を正確に知っていたのには驚いた。きっと学長秘書がホテルに電話をして、帰宅時間を訊いたのだろう。もし清二と一緒の旅館に予約したりしていれば、今頃は大学中でうわさとなっていただろう。

食卓はすでにしつらえられていて、バーバラの席には、スコットランドの切手を貼った手紙がのっていた。父親からのもので、二、三行の文と、ゴルフコースでジーナと一緒に写っている写真が入っていた。「初めてチッピング用のアイアンを手にしたときから、ここでゴルフをするのが夢だった。芸者と日出る国はどうかね？　会いたいものだ。この老いた父にも手紙をくれないかな」写真は遠くから撮ったもので、父もジーナも、広い真っ青なフェアウェイの上では豆粒のような姿だったが、かろうじて父の銀髪と黒い目が見て取れる。お互いに今遠く離れた国に住んでいるように、写真の中の父もはるか彼方にいる。

上田先生は老眼鏡をかけて、写真にじっと見入った。「立派な方ね。それにお母様も若々しいわ」

「実の母ではないんです。両親は離婚しました」

「そう、それじゃ実のお母様は再婚なさったの?」

バーバラは首を振った。「母は随分苦しみました」

「じゃあ、離婚はお父様の方から?」

「そうです。母は本当にみじめな気持ちだったと思います。むしろ自分から切り出したほうがよかったのではないでしょうか」

「お気の毒に。うちの夫も、戦争から帰ってくると、パンパンといわれていた娼婦と深い仲になって。だからわたしもしばらくは辛い思いをしました」

「離婚なさったのですか?」

「いいえ」上田先生は突然笑い出した。「あの人は、お酒の飲み過ぎで死んだのです」

「大変でしたね。美智さんは? 幸せな結婚生活だったんでしょうか?」

上田先生はため息をついて、首を振った。「中本先生もお気の毒に、ご苦労の多い人生だったと思います。ご主人は戦争で亡くなりました」

「でも、それまでは?」

「二人がご一緒だったのは、ほんのわずかの間でした。それなりにお幸せではあったようですけど」

「お見合いだったのですか?」

「そうだと思います」

上田先生が夕食をテーブルに運ぶのを手伝い、二人は食卓についた。

「ポークがすっかり固くなってしまったわね」上田先生が恐縮した。

「いいえ、おいしいです。お待たせしてしまってすみません」

「わたし、中本先生のように家庭的ではないものですから」

「上田先生、中本先生が持っていらっしゃった版画で、芳俊という人の作品をご存知ないでしょうか？　きつね女が子どもと別れる絵なんです」

「芳俊というのは聞いたことないわ。でもその主題は思い出せるけど」上田先生はポークを噛みながら、バーバラに目を向けた。「その版画のことをどうしてご存じなの？」

「美智さんとは、きつねのことを何度か話していました。お母様はきつねのことばがわかったそうです。たまたまわたしも、きつね女の掛け軸を持っています。母が、ずっと昔日本で手に入れたものです。ですからわたしもきつねの話に惹かれるのです」バーバラは息を深く吸い込んで一気にしゃべった。「美智さんがこの版画を持っていると聞いていました」

「おそらく戦争中に、行方不明になったのではないかしら。戦争中は、本当に多くのものが失われましたから」

バーバラは自室に戻ると、黒い鞄を三畳間に持っていった。そして、梅酒だんすの一番下の引き出しを開けて、千恵の瓶の包み紙を、順番に外し始めた。はじめの瓶二、三本の包み紙の内側は、例のごとく毛筆で書かれているだけで、きつね女の版画はない。

一九三九年の包みに書かれた書体は独特だった。文字というよりは筆で書きなぐってあるように見える。その次の数本の包み紙も同様だった。

一九四三年と四四年の梅酒瓶はない。一九四五年の包み紙は、厚みがあった。版画が入っているかもしれない。和紙を何枚か外していったが、何も書いてない。きっと何か大事なものが入っているにちがいない。

一番内側の包みは、やわらかな白い布で、中の瓶は奇妙な形のごつごつした手触りだった。畳の上で紐をとき布をとった。じっと見つめているうちに、心がしだいに騒ぎ出した。中身のない瓶は歪んでいる。何か巨大な手でギュッと掴まれ、首のところでねじ曲げられたように見える。バーバラは立ちあがり、よろよろと台所へ入っていった。蛇口をひねり、水をすくった手で顔を被った。瓶は爆撃で融けているのだ。おそらく美智の家にあったのだろう。

ニュース映画で見た、ゆっくりと盛り上がる不気味なキノコ雲が心に浮かんだ。美智は、あの下にいたのだ。手で耳を被って、泣き叫びながら座り込んでいたことだろう。まだほんの子供だった清二もいたはずだ。

バーバラは六畳間に戻った。すべてのものに生気が感じられず、まるで無機質な絵の中をさ迷っているような感覚だ。床の間に飾ってある清二の茶碗を手に取り、また戻した。

三畳間のたんすのそばには、奇妙な胎児のような形に歪んだ瓶が転がっている。急いでそれを包んでたんすに戻し、引き出しを閉めた。一番上の引き出しから封の開いている瓶を取り、梅酒を一口、口に含みぐっと飲み込んだ。あの瓶は、清二が来るまで、包みをとるべきではなかった。一九四五年。それがどういう年なのか、バーバラにはわかっていたはずだ。

周りには、包み紙と瓶が散らかっていた。たんすの引き出しは全部開いていて、重みでたわんでいる。重苦しい空気に押し潰されそうだった。

夕闇が迫っていた。窓をいっぱいに押し上げると、すぐそばで川のせせらぎのような鳥の啼き声が聞こえた。愛の鳥だと思う、と清二が言っていた。薪の燃える匂いが漂ってきた。佐藤さんがお風呂を沸かしてくれているにちがいない。

一九三〇年代の残りの瓶と、一九四〇年代初めの瓶を包み紙で巻いていると、静寂の中で紙の音がひと際響き、遠ざかっていく鳥の声がかすかに聞こえる。

きつねの版画は、美智の書いた手記のどこかに入っているのだろうか。一九四九年の瓶をとり出した。美智の母親は戦後すぐ亡くなったのだから、この梅酒は美智が作ったはずだ。一九四九年の瓶も、何枚かの紙で包んである。紙を四枚慎重に取り外していった。一番外側の紙には何も書いてないが、ほかの三枚には、毛筆でぎっしりと書いてある。版画はない。

一九五一年の梅酒も、一番外の包み紙の内側に何か書いてあり、瓶に写真が一枚くっついていたので驚いた。写真をそっと剥がして手の平に乗せた。美智と娘のウメだった。美智は、ウメの不機嫌な顔をカメラの方に向けようとかがんでいる。ウメは三、四歳だろうか。花柄の服を着て、髪には大きなリボンが結んである。ウメの顔は、小頭症という病名とは裏腹にかなり大きかった。顎は美智に似てほっそりしている。遠くに橋が見える。驚いたことにサンフランシスコの金門橋ではないか。ということは、その年はカリフォルニアにいたのだろうか。包み紙にはきっとそのことが書いてあるはずだ。次はぜひこの手記を訳してもらおう。

そのあとの数本の瓶には毛筆で書かれた包み紙だけで、ほかには何も入っていなかった。しかし一九五五年の包み紙の中には、美智とウメと清二が食卓に座っている写真があった。昼食か夕食の食卓のようだ。美智と清二は写真用のポーズをとっているが、少し前かがみになったウメの箸にはうどんが下がっている。美智は、心配そうに微笑んでウメを見ている。時々バーバラのことを案じてくれたときと同じ表情だ。清二は、二人から少し離れてまっすぐ前方を見ているので、三人の中では部外者で落ち着かない様子だ。

最後の一九五九年の瓶の包みをとると、写真がもう一枚出てきた。清二がひとりで写っている。まじめな顔をした清二が、黒い着物を着て堂々とした風情で、抹茶茶碗のガラスケースの前に立っている。おそらく作品展なのであろう。展覧会は成功だったようだが、清二の表情は硬い。

昨夜のことを思い出してみても、清二はほとんどしゃべらなかった。たぶんそういう性分なのであろう。感情が高ぶると控えめになるのかもしれない。三号館は静まり返っていた。突然ロレンス・ダレルの一文が浮かんだ。「すべては、我が周りの静寂のなせるわざなりや」

バーバラはいきなり立ちあがって台所へとんでいき、ラジオをつけた。ママス&パパスの歌う声を聞きながら、鞄の中から、箱根から持ちかえった手記の束をとり出し、それぞれの瓶に巻きつけて、全部たんすに片づけた。しかし一九六一年の手記が見当たらないようだ。

鞄の中も仕切りの中も探したが、ない。もしかしたら間違って、別の包みの中にでも紛れ込んだのかもしれない。一番下の引き出しを開けて、もういちど、一九三〇年代の瓶から一本ずつ包みを外して、それぞれの包み紙の裏側の日付を見た。たしか一九六〇年の瓶の包み紙は一枚だけはずした。たんすの下も裏側も探した。部屋の中を見回した。その包み紙はない。

電車の中では、手帳しかとり出さなかった。だとすると、一九六一年の包み紙は箱根に忘れてきたにちがいない。

バーバラは階段を駆け下りていって、電話をかけた。上田先生に聞こえないように声をひそめて、なんとかオペレーターに頼み、「紅花旅館」につないでもらった。川端さんが電話に出た。

「川端先生、ジェファソン・バーバラです」

「おや、きつねが電話をかけてきた」彼の声は笑っていた。バーバラは、失くし物をしたと日本語で言おうとしたがうまく言えない。それで英語でくり返した。「書きもの、書きものを失くし《ロスト》たんです」

「迷っ《ロスト》たの？」彼が言った。「いいえ、そうじゃなく。スミマセン、書いたもの、ありません。ペーパー……わたしが忘れてきた字の書いてある紙ありますか？　ほら、岡田清二と一緒に訳していたものです。ありますか？」

「ノー、ノーペーパー」

その包み紙は、あの日部屋で清二が自分だけで読んで、訳そうとしなかったものだ。清二が持っていってしまったのかもしれない。

「オカダセイジ——マシコノデンワ……」バーバラは電話という言葉は知っているが、電話番号というのは何と言うのか思い出せない。「マシコ、デンワ、アリマスカ？」

「マシコ、デンワ？　ワカリマセン」川端さんにはバーバラの言おうとしていることが理解できなかった。

「マシコ、デンワ！」バーバラはほとんど叫んでいた。「プリーズ、オネガイシマス」

上田先生の部屋のドアが開いた。ピンクのバスローブをまとって、頭をタオルで包んでいる。「どうなさったの？」

バーバラは、川端さんとの電話を切った。「書類が無くなったのです」

「まあ大変。その書類って大事なものなんでしょう？」

「たぶん電車の中かもしれません」

「それなら、保管しておいてくれますよ。電話をしてみましょうか？」

「ええ、お願いします」

上田先生は、あちこちの列車の事務所に電話をしてくれた。東京から国分寺に戻ってくるときの電車に忘れたのかもしれないと考えて、遺失物係りにもかけてくれた。

上田先生は、電話を切って首を振った。「残念ですけど、あなたの書類は見当たらないんですって」

バーバラは上田先生の背後に目を泳がせた。清二が持っていったに違いないと思った。

「先ほど、たしか岡田清二って言っていたでしょう？　鷹の台の岡田さん？」

「はい」

「そう」

「偶然箱根で行きあったのです」

上田先生はバーバラをじっと見つめている。

「文化祭のときに知り合って、その後何度かお話をしました。昔、美智さんに教わったそうです」

「そう」上田先生は再び言った。

「それでは、おやすみなさい。いろいろお世話になり、ありがとうございました」

「見つかるといいですね」

「ご心配かけてすみません。大丈夫ですから」

部屋に戻ると、もう一度黒い鞄の中を見て、箱根に持っていった包み紙を全部調べたが、やはりなかった。一九六一年の包み紙は消えてしまった。

十七

その翌朝、バーバラは、上田先生に聞かれないように、校舎の公衆電話から清二の家に何度も電話をかけた。お昼ごろまでは誰も出なかったが、そのうちにやっと清二の叔母さんが出た。そっけない声で、益子の電話番号はわからないと言う。

「清二さんに、わたしが東京に戻っているとお伝えください。まだ京都にいると思いこんでいらっしゃるので」

「京都ではない、ということですね。わかりました。ほかに伝言はありますか?」

「いいえ、ありません。よろしくお願いします」

電話を切って、自分の研究室に戻り、机の前に座った。一九六一年の包み紙が見当たらないということを一筆書いて、清二の家へ届けようと思った。「清二さま」そこまで書いて、丸めて捨てた。誰かほかの翻訳者を探そう。かかわりのない無名で目立たない人がいいわ。慎重で信用できる人がいい。美智が紹介してくれた都内の国際文化会館の図書室の司書なら、誰かを推薦してくれるかもしれない。あそこに一晩泊まろう。電話を待つよりは、ここを離れてみるのもいいかもしれない。

部屋に戻り、たんすの一番上の引き出しを開けた。白い紙に包まれた梅酒瓶の中で、一九六一年のものだけが包み紙がなく、はだかのままで黒い。一九六〇年と六二年の瓶の包み紙を外し、重ねて巻いて、身の回りのものと共に黒い鞄に入れた。出がけに、一九五一年の包み紙も入れて駅へ向かった。国際文化会館の宿泊施設は故郷を感じさせてくれる——ツインベッドにアームチェア、熱い湯の出る浴室。疲れ切っているバーバラはベッドに身を投げた。まるで風邪でもひいたかのように、体中が痛む。

目を覚ましたときは夕方の五時を過ぎていた。図書室はもう閉っているだろう。やっと、ここでゆったりとした夜が過ごせる。たっぷりと時間をかけてシャワーを浴び、アメリカでよく使っていたプレルシャンプーで髪を洗った。シャンプーの香りには思い出がある。初めてキスをしたアレン・ヘイウッドのことだ。あのとき二人は、玄関の階段のところに立って、お互いにきまり悪そうにはにかんでいた。するといきなりアレンの唇が彼女の唇に重なり、その手が彼女の髪を撫でていた。思いもよらず体全体が熱くなった。「すてきだったわ」と彼女はあのとき言った。

夕食に行くために身支度をしていると、ニュースが聞こえた。アメリカ上院議会は、トンキン湾爆撃再開反対の修正案を否決した。ベトナムにはすでに二十一万五千人の兵士が投入されたが、さらに二万人増強する、とロバート・マクナマラ国務長官が発表した。アレンは大学へ行かずに、たぶんベトナムへ行っただろう。ラジオを切ってレストランへ下りた。

レストランは混んでいて、テーブルが空いていない。ひとりで座っているカンボジア人が手招きしてくれた。彼はハンサムで、身だしなみに気を使っている。髪はてかてかで、にこやかにアスコットタイを直していた。

互いに自己紹介をした。彼は大使館関係者で、この国際文化会館でちょうど会議が終わったところだと言う。「もう少し滞在しようと思いましてね。ところで、あなたはおひとりですか?」

「ええ、独り身ですわ。そういうことをお訊ねになっているのなら」だからバーバラは、その男性と一緒に食事をしても問題ないというわけだ。この人はおそらくインテリだし、カンボジアのことも色々聞くことができる。清二とは将来を約束しているわけではないのだもの。

食事が出た。男性は誘うような甘い声で、料理はどうかと訊ねた。ウェイターがテーブルの食器を片づけると、男性は身を寄せてきた。「ジェファソンさん、ブランデーでもいかがですか? わたしの部屋にクルボアジェのいいのがありますが」

「結構です」バーバラは隣の椅子の上の手帳をとった。きっとこの男は、アメリカ女は簡単に誘いに乗ると思っているのだろう。

男は両腕をテーブルの上に置いて前屈みになった。「それでは、東京のナイトライフの探検にでも行きませんか?」

「明日の朝早く、ミーティングがあるので」

「では、明日の夜はいかがですか?」

バーバラは首を振って、ウェイターを探した。「あいにく予定が入っています」

「それは残念ですね」男は腕組みをして、椅子の背にもたれた。「少しでもお時間ができたら、連絡ください。ジェファソンさん、差支えなかったら、ベトナムに対するアメリカ帝国主義についてお考えをお聞かせくださいませんか?」

バーバラは男を冷ややかな目で見た。「奇妙な口説き方をなさること」

「世界の番犬、アメリカ。全能のアメリカ」男はあきらめて吐きすてるように言った。

バーバラは、伝票にサインをして階上に逃れた。

嫌な男だ。「タイム」誌を持ってベッドに入り、頭の中から男のことを払いのけようとしたが、「タイム」の特集記事は、ベトナム戦争の上院公聴会についてであった。ぱらぱらとページをめくると、カシアス・クレイが徴兵を忌避している記事が出ている。雑誌を床に投げ捨て、電気を消した。

ベトナム戦争のことをバーバラと話したがる人が増えてきたので、もっと知らなくてはとバーバラは思いながら、寝返りを打った。布団の方が寝心地がいい。箱根の旅館の布団は、三号館で使っているものよりぶ厚くて気持ちがよかった。暗がりの中で抱き合った清二のことを思い描いた。熱い息の下から、耳元でバーバラさんと囁いてくれた。なくなった手記はテーブルの下に滑り落ちて、そのままうっかり忘れてきたのか、それとも清二が持っていったのか。自分には持っていく権利があるとでも思ったのだろうか。たんすのことを話したときの会話を思い返した。あの手記がバーバラの手にあるということに、ずいぶん怒っていたもの。二人は、財産を争う兄妹のようではないか。

一九六一年の包み紙に、何が書いてあるのかさえわかればいい。年号と天候、それ以上は見当もつかない。どんなふうに書いてあったかを思い出そうとしても、箱根に行くために鞄に入れたときしか見ていない。

清二と一緒に眠っている夢を見た。二人の裸の体が、手記で被われている。文字は英語だったような気がするが、はっきり思い出せない。読もうとして起き上がると、いつの間にか消えて、皮膚の中に融けてしまった。

卵型の白い顔に細い目をした美しい司書は、美智が紹介してくれたことを覚えていた。司書は、中本先生が亡くなったことを知って、大変残念だと言う。バーバラは、誰が書いたかを言わないで、古い文書を訳してくれる人を探していると説明すると、電話を何本もかけてくれた。「ちょうどいい人が見つかりましたよ。和田勝という、能の専門の学者です。小平女子大学からそう遠くない東小金井に住んでいらっしゃいます。幸い今日の午後お会いできるそうです」

和田氏は、ゴールデンファースという洋菓子屋の二階に住んでいた。ヘビースモーカーで血色が悪く、太り気味の、疲れたような顔をした小柄な男であった。バーバラは、洋間の開いた窓の方を向いて、並んで掛けた。奥さんが、紅茶と下の店のエクレアを運んできた。バーバラは一口、口に入れたが、ねっとりした黄色いクリームのまずさに、思わずエクレアを皿に戻した。「お口に合いませんでしたのね」奥さんが首をかしげた。

「いいえ、おいしいです、とても」紅茶を啜りながら何とか、二口三口、口の中におし込んだ。

和田氏が書斎に案内してくれた。彼は机の前の椅子に、バーバラは向きあった座り心地の悪い椅子にかけた。行方不明の手記の前後にあたる一九六〇年と一九六二年と、美智がサンフランシスコにいたときの一九五一年の三通を、バーバラはざっと見てから、一九六〇年のものを手渡した。「これは漢文ではありません。でも漢文のものも持ってこられます」

和田氏は、丸まった手記を机に押し広げて、タバコを吸いながら読み始めた。タバコが燃えて、だんだん灰になっていくのを、バーバラははらはらして見ていた。手記の上に灰が落ちると、急いで体を乗り出して払った。「気をつけて下さい。これはとても大事な書類ですから」

和田氏はバーバラを見上げた。「この書類をどういった経緯で手に入れられたのです?」

「友人から預かったのです」

「そうですか、わかりました」和田氏は頷いたが、何か誤解しているように見えた。

たばこを置くと、占い師のように、紙の上に両手をかざした。「この女性は心に問題を抱えています。知的障害のあるウメのことを書いていますね。胸に迫るものがあります。そして俳句が書いてあります。俳句というのは、日本の詩のある形式ですな」

「ええ、知っています。俳句も短歌もわかります」

「西洋人には、譬えというものはなかなか理解できないでしょうな」

「日本文学は多少わかるつもりです」

「でも日本語は読めないんでしょう?」

「ええ、読めません。英訳で読むだけです」

「そうですか」もう一本たばこに火をつけた。「当然ながら、翻訳されたものは全く違うものです」

「もちろん違うと思います」バーバラは認めた。

和田氏は、口元を押さえて笑った。「いずれ日本語の勉強を始められるなら、お教えしましょう」

バーバラが返事をしないので、彼は手記に目を落とした。

「俳句を音節などの細かいところまで正確に翻訳することは、お約束できませんが」

「大体の意味でいいです。何と書いてありますか?」

「タイプを打ちましょう」

「まだほかに二通あります」一九六二年のものと一九五一年のものをとり出すと、和田氏はそれを広げて大まかに目を通し、二通目を見ているとき目元をほころんばせた。「カリフォルニア!」

「こちらを先に見ていただけませんか?」金門橋での美智とウメの写真に何か鍵があるのではないかと考えたからだ。

「お望みのようにしますよ。でもこの三件の翻訳には時間がかかります。そうですね、二時間ばかりしたら戻ってきていただけませんか?」

「よろしければ、ここで待たせていただきたいのです」

和田氏がタイプを打っている間、バーバラは「タイム」誌をとり出してはみたが、目はたばこの方にいってしまう。和田氏が手記の上で、たばこを口にくわえたり右手に持ちなおしたりするからだ。

和田氏はようやく打ち終えた用紙をタイプライターから引き抜き、バーバラに渡した。

バーバラは読んだ。《一九五一年、一月二日、お正月は、カリフォルニア州バークレーにいました。小平女子大学の太田教授が、わたしの大学院での研究の手はずを整えて下さったからです。母はわたしの研究をずっと快く思わず、認めてはくれませんでした。それでも、祖母のお江の足跡を探すということには喜んでくれました。祖母は、ずっと昔、写真結婚をして、サンフランシスコに渡ったのです》

バーバラが思わず声をあげたので、和田氏が顔を向けた。「まあすごい、本当にありがとうございます」

「そんなにうまくないと思うのですが」和田氏は軽く頭を下げた。「でもできるだけがんばってみます」もう一度お辞儀をして、作業に戻ろうとした。

バーバラはまたそのページに目を戻した。《祖母江が一九四〇年にカリフォルニアから出した手紙を、父が去年亡くなる前に、わたしに渡してくれました。手紙は曾祖父の高須宛に送られたものですが、後に曾祖父が父に渡したのです》

《最大の間違いは、この手紙を母に見せたことだった、と父は言っていました。江がまだ生きているということがわかれば母が喜ぶ、と父は思ったのです。でもそのために母は神経がおかしくなり、死が早まったと父は思っています。わたしの母千恵は、自分の母親がまだ生きているのに、我が子のことを忘れ、元気かどうかを尋ねさえしないことが信じられませんでした。お江はずっと霊界にいる、だから多くの禍が降りかかってきたのだ、と母は言い張りました》

《子どもをもったわたしは、祖母江の跡をたどり、彼女の生涯を理解しようと思い立ちました。祖母はおそらく六十代ぐらいのはずですから、まだ生きている可能性があると思います。手紙によると、祖母には息子が二人と小さな娘がひとりいるようです。短歌と俳句で名を成していました。実は一九四〇年になる直前に夫が亡くなり、その後貧困に陥ったらしいのです。曾祖父の高須は、太平洋戦争開戦まで江に送金していた、と父は言っていました》

曾祖父の高須というのは、江の義父に違いない。バーバラと清二が一緒に訳し始めたころの手記に、義父が祈祷に反対していると書いてあったのを思い出した。高須は、あのままだと殺されかねない江の命を助けるために、アメリカの日系人と結婚させたのだろうか。

《わたしの意気込みにもかかわらず、探索はほとんど進展しませんでした。サンフランシスコ在住の横川という二人の人に電話をしただけでした》

横川、横川江。響きがいい。歌人のような響きだ。バーバラは高ぶる心のまま読み進む。

《二人ともわたしの身内を知らないと言いますが、サンフランシスコの日本人地区で聞いてみたら、と助言してくれました》

《学術研究をしたり、授業に出席したりして、あまりにも忙しく、くたくたです。ウメもどんなに苦しがっているか、わたしにはわかっています。そこでウメの世話をしてもらうために、若い日本人の女の子、トモエを見つけました。トモエは優しく陽気な女の子だけど、こういう子どもの面倒をみたことがありません。わたしが家に帰ると、ウメはひしとしがみついてきます。大丈夫よ、春になったら、ひいおばあさんを探しに美しいカリフォルニアへ行こうね、と言ってやりました》

バーバラはそのページを何度も読んだ。美智がウメを抱いて優しく髪を撫でている姿が目の前に浮かぶ。

和田氏はさらに残りの二通を訳し終えると、たたんで封筒に入れた。それと引き換えに、バーバラは準備しておいた封筒を渡した。中には、国際文化会館の司書に助言された金額が入れてある。

すぐ帰宅してあと二通を読む気もしないので、町の中を歩き回り、蕎麦屋に寄った。美智と鎌倉に行ったときも蕎麦屋に入ったことを思い出す。注文してから、カリフォルニアのことが書いてある手記をもう一度読んだ。まるで美智と一緒にいるようだ。窓の外を行きかう人々を眺めながら、この瞬間ここにこうしていられるのは幸せだ、と思える。
駅へ戻るとラッシュが始まっていて、国分寺方面への電車は混んでいた。一九五一年の手記をノートにきちんと挟み、和田氏が渡してくれた茶封筒を開け、一九六〇年の翻訳を取り出した。
《今年は、近藤さんのお餅つきを手伝いました》近藤さんというのは誰かしら。一九六〇年というと、美智はもう東京にいたはずだ。もしかしたら清二の叔母さんだろうか。《近藤さんは、わたしのお餅は、もっとよくついた方がよかったと言うのですが、腕が疲れてしまいました。出来が悪いようならお店で買えばいいのではと言うと、近藤さんの返事は手厳しいものでした。気分が落ち込み、部屋に戻るとこらえきれなくなり、布団に入って泣いてしまいました。ウメが傍らに横たわって、自分の顔をわたしの顔に押しあててきました。ときどき障害のことを忘れさせてくれます。二人の想いは、電流のようにお互いの中に流れました》
さらに和田氏のことばが付け加えられている。《この部分の下に次の俳句が書かれていました。白雲を切り裂きて二羽凍空《いてぞら》へ》
シューという音をたてて電車が停まるとドアが開き、人々が押し出されたかと思うとまたどっと乗ってくる。動き出した電車の中でバーバラはその俳句を眺めながらシラサギの群生地にいるウメと美智の写真を思い浮かべた。この俳句はそのときのことを詠んだのだろう。
「やあ、お嬢さん」
ふと見上げると、二人のアメリカ兵が隣の吊革につかまっていた。そして自分たちの名を名乗った。

ジョージア州メイコン出身のジムと、アイオワ州エイムズ出身のコールマンで、二人ともベトナムからの休暇兵だった。ベーバラもノースカロライナから来たと告げた。「南部の娘だと思ったよ。高校のとき五月祭の女王だったたんじゃない？　ところで、日本で何をしているの？」英語教師をしていると言うと、ジムがおどけた。「これはこれはことばに気をつけなくっちゃ」

「ベトナムはどうなってるの？」

二人は、何も言わずに、電車の揺れに身を任せていた。コールマンは顔をそむけて、反対側の窓の外を眺めた。バーバラは、きれいに髭を剃ったジムの顔を眺めた。唾を飲み込むたびに、細い首の喉仏が上がったり下がったりする。「何とも言えないな」小さなビー玉のような青い目は、遠くを見つめたままだ。

電車は国分寺駅に近づいたので、スピードを落とした。「ごめんなさい、わたしはここで降りなくてはならないの」

「さしづめ」ジムが突然思い切ったように言った。「みんなバーベキューみたいに丸焼けだよ。君はいつアメリカに戻るの？」

「わからないけど、たぶんこの夏かしら」

「国へ帰ったら、俺にバーベキューサンドをおごってくれよ」

「もちろん、いいわよ」コールマンとジムに握手をした。

ジムは、しばらくバーバラの手を握っていた。その手は、じっとりとしてきた。「あの」ジムは、ごくりと唾を飲み込むと、相棒ににやっと笑いかけた。「キスしてくれないか？　縁起がいいからさ」

バーバラは車内を見まわした。だれも知っている人はいない。「ええ、いいわ」するとジムは、バーバラに腕を巻きつけ、急いで唇を押しつけると、一歩下がった。

バーバラは彼の手を握って、口を開いた。「お二人とも、元気でね」

電車は止まった。バーバラは降りてから振り向いて手を振ると、背の高い兵士たちは前かがみになって手をあげていた。二人の名残惜しそうな笑顔がかろうじて見えたが、すぐ見えなくなった。オレンジ色の電車が遠ざかると、あとには静寂が残った。キスをした相手と二度と会わないというのはおかしなものだ。無表情な顔をした黒髪の群衆が、自分を追いぬいていく。人の流れに押し流されるままに身を任せていた。

バスに乗る頃には、あたりはもう暗くなっていた。後部座席に座って封筒を開け、和田氏の訳してくれた二通目を読んだ。

《昭和三十七年――一九六二年。電話もなく、年賀状も来ないわびしいお正月。窓の外では、絶え間なく雨が降っています》

《ウメは、檻に閉じ込められた獣のように、部屋の中を行ったり来たりと歩きまわっています。苛立ちがつのっているようです。夜寝言で叫んでいました。「いや、いや」起こすと泣き始めましたが、わたしはことばもでませんでした。娘をこんなふうにしてしまって、鬼のような母親です》

《最近、母のことをよく思い出します。まるで母自身がわたしに寄り添ってくれているようです。すっかり過去に埋もれていましたが、わたしの苦痛をわかっていてくれて、どれほどわたしの力になってくれたかしれません。母が、もう一度助けてくれようとしているのだと思います》

和田氏の筆は続く。「前のように俳句が書かれています。《氷雨刺す梅白きこと骨の如》」

バーバラはその訳文をたたみながら、「鬼のような母」というのは、どういう意味だろうと考えた。

おそらく、こんな状態のウメを産んだということだろう。しかし、原子爆弾が広島に落とされたという事実は、美智にはどうすることもできないではないか。バーバラは、小平女子大学でバスを降り、ゆっくりと、構内の三号館に向かって歩いていった。言いようのない悲しみで体は重かった。

十八

その翌朝、バーバラのドアの下に電報が差し込んであった。「マシコニ　オイデコウ　ウエノエキ十三バンセンヨリ　トウホクセンニノリ　ミトセンノリカエ　マシコゲシャ　リョカン『シラカワ』ニ。リョカンノアルジガ　レンラククレルテハズ　シキュウコラレタシ　シンアイナル　ジェファソンサマ　ケイグ　オカダセイジ」

バーバラは、電文をもう一度読んだ。『親愛なるジェファソン様』。清二は早く来てもらいたがっている。台所の窓のカーテンを開けた。わたしが東京に戻ってきていることがわかっている。多分清二の叔母さんが伝えてくれたのか、もしかしたら清二に予感がしたのか、問題ではない。空は雲ひとつなく澄み渡っている。今から三十分後に発てば、夕方には旅館に着く。そうすれば、行方不明の手記のことも説明があるだろう。

バーバラは、一週間分もの衣類を鞄に詰めて、下に降りた。これから旅行に出かけるという書き置きを玄関口で書いて、上田先生の郵便受けに入れた。二階に駆け戻り美智の手記を少し持っていった方がいいのではないかしら。美智がカリフォルニアで江の行方を調べたことに、清二も興味を示すだろう。一九六〇年と一九六二年の手記の背景を清二に聞こう。おそらく一九六一年の手記を読めば、はっきりするかもしれない。和田氏が訳してタイプしてくれた手記を清二が訳すとき、わたしは平静な顔をしていなくてはならない。

廊下の端のドアから外へ出た。電報で清二は、手記のことについては何も触れずに、ただわたしに早く会いたがっている。構内の通路を通りの方へ向かって全速力で走った。

益子までは、東京から水戸で蒸気機関車に乗り換え、北東へ二時間ほどかかった。窓からすがすが入ってくるし、田んぼには麦わら帽子をかぶった農夫が稲苗を植えているのが見える。時代が逆戻りしたような光景だ。きっと昔ながらの簡素な宿だろう。布団は二つ並べて敷いてあるかもしれない。風呂はすべすべした檜風呂で、こたつは、炭火の上に足を乗せると足元から温まってくる昔ながらの掘りごたつ。

益子は、どの通りにも台が出ていて、陶器が所狭しと並べてある。建物の入り口はどこも開いているので、中でろくろを廻したり、釉薬をつけたり、粘土を打ちつけたりしているのが見える。丘の中腹には、低くて丸みをおびた窯が並んでいる。想像していた通り、宿は村外れの木立の中にひっそりと建っていた。

田舎風のもんぺをはいた若い女将が、バーバラを大きな畳敷きの部屋に案内してくれた。バーバラが卓に座ると、茶を入れ和菓子を出してくれた。「オカダセイジ、ワタシヲマッテイマス」バーバラはつたない日本語で言った。

「はいはい」女将は頭を下げて、清二に電話をかけに出ていった。

二十分ほどすると、部屋の戸が音もなく開いて、清二がお辞儀をした。「よく来てくれたね。ことばにできないほどだ」

バーバラもとび上がるほど嬉しかった。「わたしも嬉しいわ」

二人は卓を挟んで座った。「君にあげようと思って」清二は風呂敷の中から、のし紙をかけた小さな包みを取り出した。開けると、かすかに白檀の香りがする。中から、厚手の和紙に墨で山と雲が描かれた扇子が出てきた。「これは益子の風景だよ。益子は美しいところなんだ。箱根よりずっと美しい」

それは箱根のときのお詫びのようにも思えた。「ありがとう」

女将は、清二にも急須と湯呑を持ってきた。そして一言も言わずに、戸を閉めて出ていった。

バーバラはお茶を注いだ。「今からどうする？　そうだわ、まず益子を案内してくれない？」

「申し訳ないけど、午後、浜田先生の工房へ戻らなくてはならない。窯出しをするので」

「そんな……」バーバラは湯呑を激しく置いたので、お湯が少しこぼれた。「急いで来るようにって言ったじゃない」

「うん、会いたいと思ったから」

「だから来たのよ」

「窯出しが今日だって、ぼくも知らなかったんだ。わざわざ来てくれたのに、ごめん」

バーバラはことばもなかった。

清二は風呂敷包みから巻いた紙を取り出して、バーバラの前に広げた。「少し訳してみた」

「美智の手記だわ！」手を伸ばした。「ずいぶん探したのよ」

「急いで益子へ戻らなければならなかったから、ひと言断るのを忘れてた。心配させて悪かった」

「あってよかった」

バーバラが広げてみると、美智の書いた手記の内側に、訳の書かれた罫線入りの用紙が入っていた。

「ありがとう」

「ダイジョウブ。大したことではないから」

バーバラは翻訳されたものを読んだ。《天気に恵まれ、忙しいお正月でした。去年は、あり余るほどの梅がとれました》美智は、ペリー提督に関する論文を発表したので、サンフランシスコで開かれた学会に招かれたのだった。長年出席したいと思っていた学会だった。幸いウメの具合もよかった。ただその翌年、美智がなぜ自分を悪魔のような母親だと思ったのか、それを示すようなことはどこにも書いてない。

「あなたはこの手記にとても興味があったようね。最初これを読んだとき、気になった様子だったけど、訳してくれなかったわ」彼女は手記に目を近づけて言った。

「そうだったかな」清二は、思い出そうとしている様子だった。「この手記を読んで、もちろん衝撃を受けたし、驚きもした。初めはことばも出ないくらいだった」

「本当にそうね」バーバラは、訳文を美智の手記の内側にいれて、ゆっくりと丸めた。

清二が、バーバラに膝がしらを寄せた。バーバラも座りなおして、清二の思いつめたような黒い瞳を覗き込んだ。清二がバーバラにキスをすると、二人はひしと抱き合った。清二の心臓の鼓動が伝わってきた。

「夕方に戻ってくるからね」清二は声をひそめて言った。

バーバラは一人で夕食をしながら、しだいにたそがれていく空を見つめていた。女中が布団を敷きにきたときは、もう外は暗くなっていた。浴衣に着替えて布団に入り、本を読もうとした。電気を消したのは十一時を回っていた。来てくれという電報で、大急ぎで来るなんて浅はかだ、と母なら言うだろう。

ほとんど眠りかけた頃、雨戸の開くかすかな音が聞こえた。

「清二？」

黒い影が畳をよぎったかと思うと、服を脱ぎ捨て、バーバラの傍らに滑り込んできた。

「キレキツさん」影は腕をバーバラに廻して、声を押し殺した。

「わたしが帰ってしまっていて、ほかの人がここに寝ていたらどうするの？」

清二は笑った。「それはショックだろうね。とてもショックだね」さらに続けた。「一日中君のことばかり考えていた」

「じゃあ、どうしてもっと早く帰ってきてくれなかったの？」

「宿の女将が寝てしまうのを待っていたんだ。長いこと待ったよ」清二は日本語で何か呟きながら、バーバラの浴衣をほどき始めた。

「今何て言ったの？」

「ぼくは君の虜になった」そう言いながらバーバラの唇を自分の唇でふさいだ。障子が明るくなり、やがて松の木影がはっきりと浮かんできた。清二はバーバラのうなじに唇を這わせた。「さあ、着替えよう」低い声だった。「ぼくはそっと出て、もう一度玄関から入ってくるよ。そうすれば君と朝食をするために来たって言えるからね」

「あなたがここに来ているのは、誰にも見られてないの?」

「たぶんね。旅館というのは知っていても知らないふりをするものなんだよ」

二人は互いに背を向けて、服を身に着けた。清二は引き戸を開け庭に飛び降り、旅館の表の方へ去った。やがて清二を迎える女将のにぎやかな声が聞こえたかと思うと、彼が部屋に入ってきた。

女将が朝食を取りにいっている間、二人の間には気まずい沈黙があった。

「窯出しはどうだった?」バーバラはやっと切り出した。

「大変うまくいった。いい作品がたくさん出たよ。今日はもっと忙しくなる」

「これから?」

「うん、ごめん」

「こんなふうに出たり入ったりするなんてがまんできないわ。箱根のときも、どうしてあんなに突然いなくなってしまったの?」

「あれはぼくがいけなかった。でもしかたがなかった」

「どういうこと?」

「ぼくは人を好きになってはいけないんだ」

バーバラはまた泣きたい気持ちになり、扇子を開いたり閉じたりした。「でも昨日の気持ちは……。そして、ゆうべだって……。わからないわ」

「だから、それがぼくのいけないところなんだ」清二はまた押し殺したような声で言った。

宿の主人が朝食を置いていった。

二人は無言だった。清二はバーバラと目を合わさない。清二が離れていってしまうように思えた。

「今日は、わたしも手伝うわ」

「窯場で？」

「ええ、手伝うわ」

「汚いよ。服が汚れる」

「平気よ」

二人が脇道を通って工房へ行くと、浜田先生が、外に設えたろくろで、作ったばかりの茶碗の出来栄えをながめていた。にこやかな顔をした大柄な人で、ふくよかな僧を思わせる。清二は少し緊張ぎみに紹介してくれた。浜田先生は嬉しそうに、バーバラを見据えた。「新しい弟子ができたぞ」

清二とバーバラは、窯周りにいる二人の助手を手伝った。なかなか難しい作業だった。土でできた低い登り窯の中に這いつくばって、焼成された作品を一つずつ運び出すのだ。窯から出した茶碗や皿はきれいにして、丘の下の工房まで運ぶ。バーバラも清二も順調に作業を続けた。夕方になる頃には、バーバラは疲れてはいたが充足感があった。すっかり清二の世界に引きこまれてしまった。帰るときに、浜田先生から抹茶茶碗を一つもらった。赤い刷毛目模様のあるつややかな黒茶碗だった。

その晩遅くに、清二がまた障子を開けてバーバラの部屋に入ってきた。湯上りで髪が濡れ、浴衣姿だった。指には、乾いた土がこびりついている。ざらついた指で、顔を、腕を、そして胸を撫でられていると、まるで粘土になって、形成されているような気持ちだった。

二人はお互いに腕を絡めあったままじっとしていた。やがて清二は起き上がって、たばこに火をつけると、バーバラを見下ろしていとおしそうに彼女の髪を撫でた。

「あなたが人を愛せないというのは愛するのがこわいからなの？　わたしも同じよ」

彼は背を見せて灰皿でタバコをもみ消した。「ぼくの生い立ちを話せば、わかってもらえるかな」

「聞かせて」

清二は、バーバラの傍らに仰向けになった。暗がりの中に清二の横顔がうっすらと浮かびあがった。

「もう知っていると思うけど、ぼくは広島で生まれたんだ」

「ええ」彼の手に触れた。

「あの日は、いつもの爆撃とは何か違っていた」清二は髪をかき上げ、神経質そうに笑った。「あの日、歯が痛かったので、母は温めた手ぬぐいをぼくの顎に当てて、家にいなさいと言った。いつもなら、父と妹の伊津子と街の中心地に行くはずだったんだ、延焼を食い止めるために家屋を取り壊す作業をしにね。毎日空襲があった——東京や他の都市ほど烈しくはなかったけど。歯痛ぐらい大したこともないから、作業に行けると父は言ったが、母はだめだと言いはるんだ。父と伊津子が出かけていくのを見て、ぼくはもどかしかったけど、結局その日は仕事をしなくてもよかったので本当は嬉しかった」清二は起き上がって二本目のたばこに火をつけて、また寝転んだ。

「そうでしょうね。働かなくてもいいんですもの」バーバラは頬杖をついて、寝転んだ清二に目を落とした。

「ドンっ！」突然清二が右手で畳を激しく叩いたので、バーバラは跳び上がった。「いきなり家全体がはげしく揺れたので、ぼくはてっきり大きな地震かと思って外へ飛び出した。隣の中本先生の家は、傾いていた」

「美智は家にいたの？」

「いや。その当時はご主人の家族と住んでいたし、ご両親も運よく出かけていた。しばらくすると、巨大な黒い雲が街全体を覆うようにむくむくと立ちのぼっていくのが見えた。おそらく弾薬工場が爆破されたんだろうに、なぜ空爆の音がしないのだろうかと思った。やがて空全体が暗くなり、不気味な静寂に包まれた。ぼくは己斐から市街へと丘を駆け下りていった。あたり一面煙が立ち込め、家がことごとく倒壊していた。市街地のいたるところに死体や瀕死の人体がころがり、中には……」ちょっと間をおいた。「これが人間かと信じられない姿もあった。腕から皮膚がたれ下がっている。誰かに名前を呼ばれたが、誰だかわからない。まるで火中に投げ込まれたみたいに真黒に焼け焦げていたからね」

バーバラは清二の腕に顔をうずめ震えていた。そして、まだ少年にすぎない清二が煙の中を、手で口を被い、逃げ惑っている姿を想像した。「家族は見つかったの？」

「建物疎開作業をしている方へ必死になって走った。無い、何もかも無い。建物は全部倒壊し、灰燼に帰していた。たぶん父も伊津子も川の方へ逃げたにちがいない。皆猛火を逃れようと川に飛び込んだから。川の中も街通りもくまなく探した。最後に病院に探しにいったら母がいた。電車の窓ガラスが目に刺さって目が見えなくなり、ひどい火傷を負っていた。そんな母が、父と伊津子を一緒に探せないと言って泣くんだ」

「病院の外では、そこらへんの木片を燃やして火葬している。ぼくもその中に身を投げたかった。ぼくが、歯が痛いなどと子供じみたことを言わなかったら、母は盲目にはならなかった。建物疎開には、妹でなくぼくが行っていたはずだ。母の介抱をしながら、伊津子と父を見つけ出さなければならない。わずかな手掛かりを求めて、何週間も広島の、地獄のような焼け野原を、くまなく歩き回ったが、何も見つからなかった。死体はすぐ焼却したということがあとでわかった」

二人はものも言わず横たわっていた。バーバラは胸が張り裂ける思いだった。

清二はたばこをもみ消して、再び続けた。「伊津子さんが家にいるべきだったのさ、大きいお兄さんじゃなくてね」清二は両手で顔を被った。「あの子はぼくの身代わりに死んだ。父はきっとぼくのことを情けないやつだと思っていただろう」浴衣を掻き合わせて部屋の中を行ったり来たりしはじめた。

「ぼくは何か手掛かりになるものはないかと探した。父の時計とか妹の弁当箱などを。必死の思いで探し続けた。多くの人が物乞いになったり、孤児になったりした。またほかの町から略奪にきたりしたので、そういう者たちが父の時計を盗んだのではないかと思って、ぼくは会う人ごとに聞いてまわり、闇市にも行ってみた。だれか、蓋に瀬戸内の風景が彫り込んである立派な金時計を見なかったかと」

「見つかったの？」

「いいや、だめだった」清二は布団にもどってきて屈み、新しいたばこに火をつけ、しゃがんだまま前後に体をゆらし、タバコを吸い続けた。「ある時、影を収集している人に会った」

「どういうこと？」

「父や伊津子のように、原爆の炸裂で一瞬のうちに蒸発してしまうと、通りや建物の階段に人の影だけが残る。影集めというのは、こういう不思議な『人の影』を切り取って持ち帰ることなんだ。ぼくはその仕事を手伝うようになっていた。妹の影だけは見つけようと思ったから。妹のシルエットはどんなだろうと想像してみた。きっと白い落下傘が落ちてくるのを見ようと顔を上げているところかな。ぼくに話そうと思って近くで見ていたんじゃないかな。見たものは何でもぼくに話してくれたから」

清二は声を詰まらせた。

バーバラは、一層身を寄せて、両腕で清二を抱きしめた。二人は一緒になって前後に揺れた。

「長い話でうんざりしたでしょう？」清二はバーバラから身を離した。

「ううん、全然」バーバラは清二の顔を撫でた。清二はバーバラの手を取り、キスをした。

「どうなったの？　それから」

「結局、母とぼくは福山の叔母のところに身を寄せたんだ。広島の東の瀬戸内海に面した小さな町で、空気がきれいだった。

広島から離れても、ぼくは毎晩あの恐ろしい夢にうなされた。福山にはおいしい食べ物があったけど、ほとんど食欲がわかなかった。そのうちに体が熱っぽくなり、皮ふには腫れものができてきた。

かかりつけの医者によると、原爆病で骨が溶けているということだ。二十年も生きられないかもしれないって。有効な治療法もなく、ただ寝て体を休め、お灸するしかない。そして青汁という薬湯を飲むこと。これは、叔母が栽培しはじめたケールの葉を摺ってジュースにしたものなんだ。ぼくは五年間病人として過ごした」

「五年といえば……十八歳までたでしょう？」成長期を病床で過ごしたのだ。「でも快復したのね」

「医者にはわからなかったんだ。ぼくはそれほど重病ではなかった。中本先生が叔母に、ぼくを広島の赤十字病院へ連れていくように言ってくれた。そこの放射線科の医師に、骨は溶けていないと言われた。皮膚の爛れは一過性のものだった。そのうちに生きる気力がわいてきた」

「嬉しかったでしょう？　あなたもご家族も、そして中本先生も」

清二は首を横に振った。「ぼくは心苦しかった。五年間も寝ていて、いたたまれなかった。そして腹が立った。この細い体、今でも生白くてか弱い。情けないことに……」しだいに声が高くなった。「歯痛で生き延びたんだ。広島から家まで四十キロを何としても歩くと言い張った理由を、叔母にも母にも説明しなかった。初めは一時間ごとに休まなければならない。脚が豆腐のようで力が入らなかったから。でも次第に体力がついた。数週間かかったけど、家まで歩いて帰れた。足にひどい靴ずれができて、靴を切りとるはめになった。それからというものは毎日歩いた。何ヶ月も歩き続けたら、丈夫になった。怒りを振り払おうと歩いたが、怒りは治まらなかった」

二人はまた布団に入った。「ぼくって身勝手な人間だと思うでしょう？　腹が立ってしかたがないんだ。教育もないし、職業訓練も受けてない。男の体を持っているけど男とは言えない。もっと年がいっていれば、兵士になって戦争で死ねたのに。ある日、叔母といさかいになり、福山を出て北に向かって歩いた。交通機関は使いたくなかった。東京で暮らそうと思った。叔母や母、それに近所のお情けに頼りたくなかったので、東京で仕事を見つけたかった」

「あなたは強いわよ。身勝手なんかじゃないわ」

清二は聞いていないようだった。「道中、仕事があればどこでも働いた。でも当時は戦争直後で、仕事はほとんどなかった。富士山の小さな村にたまたま立ち寄ったとき、陶工が作業をしていて、ろくろを回させてくれた」清二は両手で茶碗を持つような動作をした。「とても面白かった。いい腕をもっているとまで言ってくれた。陶工はこの益子で研鑽を積んだんだ。ぼくにもやってみたらと勧めてくれた。それで、東京の北のはずれを通って、益子に来たというわけなんだ。

ここにたどり着いたときはちょうど今のように春だった。緑豊かで穏やかな村、戦争のことなんかどこ吹く風というようなところだった。ぼくは涙を流しながら益子の町を歩いた。ついに浜田先生の弟子になり、三年間先生のところで修業させてもらった」

清二はバーバラに顔を向けた。「さあ、ぼくの今までの生い立ちを聞かせてしまった。こんなにしゃべって、自分でも驚いている。目に見える傷跡はなくても、見えないところに傷跡を持っている被爆者もいる。ぼくは今まで、広島以外の人にこんな話をしたことはない」

「聞かせてもらってどんなに嬉しいか、ことばに表せないくらいだわ」そう言うとバーバラは口ごもった。「被爆した人ってみんな……恋はできないの?」

清二はしばらく黙っていた。「君にはわからないかもしれない」

バーバラは深いため息をついた。「でもわたし何とか……」

清二はバーバラの手を取った。「ハイ、君はわかろうとしているよ」

翌日の午後、バーバラは窓もない小さな工房で「埴輪」の出荷作業を手伝った。床は散らかり、外へ通じる出口は開いたままだった。二人は和やかな気持ちで、黙々と紙の詰め物の入った箱を一列に並べ、その中に「埴輪」を入れていった。兵士や馬の形をしたものや、以前清二の工房で見た、赤ん坊を背負った女性もあった。女性の口は開いている。清二は、歌っているというが、バーバラには嘆き悲しみ、泣き叫んでいるように見える。広島での美智のことをずっと考えていた。ウメをかばおうと自分のお腹に手を当てている姿と、そして黒い灰じんの中を走りまわっている清二の姿を思い浮かべた。

雨が降ってきた。最初は大粒の雨で、工房前の土埃の通路には、あばたのような模様が次々と重なっていった。二人で雨を眺めながら、清二が点てた抹茶で一服した。道の向こう側の木の茂みで小鳥が飛び回っている。

「ぼくも君の生い立ちが知りたいな」

「わたしのことなんか、あなたの人生に比べると、ごく普通よ」

「ぼくの人生だって、原爆に遭わなかったら平凡だったよ」と言ってバーバラの顔を見た。「君の街のことも聞きたい」

バーバラは、ノースカロライナ州のローリーで育ったことや、ストーン・ストリートの家のこと、母の家の日本風庭園のことなどを話した。「日本に来た本当のわけは、母のことをもっと理解したかったのかもしれない。最初は自分でも気がつかなかったけど。そうしたら、本当の母のような美智さんに出会ったのよ」

「そうか」清二はバーバラをまじまじと見た。

二人は黙って雨をじっと見つめていた。バーバラは、カリフォルニアに行ったときの美智のことを想像した。広島で被爆した後だけに、江探しの旅で少し気持ちがいやされたことだろう。次はカリフォルニアの手記を訳してもらおう。清二が一九六一年を選んだのはどうしてだろう。箱根では千恵の手記を見ていたのに、普通なら順に次のを訳したはずだ。「今回は手記をこれだけしか持って来なかったわ」

「大丈夫、退屈なんかしませんよ」

バーバラは、清二の端正な横顔と顎の線を見た。歯痛で寝ていた日の朝、一瞬のうちに子供時代が消滅してしまうなんて、清二には予測すらできなかっただろう。人間は誰でも、爆弾はもちろんだが、あらゆる苦難や変化に対して脆いものだ。そんなことを考えていると、瞼の奥に涙が滲んだ。愛してはいけないのではないかとびくびくして暮らすなんて、無意味なことだ。

その夜、布団の中でしっかりと抱き合ったとき、清二がなぜバーバラに対する感情をことばにできないのか聞いた。

「どう説明したらいいかな」

「ことばの問題？」

「そうではない」

「そんな風に言うなら、わたしも、あなたのことをどう思っているか言えないわ」

清二は笑って、バーバラにキスをした。

「ねえ、東京に戻ったら、陶芸をもう少し教えてくれない？」

「もちろんいいよ。これで君はぼくの弟子だね」

「どの手記を読むかということを決めるときも、そんなに偉そうな態度をとらないでいただきたいわ」バーバラは何気ない口調で言った。

「どうぞキレキツさんがお決めください」と言いながら、バーバラの体を引きよせた。

「では、さっきのように昔の話を続けよう」

第二部

十九

千恵の手記　一九三四年

美智はもう十二歳なのにわがままな子です。祖母の江《こう》から受け継いだ野生のきつねの血が入っています。

ずっと昔お江おばあさんと思いがけない出会いをした話を、今年のお正月に美智ちゃんにしてやりました。

子供の頃、真夏の暑いときに、わたしはよく橋の上から川に飛び込んでいました。あるとき頭を岩に激しくぶつけ、気を失いました。すると美しい芸者さんがわたしを引き揚げて、家へ連れ帰ってくれました。そのときロクが、母の江はきつねで芸者に姿を変えていると話していました。その日わたしを送ってきてくれた芸者が帰るとき、着物の下からきつねの尻尾の先がのぞいていたそうです。

春休みが終わって、四月からまた授業が始まると、バーバラは毎週末、清二の家へ通った。土曜か日曜の午後早く、時には土日両日とも、大学から鷹の台へ続く林の中を抜けていった。初めの二、三回は、清二が門のところまで出迎えてくれて、中庭を抜け茶室へ案内してくれた。清二はよく茶碗の新作を見せてくれたし、バーバラも、淳子から今習っている習字を持っていった。「火」とか「水」とか「木」という漢字を何度も何度も練習して、和紙に清書したものだ。きつね女をイメージした「化」——バケル／変身する——彼女はきつね女を思い描いていた——は、四画しかないが、これがまた、きちんと書くには難しいのである。淳子が言うには、書道は芸術として表現するときは人によって違った解釈のしかたがある、大事なことは、一筆一筆気持ちを集中させて書くということだそうだ。バーバラは「化」という字を練習しながら、清二のことを思いだし、耳元に残る清二の息遣いだけを考えていた。清書したものを淳子が、手漉きの和紙で表装して掛け軸に仕立ててくれた。バーバラはぎこちないお辞儀をして、その掛け軸を清二にわたした。「読めるかどうかわかりませんが、化けるという文字です。だってあなたはわたしも変えようとしていますから」

「これは素晴らしい」清二は思いがけなくはにかんだ様子だった。そしてそれを茶室の床の間にかけてくれた。

千恵の手記　一九三五年

夫の文夫は、わたしが美智を初詣に連れていくと思ったようですが、わたしたちは神谷町の花街に向かいました。江という出雲出身の芸者をしている美しい女を知らないかと、一軒ずつ訪ねまわりました。江の姿かたちと、ずっと以前きつねが芸者に姿を変えて昔の家へ来たことを話しました。わたしの問い合わせに笑う人もいました。わたしも自信がありませんでした。しかしある芸者置屋で、女将が、お菓子を出してくれました。わたしたちがとても疲れているように見えたそうです。開け放たれた障子際に座ると、川が見えました。高貴で古風な美しい顔だちの女将に、まるで磁石のように引きつけられました。もしかして出雲の出身なのか、あるいはどこか地方の出なのか聞きました。芸者は皆、地方の出だということです。美智に弾いてくれた三味線の音は、ぞっとするような調べだったので、美智をそっと外へ出して一人で帰らせましたが、何時間かすると泣きながら戻ってきました。道に迷って怖かったそうです。きつねの本能である方向感覚を働かせるようにと教えました。もうそろそろ十三歳になり、わたしを頼ってばかりいる年齢ではないのですから。

バーバラは清二の家に行くと、いつも抹茶を頂き、それから手記を取り出す。四月から五月初めにかけて訳してもらった手記は、全部千恵の書いたものであった。カリフォルニアのことが書いてある手記を早く読みたかったので、美智の手記に取りかかってほしいと言い争ったあげく、順序どおりに訳していくという清二の考えに妥協した。清二にゆずってよかった。美智の生い立ちや、なぜこの手記をバーバラに残したのかがわかってきたからだ。自分も美智も、きつね憑きでしかも不在の母をもつ血すじなのだ。

バーバラと清二は翻訳をしたり抹茶を飲んだりして、ゆったりとした午後を過ごした。部屋の中が薄暗くなると、清二は押し入れから布団を取り出した。「お母さんか叔母さんが現れたらどうするの?」ある晩愛し合ったあと、布団の中で絡み合ったまま聞いてみた。「叔母がこの部屋でお茶を教えるのは午前中だけだし、それにこの頃体の具合があまり良くないしね。心配しなくてもいいよ。ここには二人だけしかいないよ」清二はバーバラの髪に顔をうずめて囁いた。

ある午後、作業を始めたばかりなのに、お互いに激しく見つめ合ったかと思うと、ものも言わずに衣服を脱ぎ始めた。清二は目を閉じたままのバーバラの体をまさぐって唇の中に息を吹き込んだ。

「キレキッサン」

バーバラは、畳の上に仰向けになった清二の上にまたがり、瞼から口、脇の下へと唇を這わせ、至福の匂いを吸い込んだ。

外でかん高い声がした。「しげ子さん!」

「やめないで。母のことだ。来ないよ」

バーバラの髪が清二の胸に垂れた。彼は一房掴んで口に入れた。

かりかりという音が聞こえた。「あれは何?」

「熊手で砂利を掻いているんだ」清二はバーバラを一層強く抱き寄せる。「気にしないで、大丈夫だよ」と囁いた。

その晩茶室を出るときに、わき道から入る裏門を教わった。工房の裏手に草の茂った細道がある。それ以来バーバラは茶室への出入りには細い裏道を通るようになった。四月も終わりに近づくと、伸びた草も踏みつけられ、丁度野原の獣道のようになった。

千恵の手記　一九三六年

あと二ヶ月で赤ん坊が生まれます。ロクはわたしの部屋に、お稲荷さんの小さな神だなを持ってきました。彫り物のきつねのお腹を撫でて、その手で自分のお腹を撫でるとご利益があると教えてくれました。赤ん坊はきっと男の子だ、と夫の文夫は言いますが、わたしはまた女の子だという気がします。ロクもそう思っているようです。ロクは、わたしが、きつねと人間の間に生まれた子だと信じているので、わたしには予知能力があるというのです。

茶室を訪れないときも、バーバラの心はたえず清二のことでいっぱいだった。清二が時々入れてくれる桜湯の花びらが、湯の中で芳香を放って徐々に開いていくように、抱いてくれるときの優しい仕草や感触の一瞬一瞬がゆっくりと思い出されるのであった。構内にただよう春の息吹も、清二がそっと触れるときのように優しい。バーバラは、将来の二人の生活を思い描くようになった。一年のうちいくらかは益子に、いくらかはアメリカに住むという生活を夢見る。清二は陶芸の先生をすればいい。そうすれば同じ大学で教えることもできる。

英会話のクラスで、バーバラは学生たちに討論のテーマを自由に選ばせた。米軍機がカンボジアで共産主義者を爆撃するまでは、見合い結婚というのが大方のテーマであったが、今や全員、米軍の爆撃と、ある学生のことばで「ベトナム人同士の争い」に対するアメリカの介入に反対を述べる。バーバラは、毎日、フィルター越しに議論を聞いているようで、気がのらなかった。

英作文のクラスでも、学生たちが短編小説を書いている間、バーバラは窓の外を見ながら清二のことを考えていた。清二の体の隅々まで思い出す。背中からお尻にかけての輪郭、薄い胸、おへその周りの柔らかな体毛……。二人の営みはさらに激しくなっていた。広志と江の周りに散った火花のように、自分たちの周りにも火花が散るのを想像した。

千恵の手記　一九三七年

娘の春は八ヶ月になりました。この子を胸に抱くと、母お江に思いがつのります。あるとき春を抱いて花街に行ったことがあります。この子も祖母に会わせようと思ったのですが、その家はもうありませんでした。消えていました。きつねの仕業です美智は拗ねていてそのときは行きたがりませんでした。きつねのおばあさんなど信じないと言うのです。おばかさんと言ってやりました。おばあさまに会っておけばよかったと思う日がいつか来るのに。

文夫はだんだん塞ぎこむようになりました。友人の絵描きの村山さんが、空き地で石をぶつけられて死んだのです。戦争に反対しているという噂が広まってからでした。文夫は金属類を戦争に供出するのがいやで、恵比寿様のブロンズ像を、茶室の裏庭に埋めました。夢の中で、母が、わたしたちにくれぐれも気を付けるようにと言いました。

三号館のほかの住人たちは、バーバラが週末ごとに出かけることについて、遠まわしにとやかく言い始めた。山口先生がアメリカの俗語について聞きにきたので、バーバラはうまくかわして、逃げるようにして出てきた。上田先生は廊下で会うと、詮索するような視線を投げかける。

鷹の台へ行く小径で、バーバラが理恵に初めて会ったのは、五月の初めだった。木々も今では葉を繁らせて、木立は濃い緑の陰で薄暗くなっていた。だれかが自転車に乗って近づいてきた。ショートヘアにズボンを履いていたから、てっきり男の子かと思った。足をついて道の端に停まった。

「ジェファソン先生」

「理恵！」自転車にまたがったまま、地面に太い足をつけていた。いつもより紅潮した顔が、汗で濡れていた。

「鷹の台へ行かれるのですか、それとも立川へ？」

「運動のためにただ歩いているだけなの。鷹の台に食堂があって、時々そこで食べるのよ」

「その食堂なら知っています。陶芸家の岡田さんがやっているのでしょう？」

「その人、知ってるの？」バーバラは自分の声の調子から秘密を見すかされそうな気がした。

「ええ」理恵はにっこりして言った。「では失礼します、先生。きっとおいしいですよ」

その後二、三度、バーバラと理恵はこの小径で会った。理恵はいつも同じにこやかな顔をしていた。

「岡田さんのところですか、先生？」

ある日バーバラも訊ねた。「あなたは？　いつも同じ時間にここで会うわね」

「わたし、立川で働いているんです」

「働いているの？」バーバラは、仕事をしている学生がいるなんて知らなかった。学生は皆構内にいて、図書館や寮で勉強しているものだ、たまに友だち同士で町へ繰り出すくらいだ、と思っていた。

「どんな仕事？」

「今は言わないでおきます。わたしの陰の生活とでも言いましょうか。先生、わたし、原罪のことをもっとよく考えてみます。卒業論文はこれをやりたいので、助言していただけますか？」

「いいわよ」バーバラはもっと聞こうとしたが、その前に、理恵はさようならと言って、自転車で遠ざかっていった。

千恵の手記　一九三八年

文夫は口にこそ出さないが、息子がないということを不満に思っているようです。ロクによると、わたしは間もなく子どもを生むそうです。実は、文夫の酒に、毎晩きつねのよだれを一滴垂らしていると言うのです。こうすると元気な男の子がすぐできるのだそうです。


ある晩太田先生がバーバラの部屋を訪れた。「お邪魔ではないかしら。この前お話ししてから、ずいぶんたちますね」

バーバラは太田先生を六畳の和室に招き入れた。太田先生は三畳間をじっとのぞき込んでいる。

「まあ！」と言って、三畳間に足を踏み入れた。「きつねを持っているのね。驚いたわ」太田先生はバーバラの方にふり向いた。「わたしの田舎の米子では、今でもきつねの迷信がたくさん残っているのよ。でもあなたは、東京でどうやってこういうものを見つけたの？　日本のきつねに、どうして興味を持つようになったの？」

バーバラは、きつね女の掛け軸のことを話した。母が手に入れたいきさつと、それがどのようにして自分の手元にきたのかということを語った。

「あなたはきつね女に導かれて日本に来たのかもしれないわね」太田先生は、たんすの上の小さなきつねに手を触れた。「おきつねさまとか願掛けきつねとか言うのよ。これは、かなり古そうね。これもお母様がアメリカへ持ち帰られたもの？」

「いいえ、友人がわたしにくれたのです」

「そうなの」太田先生はさらに促すような目をしたが、バーバラはそれ以上何も言わなかった。

千恵の手記　一九三九年

正一が生まれましたが、それほど嬉しい気持ちになれませんでした。しばらくわたしはうつ状態になりました。ある日夫の文夫に聞きました。「男の子の人生は、美智や春の人生より大事だとお考えですか？」夫は驚いてわたしを見ました。そこでわたしは打ちあけました。本当の生れ年を言わなかったこと、つまり不運な丙午の年に生まれたので、『この世での一日命』だったかもしれないということを話しました。女の子ゆえに、祖父とロク以外の者に殺されたかもしれないと言うと、夫は最初とても驚きましたが、近代的な良識を持っているという自負心があったにちがいありません。わたしは人間の女の子というよりは、何か違う者、そう、きつねの子どもとして生まれたような気がする、とも夫に言いました。自分の家系を打ち明けると、夫はしばらく庭を眺めていましたが、そのうちに膝を叩いて笑いだしました。あとで聞いたことですが、戦争と赤ん坊への心労が重なり、わたしが病んでいるのではないか、と夫はロクに話したそうです。

土曜日の朝、淳子がバーバラの部屋を訪ねてきた。「困ったことができたのです。相談にのってくださいませんか?」と言う。目は腫れて赤く、長い髪もほつれていた。

「どうしたの? 早く入って」とバーバラは言ったものの、時計が気になっていた。清二の家へ早めに行こうと思っていたからだ。東京のデパートで買ったばかりの着物を着ていって清二を驚かすつもりだった。

淳子は首を横に振った。「ご存知かもしれませんが、わたしには好きな人がいます」

バーバラは頷いた。以前英会話のクラスで、淳子は慶應大学の学生のことにふれた。

「来年結婚したいのですが、両親はお見合いを勧めます。日本の女の子にとって、両親の言うことを拒むのはとても難しいのです。でもわたしは、両親の言うとおりに生きていくことはできません。ジェファソン先生、どうしたらいいでしょうか」バーバラを見上げる淳子の眼には涙がにじんでいた。

バーバラは前かがみになって淳子の手を取った。「自分の気持ちに従ったらどうかしら。好きな人を諦めるなんてできないでしょう?」

「ええ、できません」淳子は泣き出した。「すみません、先生。すみません」

「誰かほかの人にも聞いてみて、淳子。もしかして、わたしがそんなことを言うべきではないかもしれないわ。どんな事情かわからないのですもの」

「中本先生も同じことをおっしゃると思います。バーバラ先生のように情熱的ですから」淳子はそう言って、階段を駆け下りていった。

バーバラは鷹の台までタクシーに乗った。清二に顔を合わせずに茶室へ入った。部屋の隅にしゃがんで服を脱ぎ、緑色の絹の着物を着た。着物を撫でて皺を伸ばした。淡い緑色の地に、松竹梅の細かな模様がちりばめられている。

やがて清二が飛び石を伝ってやってくる軽やかな足音が聞こえた。「素敵だ！」清二は低い声で言った。「着物が似合うね」

「日本人に見える？」バーバラは微笑んだ。

「いいや、全然」清二はおどけて見せてから、抹茶を点てに姿を消した。

バーバラは着物の袖を見下ろして、何だか愚かなことをしたのではないかと思い、身の置き所がなかった。滑稽だわと呟いた。

二人は一つの茶碗から抹茶を分け合って飲んだ。これが習慣になっていた。そして一九四〇年の手記を広げて読み進めると、清二の表情が急に変わった。

「どうしたの？」

「驚くよ。千恵さんがこんなふうに書いている。『今年は驚くことがありました。わたしの母、江だと名乗る女性が、夫の文夫にお金を無心してきたのです。娘のわたしのことなんか尋ねもしないで、自分の小さな娘がひもじい思いをしていることしか言っていません。江はカリフォルニアに住んでいて、夫君が亡くなっても、生きていかなくてはならないのです』」

バーバラは驚いた表情を作った。

「『夫は力になりたいようですが、わたしは断りました。これは母と抗う邪悪なきつねのたくらみで、わたしの本当の母はもう死んでいます。さもなければわたしに会いにきてくれるはずです。悪いきつねはどんなことでもする、と文夫に説明しました。つい先週も、列車に姿を変えたきつねが岩国で事を起こしました。文夫はわたしの言っていることが理解できません。自分にきた江の手紙をわたしが読んだと言って、怒ります』」

「ずいぶん興味深い話ね。江がカリフォルニアに」とバーバラは言ったものの、もう自分は知っているという後ろめたさから単調な声だった。隠し事ができないたちなのだ。「どうしてカリフォルニアへ行ったのかしら？」

「ここには書いてないね」

「だから美智さんもカリフォルニアへ行ったのかしら」

「中本先生から聞いたの？」

「覚えてない？　法事のとき太田先生が、美智さんはカリフォルニアで勉強したと言っていらしたのを。もしかしたら本当の目的は、江を探すことだったのかもしれないわね」

「彼女は自分の研究目的で行ったんだ」

清二は自信ありげだったので、バーバラは言い返したい気持ちだったが、次の手記を広げるのをだまって見つめていた。「千恵さんは、これは江が話していたきつねことばだと言っている。見てごらん」バーバラは身を乗り出してそのページを見つめた。「ほとんどがひらがなのようだけど、他の部分は意味のない字だ」と清二は指で示した。

「かわいそうな千恵さん。精神がおかしくなってしまったんでしょう。きつねに取り憑かれて。それに母親からも見捨てられて」

二人は一九四二年の手記を広げた。

「千恵さんの様子はどうかしら」

「うん、同じだね」

「母親を亡くした人がみんな、精神的に異常をきたすとは限らないわ。千恵さんの場合、お母さんが生きている可能性が原因かもしれない。それにロクが語ったきつねの話のせいとか」

「千恵さんには、自分が悪い、申し訳ないという気持ちがあったんだ。母親が追い出されたのは、自分が丙午の年に生まれてしまったせいだってね」

辺りはだんだん暗くなってきた。彼は抹茶茶碗に梅酒を注いだ。風が少し出てきて、草を揺らし茶室の壁に松の小枝をこする。

「次は美智さんの手記を読みましょうね」とバーバラが言う。

「そうだね」

バーバラは梅酒を一口啜り、清二にわたした。「ある学生が言っていたけど、わたしを見ていると美智さんを思い出すって。情熱的だからだそうよ」

「えっ？」清二は驚いたようだった。

「考えをはっきり言うということでしょうね」バーバラは笑って付け加えた。

「中本先生もしっかりした考えを持っていたから」

「美智さんとはずいぶん親しかったようね」

清二があまりに長く黙っているので、口を閉ざしてしまったのかと思った。

「あの人がいなかったら、ぼくは今生きていない」清二はやっと口を開いた。

「あなたにいい医者を見つけてくれたし……」

「うん、そしてその前もね。福山で病床に伏せっていたときも、よく来てくれた。教科書を持ってきてくれたときのことはよく覚えている。戦後初めて学校が始まったときだった。アメリカの命令で、天皇が神だとか軍国の勝利などという記述を教科書から消すことになった。だから一日目に、先生に言われたところを生徒たちは墨で黒く塗りつぶした。新しい民主主義を取り入れるために、そうする必要があったのだろう。でも多くの日本人にとって、これは、戦争に負けたことよりもずっと衝撃的だった。想像できる?」清二は筆を持っている恰好をして、目の前で黒く塗りつぶす仕草をした。

「一筆で歴史が全部消されたんだ」

卓に降ろされた清二の手をバーバラは取った。「わかるわ、ほとんど」しばらく、お互いに見つめあった。「ねえ、清二」

清二は、バーバラの傍らに膝をつくと、片方の手をバーバラの着物の中に滑り込ませ、「ああ」と言って乳房を包んだ。

バーバラは帯を解き、着物を滑り落とした。清二がキスをしたとき、二人の唇は梅酒の味がした。

彼女は茶碗の中に指を突っ込み、梅酒を自分の乳首に塗りつけた。清二は覆いかぶさってそれを舐め、優しく乳房を吸い、お椀を被せるように両手で一つずつ包んだ。そのまま一緒に倒れ込み、清二が喘ぐように囁いた。「時々どちらが夢かわからなくなる。今君と一緒にいることなのか、前の暮らしなのか」

二十

　三号館の裏側にある美智の菜園は、春の間中放っておかれた。バーバラがごみを捨てに行くと、雑草が絡まり、隅には頭を垂れた白や淡いブルーのヒアシンスが香りを発していた。デイジーも一かたまり花をつけている。葉の茂った灌木にも膨らんだ芽がいっぱいついている。

　菜園の前面は石でぐるっと囲まれ、傍らには雑草が生い茂っている。羽毛のような葉が一列あった。人参かもしれない。もう一列何かわからない濃い緑色の植物がある。しゃがんで人参を一本抜くと、小指ほどの小さなものだった。それを石の上に置いて雑草を抜き始めた。

　雑草のかたまりを力いっぱい引き抜きながら、何気なく見上げると、驚いたことに、傍らに太田先生が立っていた。「中本先生の畑のお世話をしてくださって、嬉しいわ。きっとお喜びよ。このところジェファソンさんものんびりしていらっしゃる様子ね」

「ええ、いろいろな意味ですっかり慣れましたので」バーバラは立ち上がった。「このまま小平女子大学に残っていたいです」涙がどっと溢れそうになった。

「まあ、そうですか」太田先生はしばらく思案している風だった。「学長にちょっと話してみましょうか?」

「本当ですか。そうしていただければ嬉しいです」

「その前に、中野先生にお話しになってみたらどうですか? その間にわたしもあたってみますから」

数日後、バーバラは学長室に呼ばれた。花瓶に入れたヒアシンスとデイジーを持っていき、学長の机の上にかざった。「これは中本先生の畑に咲いていた花です」バーバラは軽く頭を下げた。

「まあ、きれいね」学長は花に視線を走らせた。「ありがとう、ジェファソン先生。すっかりお慣れになったようですね。実を言いますと、来学期の外国人教師の志願者がだめになってしまったのです。ですからもう一学期、このまま残っていただけますか?」

「嬉しいです、喜んでやらせていただきます。日本も学生もこの大学も、すべて大好きです。皆さんとても優しくしてくださいますし。ありがとうございます、先生」

「よろしく」学長はわずかにほほ笑んだ。「あなたのような若い方の熱意は学生たちに通じます。ところで日本語の勉強の方はいかがですか?」

「いい先生が見つかりました。東小金井の和田さんという方です。週に何回か伺おうと思います」

バーバラはまだ和田氏と約束したわけではないが、そう言った。

自分のオフィスから和田氏に電話をして、日本語を習うスケジュールを決めた。日本語がわかるようになれば、清二とも日本語で話せるようになり、翻訳をしてもらう必要もなくなるだろう。今のところは清二に内緒にしておいて、そのうちに驚かそう。

午後遅く、図書館を出ると、土井教授が並んで歩調を合わせてきた。「我らが姫どの、いずくにか参られるや？　鷹の台のさるところなりや？」

「何ですって？」

「さる紳士と一緒のところを見られていますぞ」

「それが何か？」バーバラはかろうじて言った。

「君のためを思ってこそですぞ。小平女子大学の女性教師たるもの、自重せねばなりません」土井教授はそう言いのこして立ち去った。

「十分わきまえています」と彼の後ろ姿に投げかけた。通りがかりの学生が二人、バーバラを見て首をすくめた。

土井教授は失礼な人だ。男性教師に対してなら慎重に、などと絶対に忠告しないだろう。彼に邪魔などされたくない。清二はきっと、二人で気兼ねなく会える場所を見つけてくれる。しかし夕食を作っているとき、ふと心配になった。土井教授がほかの教授たちに言いふらしたりはしないか。特に藤沢学長の耳に入れば、次年度も継続してくれるという約束を取り消されかねない。

翌日、学長室に立ち寄って、来年度の授業の内容を聞いた。バーバラは学長室を出るとき、日本語が少しわかるようになってきたので「埴輪」の記事を英語に訳すのを手伝っていると言い添えた。いずれ噂は学長の耳にも入るだろうから、こう言っておけば鷹の台での噂には説明がつく。

アメリカ文学の授業中、バーバラは理恵に目を注いでいた。念のために、理恵に秘密を洩らさないように一言言っておくべきだろうか。理恵は真っすぐこちらの方を見ているが、表情は読み取れない。話すと、よけいに事を複雑にしてしまうかもしれない。

その晩、淳子や寿美、宏子と一緒に銭湯に出かけた。熱い湯につかりながら、最近翻訳に忙しいというようなことを、それとなく言ってみた。

「あら」淳子はちょっとがっかりした様子だ。「先生は、何かときめく話がおありだと思っていたんですよ」

「淳子って、いつもロマンスのことしか考えていないんだから」と宏子が言う。

その晩、上田先生が部屋に来た。「ちょっとお話ししたいことがあるのですが、いいですか?」

「ええ、どうぞ」内心どぎどきした。「お茶でもいかがですか?」

「どうぞお気遣いなく」

六畳間に案内して、一緒に卓に座った。

「土井先生から何かお聞きになったのですか?」

「ええ、そうです。こういうことは女性同士で話した方がいいということになったものですから」上田先生はバーバラの目をじっと見据えた。「率直に言わせていただきますね。ひと言ご注意しなければと思っていたのですよ。滞在を延長なさるのですよね。岡田さんとのことについては慎重になさってください」

「土井先生は、岡田さんとわたしが陶器について翻訳をしていることをご存知ないかと思います」

「翻訳するのに箱根にまで行く必要があるのですか?」

バーバラの顔が火照った。上田先生は、わたしと川端氏との取り乱した電話を耳にしたのだ。ということは、ほかの会話も聞かれている。「わたしたちは別々のところに泊りましたし、誰もご存じないはずです」

上田先生は何も言わなかった。

「もっと気をつけます。このことは誰にも言わないでください」

「若いお譲さんが一人で、お母様の許を離れて遠くに来ていらっしゃるでしょう？　ですから岡田さんの評判について、わたしが申し上げる責任があると思ったものですから」

「どういうことですか？」

「あの方は、まじめな人とは言えません」

「と言いますと？」

上田先生は、バーバラの手を取って、わざとらしい手つきで叩いた。そんなことをするのは初めてかのようにぎこちなかった。「男女間の恋愛は、お国へ帰るまで待った方がいいのじゃありませんか？そのほうが、問題が起きないと思います」そこまで言うと、上田先生は立ち上がった。

「待ってください。どういうことですか？」

「お気を悪くしないでね。あなたに良かれと思って」上田先生は足早に廊下を去った。

まじめではない。上田先生流に、清二は信用できないと言っているのだろうか。

岡田食堂の店員のことが思い浮かんだ。キミという名だ。キミさん、と清二は呼んでいた。店内での二人は気心知れた様子だった。

益子にも女性がいるのかもしれない。あんなによく益子に行くのは、そのためかもしれない。実はバーバラの父親がそうだった。出張や、夜遅くまで会社で仕事をしていた、と言っていたがそれは口実だった。

益子で、清二と過ごしたときのことが脳裏に押し寄せてきた。あの夜清二が自分の生い立ちを語ってくれたことや、午後、工房で体を寄せ合って雨を眺めながら、濃密なときを過ごしたことなどが思い出された。

清二の家へ行くことになっている土曜日まで、バーバラは落ち着かなかった。それに、どの手記を持っていくかを決めるのに手間取った。もう千恵の手記は訳し終わったので、美智の手記に進むのだが、どこから手をつけるかまだ決めてない。年代順からいうと、次は一九四九年ということになる。しかしバーバラは一九五二年の手記を早く読みたかった。美智がカリフォルニアにいる時期のものだった。結局は美智の手記を全部鞄に入れた。まだ清二に話していない、ひしゃげた瓶も見せた方がいいだろうか。しかしまた瓶を鞄から出した。清二にとっては思い出したくないものかもしれない。

鷹の台商店街を歩いていると、女の人に名前を呼ばれた。「わたしは近藤たきと申します」その人はお辞儀をした。「清二の叔母です」

「まあ、はじめまして」バーバラもお辞儀をした。貫禄のある風貌で、瞼が厚く、片側の頬にほくろがある顔を見て思いだした。「今甥ごさんをお訪ねするところです」

「そうですか」明らかに彼女は知っている様子だ。

「ジェファソンさん、今晩夕食にいらっしゃいませんか？」

「まあ、ありがとうございます」思いがけない誘いだったので、ことばがもつれた。「嬉しいですわ」

清二の家の方へ向かう二人は、鷹の台の食堂の前を通り過ぎた。「ここがわたしどもの食堂です。ご存じでしょう？」

門をくぐって中庭に入った。「清さんが待っていますよ、きっと」

「ええ、今日伺うと伝えてありますので」

バーバラは中庭を抜けて、早く会いたかったというそぶりを見せないように、ゆっくりと歩を進めた。


清二は台所で抹茶の仕度をしていた。振り向いてキスをしたが、バーバラは身を引いた。「今、道で叔母さまと会ったのよ。夕食に伺うことになったわ」

「ぼくのうちへ？」

「大丈夫かしら？」

「よかった。嬉しいよ」しかし清二は曖昧な表情だった。それほど嬉しそうでもない。

清二に続いて茶室に入り、抹茶を点てるところを見ていた。おそらく、いつもこうやって女性に近づいていたのかもしれない。

抹茶が出された。

「ちょっとお話ししたいことがあるのですが」バーバラは思いもよらない改まった口調で言った。

「えっ？」

「わたし、冬までもう一学期大学にいます。ひょっとしたらもっと長くなるかもしれないわ」

「本当？」清二の目が大きく開いた。「それはいいじゃないか」清二がもっと何か言ってくれるのではないかと思ったが、それきりだった。

「困るんでしょう？　ほかの女性とデートできないから」

「デートする？」

「ほかに女性がいるんじゃない？」

清二は笑い出した。「君しかいないよ。どうしてそんな風に思うの？」

「だって」心の中のしこりが溶けた。「大学内には、わたしがここに来ているのを知っている人がいるのよ。どこかほかの場所を探す必要があるわ。アパートでも小さな部屋でもいいから」

「お金がかかるよ」

「どうしたらいいかしら？　もっと用心しなくてはならないわ」

「どうにかしよう」キスをしてから茶道具を台所に片づけた。清二は戻ってくると、例の黒い鞄に目をやった。「どの手記をもってきたの？」

バーバラは一九四九年と、五二年と五三年の三年分を一緒に巻いた束を取り出した。

「わあ、大変だ。これは忙しい」清二はバーバラにおどけてみせた。

まず一九四九年の手記を手にとって読んだ。一年分を読み終わるのにずいぶん時間がかかった。やっと清二は口を開いた。「これは中本先生の一番初めの手記だ。とても難しいことが書いてある。

だから時間をかけて訳させてもらいたい」

清二は、美智の手記をしばらく預かろうとしている様子だ。「ええ、いいけど、でも早く返してね」「うん、わかった」手記を丸めて立ち上がった。

「ぼくの新しい作品を見せようか?」

バーバラは工房へついていった。テーブルの上に何個か茶碗が置かれていたが、全部粗作りで未完成品のように見える。「ろくろを使わないで、手びねりなんだ」バーバラはごつごつしたところにさわった。

「力強くてとても情感豊かだわ」

「これを作るとき、君を思い浮かべていたからね」バーバラは清二の手を取って唇にあてた。清二は今まで自分の感情をこんなに率直に表わしたことはなかった。バーバラを工房の外の小屋に導くと声をひそめた。「ここならだれにも見られない」簡易ベッドが一つあるだけで、窓もない。ドアを閉めると真っ暗になった。清二がキスをした。「ああ、清二」手探りでベッドに倒れ込んだ。彼はバーバラの服の下に手を入れ、下着を引き下げた。バーバラの耳に清二のジッパーの音が聞こえた。二人は唇をむさぼり体を震わせた。彼女は脚を清二の脚に絡ませた。「キレキツ」と清二は囁いた。

しばらくすると、二人とも動かなくなった。清二の唇はバーバラの耳元に押し付けられている。二人の心臓はまだ高鳴っている。「ずっと一緒にいたい」とバーバラは喘ぐように囁いた。好きだよと言ってもらいたい。それなのに清二は立ち上がると、ズボンを穿きドアを開けにいった。バーバラは横たわったまま、ドアから差し込む光にしばらく身をゆだねていた。やっと体を起こし、清二の家族に会うために身づくろいをした。

手ぬぐいをもらい、工房の流しで顔や手を洗った。鏡がない。「これで大丈夫かしら？」スカートのしわものばした。

「もちろん大丈夫、オーケーだよ」清二は笑った。

玄関の踏み石で靴を脱ぎ、大きな畳敷きの部屋に入っていった。中庭に面した障子は大きく開け放たれている。食卓用の低い机が、障子に向かって真っすぐに置かれていた。

「ただいま」清二が大きな声で呼びかける。

叔母の近藤さんが台所からエプロン姿で現れた。「ようこそおいでくださいました。すぐお食事にいたしますから」

バーバラは清二に顔を向けた。「美智さんのお仏壇を見せていただけませんか？」

清二と叔母さんは、視線を交わした。

「散らかっていますけど」叔母さんがためらいがちに言う。

「かまいません。ちょっと見せていただくだけですから」

廊下から部屋をいくつも通り、奥にある薄暗い部屋に案内された。小さな窓と裸電球の光しかない。

「ここに中本先生とウメさんが暮らしていました」と清二。

美智の仏壇は壁ぎわの中央にあった。高い木製の祭壇で、中段には、真鍮の香炉と漢字が彫り込まれた位牌、それに小さな写真立てがいくつか置いてある。骨壷の入った白い箱は見当らない。仏壇のどこかに入っているのだろう。

一番上の段には、美智の若いときの写真が飾ってあった。満開の桜を背景にして、眼鏡をかけずにほほ笑んでいる顔は、顎がほっそりしているだけに一層小さく上品に見える。

バーバラは、セピア色の家族写真の方に目を近づけた。着物を着た女性の膝には赤ん坊、そして傍らには小さな女の子が二人写っている。近寄り難い表情の顔をじっくりと見た。「これは千恵ね。そして美智」セーラー服姿のいたずらっぽい目の女の子を見て言った。「それからこっちが春と正一ね」

清二を振り返ると、彼は床に目を落としていた。

部屋を出ようとしたとき、薄暗い床の間に、額に入った版画が掛かっているのが見えた。近寄って見ると、着物姿の女性が、座敷を出ようとしている図だ。きつねの頭が障子に映り、小さな子供が、立ち去る女性に手を伸ばして這っていくところだ。「これが千恵さんの手記に書いてあった版画だわ。持っているってどうして言ってくれなかったの？」

「言うほどのことでもないと思ったんだ」

二人は皆が集まっている部屋に戻った。叔母の近藤さんは、庭がよく見える主客の席に案内してくれた。そして清二の母親の岡田さんが傍らに座ったが、頭が反対側に曲がってしまっているのでバーバラとは話しにくい位置だった。清二はバーバラの向かい側で、近藤さんはその隣の、台所に一番近いところである。近藤さんが台所から料理を運んで行き来している間、誰も口をきかなかった。蓋つきの塗りの椀に入ったみそ汁や漬物、ほうれん草のおひたし、それに刺身などのごちそうが並んでいる。清二は落ち着かない様子だった。ついにバーバラは沈黙をやぶり、清二のお母さんにたどたどしい日本語で体の具合を尋ねた。岡田さんはバーバラの方に顔を向け、腕にさわりながら話した。岡田さんの言っている内容はわからなかったが、「ハイ、ハイ」と相槌を打つ。その震える声を聞いているると、胸が締め付けられる思いだった。清二の歯痛の薬をもらいにいこうと思っていた、そのとき、原爆が炸裂して、ガラスの破片が目に刺さったのだ。

近藤さんもテーブルについて、バーバラに食前のお祈りをするかどうか聞いた。

「特にはしませんが、皆さんがなさるなら」

「アメリカ人は食事の前にお祈りをするそうですが、日本人はご存じのように普通『いただきます』と言います」全員でいただきますと言って、静かに食べ始めた。バーバラは部屋の中を見回した。誰かが欠けているような気がする。

「オイシイ」バーバラはみそ汁を口にした。「おいしいみそ汁ですね」

岡田さんがそれに応えて気ぜわしく何か言ったので、清二が通訳してくれた。

「和食を気に入ってくださってよかった、もっと早くお招きできなくてお許しくださいと言っています」

「今日こちらに伺えてとても嬉しいです」バーバラは、アメリカの南部人特有の微笑みを精いっぱい返した。「お母様と叔母さまにお会いできて、本当に光栄です」

「甥が申しますには、あなた様は陶芸に大層関心がおありだとか。甥の作品はどうでしょうか？」

「すばらしいです。形もつやも、すべての点で優れています」

「キャロルさんも褒めてくださいました。力強さの中に品があるってね」近藤さんは話し続けた。

「キャロルさんって？」バーバラは清二を見つめた。「小平女子大学で教えていたキャロル・サザランドさん？　あなた知り合いだったの？」

「ちょっと知ってただけだよ。叔母のところにお茶を習いにきていたのでね」

皆黙って食べていた。清二はバーバラの目を避けている。そういえば、清二はブロンドの外国人が好みだと上田先生がほのめかしていた。

「バーバラさんはアメリカの南部から来られたんだ」清二が説明する。

「ワシントンですか、首都の」近藤さんが聞いた。

「いいえ、ノースカロライナ州です」

「ノースカロライナ」近藤さんは考えるように目を閉じた。「聞いたことがないです」

「ノースカロライナは、少し日本に似ています。気候も、それに風習も。だからもう一学期、あるいはもう一年こちらにいられることになって嬉しいです」

「伺っています」近藤さんが言った。

「ええ？」バーバラが清二を見ると、彼は近藤さんを睨んでいる。「どこからお聞きになったのですか？」

「大学の方ですよ。どなただったかしら？」近藤さんが受ける。

「清二さん、あなたもそのことを知っていたの？」バーバラは問いただした。

清二は首を横に振った。「うわさ話はすぐ叔母の耳に入るのです」

食事が終わると、気まずい沈黙が支配した。何だか変な家族だと思いながら、バーバラは自分のお皿をじっと見つめていた。「そろそろおいとましなくては」

「まだ、おいしいデザートがありますよ」近藤さんは台所からバニラアイスの容器を持ってきた。「ハッピガールです」

「ハッピガール！」岡田さんは手を叩いた。

近藤さんは、アイスクリームの容器を持ち上げて、バーバラに見せた。エスキモーの帽子をかぶった、日本人の女の子が笑っている絵がついている。女の子の顔の下に英語で、Happi Girl と書いてある。近藤さんはアイスクリームをうつわに取り分けて、バーバラにも一つわたしてくれた。「これはキャロルさんがお好きだったのよ。バーバラさんもお好きだといいのですが」

「キャロルさんは、よくこちらにいらしたようですね」

清二の口元は一文字に結ばれている。

「わたしたちは、あの方が気に入っていたのですよ。とても素敵な愛想のいい女性でした」近藤さんは懐かしむように言う。

清二は突然立ち上がって、ジェファソンさんを大学に送っていく時間だと言った。

二人は中庭を通り、門を出てトラックの方へ行きかけた。バーバラはふいに立ち止まった。「わたし、鞄を忘れてきてしまったわ」バーバラは茶室に駆け込んで、暗がりの中で美智の手記を手探りで捜した。手記を全部鞄に入れて茶室から出ると、清二が踏み石の上に立っていた。「手記は全部持って帰ります。またいずれそのうちに読みましょうね」バーバラは清二がむっとしているらしいと感じたが、彼は何も言わなかった。

一言も口をきかずにトラックのところにきたが、いつものようにはドアを開けてくれなかった。

キャロルもこのトラックに乗ったのだわ。みんなのお気に入り。バーバラはドアをバタンと閉めた。

工房の前を通り過ぎ、通りへ出た。「キャロルとはどういう関係だったの？」

「単なる知り合いだよ」

パチンコ店を通り、いつかのうなぎ屋を過ぎ、国分寺方面へ車を走らせた。「キャロルも一緒にあの食堂に行ったの？」

「一回くらい、叔母も一緒にね。ちょっとやきもち焼き過ぎるよ」

「わたしが？」

「中本先生の手記をどうして持ち帰るんだ？」

「持ち帰っちゃだめ？　わたしのものよ」

清二は黙っていた。

「どうして美智さんの版画を持っているって教えてくれなかったの？」

「言うほどのことでもないと思った。さっきも言ったけど」

大学構内に着くまで、二人は黙りこくっていた。トラックを止めても清二はまっすぐ前を見つめたままだった。

バーバラは顔をくるりと清二に向けた。「キャロルのこと、本当はどうだったの？」

清二はため息をついた。「大した関係なんかないよ。叔母は何でも興味本位だから」

「あなたはどうなの？」

「何言っているんだよ」

バーバラはドアを開けて飛び降りた。清一も、バーバラを見ようともせずトラックを発進させた。

二十一

バーバラは洋間で梅酒を飲んでいた。一すじの光が床を走っている。美智の部屋を望むと、満月に照らされて窓が輝いている。明日和田氏に電話をして、手記をすぐに訳してもらおう。美智のことを思いながら静けさに浸っていた。

バーバラはふと思いついて、裏側にある美智の菜園へ行った。上田先生の部屋の窓が開いている。灯りはない。もう寝てしまったのだろうか?

キャベツが、月の明りを吸って銀色の光を放ち、デイジーの群れがぼんやりと白く浮き上がっている。ほかの草花は色を失い、影を落としている。

肩にあたる石を取り除いてひんやりとした地面に寝転んだ。両手を頭の下に組んで目を閉じると、体中の力が抜けていく。月の光を瞼に感じ固い地面に横になっていると心地が良い。

目を閉じたまま、美智の手記と清二の素ぶりを考え合わせてみた。誰に訳してもらってもかまわない、どのみちあなたに残したのだから、と美智は言うだろう。

翌朝早く和田氏に電話をすると、いつでも都合の良いときに来るようにと言われた。「妻は春の大掃除をするのだが、わたしは邪魔になりさえしなければいいものでね」

和田氏はアパートの外で待っていた。二階へ案内されたバーバラは、掃除機を止めた奥さんと挨拶を交わして部屋に入った。

一九四九年の丸まった手記を手渡すと、和田氏は真剣な顔つきで読み始めた。「これはかなり時間がかかりますな」

「待つのは平気です」

和田氏は書棚に案内してくれた。「英語の本もいくらかあるのですよ。能の本も翻訳しましたしね。よかったらベランダで読んでいてください」和田氏は手記を持って机に座った。

ほとんどの本は日本語だが英語のものもある。『アイヴァンホー』、『金の壺』、『バイロン全集』、『赤毛のアン』――ちょっと彼には似つかわしくないけど――、そしてサー・トマス・ワイアットの『詩集』。『日本の能』全六巻も並んでいて、訳者は和田勝とある。ワイアットの詩集を手にしてベランダへ出た。

座り心地の悪い金属製の椅子に座った。通りの向かい側を見ると、大きなパチンコ屋と飲み屋があって、どこからともなくレストランの匂いがただよってくる。部屋の中では和田氏がタイプを打ち始めた。学生時代好きだったワイアットの詩集を開けた。「かつて我を求めし者、去りゆく」最初のところを読んだだけで、本をぱたんと閉じて部屋の中に戻った。

驚いて顔を上げた和田氏にバーバラは言った。「体を動かしたいので、ちょっと歩いてきます」

「買い物にでも行かれたらどうです？　こちらは一時間ほどかかります」

目をあげると、奥さんが居間のブラインドをはずそうとして四苦八苦している。

「お手伝いしましょうか？」とバーバラは申し出た。

「まあ、とんでもない。そんなことさせられません」と言われたが、バーバラは奥さんがブラインドをはずすのを、そばに立って見ていた。そして一緒にそれを裏口まで運んだ。奥さんは下駄に履きかえて、バーバラにも下駄を勧めてくれた。「どうぞ。夫の下駄ですけど」二人は下駄の音をさせて外階段を下り、アスファルトの上でホースを使って洗い、物干しに掛けた。二階へ戻るとき、奥さんは娘がいてくれるといいのにと語った。いつも春の大掃除を手伝ってくれていた娘は今は北海道にいるそうだ。今日はもうすることもないし、バーバラも疲れただろうから、掃除を終わりにしようと言う。

和田氏が深刻な表情で、バーバラに封をした封筒をわたしてくれた。「お帰りになってから読んでください」次回の会話レッスンのことや支払いのことを聞かないうちに、和田氏はお辞儀をして書斎に引きさがってしまった。

奥さんはバーバラと一緒に階段を下りながら謝った。「すみません、夫があんな風で。あまり具合がよくないものですから。腰痛があって疲れやすいのです。今日は娘のかわりにお手伝いしてくださって、ありがとうございました」

バーバラは打ちしおれて、通りを歩いた。和田氏は気難しそうな人なので、誰かほかの人を見つけた方がいいかもしれない。手にしている封筒を見つめた。家に帰るまで待てない。

目の前の銀と黒のけばけばしい喫茶店に入って窓際に座り、コーヒーを注文した。客は囲碁をやっている若者が二人だけだ。二人とも顔を上げたが、すぐ碁盤に目を落とした。濃い化粧のウェイトレスが持ってきたコーヒーを一口飲んだが、味もそっけもない。いつも自分の部屋で飲む、インスタントコーヒーの方がまだましだ。和田氏の封筒を開けた。

一九四九年（昭和二十四年）一月二日

今日は、母がやっていたようにわたしも書き初めをしました。母の千恵は凛としたたたずまいで机に向かって正座していました。彼女の母である江に似た気品のある顔だちは、眉がくっきりして面長でした。母の手記を読んでいると、母が自分の母親の江の姿を求めているのが、痛いほどわかります。母親を求める気持ちはわたしにもあります。特に子どものころ、わたしも母の姿を追い求めました。今になると母がいなかった事情も理解できます。わたしを守ろうとしてくれた母の思いを感じるようになりました。母の強い思いは、きつね憑きの母親、江譲りだと母は言うかもしれません。たしかに、母は、子どもに対して少なくとも動物的な本能のような愛情を持っていました。

ウメちゃん、三歳になりましたね。（和田氏のコメント：「我々日本人は受胎したときから年齢を数えます」）ことばが遅いけど、医者は気にしなくていいと言っています。そういえば歩きはじめるのも遅かった。あなたは、ゆっくり成長する銀杏の木に似て、大木になるのに時間がかかるのよね。いつか成長して、わたしが面倒を見なくてよくなる頃、おそらくわたしはもうこの世にはいないでしょうが、この手記を読んでくれることでしょう。わたしは今これを、母の思い出がつまった広島の古い茶室で書いています。あなたとわたしが共に生き延びたこの奇跡の物語を知る機会が無かったとしても、この手記を読めば、あなたの生い立ちがわかると思います」

ウメが普通に暮らしていけると美智は信じているようだが、何といたわしいことだろう。今手記を読んでいるのは、ウメではなくバーバラなのだ。腕と首筋に痛みが走る。もう一度そのページに目を落とした。

あなたのお父さん健三郎は、誇るに足る立派な人でした。進んで戦争に行ったわけではありませんが、兵士である自分の運命をいさぎよく受け入れました。戦前は広島大学の植物学の教授でした。戦地からのたった一通の手紙には、グアムのジャングルの植物や種子のことが書いてありました。一九四五年の春ごろ、広島に戻ってもよいという許可を上官からもらい、一時帰国しました。そのとき、あなたがわたしの胎内に宿ったのです。その年の七月に、お父さんは、サイパンで熱病にかかり亡くなりました。それがわかったのは戦後しばらくしてからでした。

バーバラは、健三郎の姿を想像した。たしか美智の仏壇には写真がなかった。

《娘よ、あなたがこの手記を見つける頃には、わかる……》バーバラはその行をもう一度読んだ。

娘よ、あなたがこの手記を見つける頃には、わかるでしょう。広島は、一九四五年八月六日、午前八時十五分に、終わりを迎えました。わたしの知っている街は、一瞬のうちに地獄と化しました。

わたしは、城内と呼ばれていた街の中心地にある、夫健三郎の家で、義母と同居していました。その朝ちょうど台所で朝食の支度をしていました。中本の母は、母屋の裏側の納屋の近くで何かをしていました。わたしは妊娠初期のつわりに苦しんでいて、麦飯の支度に手間取っていました。子どもの頃吐き気がしたときに、お手伝いの祐子がレモンを一切れくれたことがあります。わたしはその日の朝、目を閉じて台所に立ったまま、あの時のみずみずしい一切れのレモンを思い浮かべていました。それがわたしの普通の生活の最後の日となりました。

ここまで読んだとき、バーバラのページをめくる手は震えていた。

原爆が落とされたことも、家が倒壊したこともはっきり覚えていません。断片的ながら記憶があるのは、おそらく母が後に語ってくれたからかもしれません。

ウメちゃん、これはあなたに知ってほしい奇跡の話です。母、つまりあなたのおばあちゃんの千恵は、原爆投下の二週間前から、海田原の姉のところへ行っていました。広島もかなり危なくなっていたので、疎開するようにと父が忠告したからです。広島は軍の重要拠点でしたが、爆撃されてはいませんでした。なぜなのか、様々な憶測がなされていました。何でも、アメリカのさる重要人物が広島に住んでいたとか。トルーマン大統領の親類かだれかだという人もいます。また広島は美しいところなので、戦後はアメリカ人の別荘地として残しておくのだとか。でも父も母も、爆撃されるのではないかと恐れていました。

海田原にいるとき、母は毎日、自分の母親の強い幻影を見ました。江は今でいう神の使いのきつねだ、と母は信じていました。江が幻影として現れたのは警告を発しているのだ、と母は直感したのではないかとわたしは思いますが、娘の美智とお腹の子どもが重大な危機に瀕しているので、行ってやらなくてはと思ったのです。

八月六日の朝、母は早朝の列車で海田原を発ち、駅からわたしたちがいる家まで路面電車に乗りました。母が家の玄関に足を踏み入れて、『おはよう』と声を出したちょうどその瞬間に原爆が炸裂したのです。『おは』と呼びかけ、『よう』と言う前に、轟音がひびき、閃光が走り、家が倒壊しました。玄関の屋根が落ちてきましたが、逃れることができました。もし家の中に入っていたら、ウメ、あなたとわたしは、重い瓦と梁に押しつぶされて、今この世にはいなかったでしょう。わたしは、声をあげて叫ぶことすら忘れていたように思うのだけど、母にはわたしの『お母さん、お母さん』というか細い声が聞こえたそうです。そしてきつねの祖母江が母に力を与えてくれて、母はわたしを瓦礫の中から助けることができたのです。母はわたしを肩に担いで、ひたすら川の方へ逃げました。わたしは意識を失っていました。周りはすっかりぺしゃんこになり、まるで巨人の足で踏みつぶされたようだった、と母は言っていました。あたり一面、炎に包まれていました。空はまるで夜のように暗くなり、べとべとした真黒な噴煙が立ちのぼっていました。多くの人が地面に倒れて、死んでいるのか生きているのかさえわかりません。そこかしこから微かなうめき声が聞こえていました。みな真っ黒焦げで、顔の見分けもつかなかったそうです。あまりの衝撃に、立ちつくす人あり、夢遊病者のようにさまよう人あり、焼けただれた体の痛みから逃れようと、川の中に飛び込んだ人も大勢いました。母は、顔も手もひどい火傷を負いましたが、数日間気がつかなかったそうです。

バーバラはしばらく目を閉じていた。まるで自分もそこにいたかのように、恐ろしい光景が鮮やかに心に浮かんだ。次のところをやっとのことで、読み続けた。

母が川のほとりで、わたしの顔に水をかけてくれたのを覚えています。大きな木片を見つけ、それにわたしを乗せ、川下へ押しました。硫黄のような鼻をつく悪臭が漂っていました。あたりはしんと静まりかえり、その中にだれからともなく『お母さん、お母さん』という引き絞るような声がひびいていました。わたしは悪夢を見ているのではないかと思いました。そのうちにきっと眠ってしまったのでしょう。気が付くと、知らない兵隊さんが母に話しかけていました。軍服はずたずたに破けたまま土手の傍らに、気をつけの姿勢で立っていました。体の脇には穴があいていて、腸を手で押し込んでいました。その人は母をまっすぐ見て、川の中にいてはいけないと言いました。あまりにも有無を言わせぬ口調だったので、母はきつね憑きの母親江が兵隊に姿を変えて警告していたのだ、と後になって思ったとか。母は続けて語ってくれました。言われた通り、母がわたしを土手に引き上げると、その人は消えてしまったということです。いずれにしろ、多くの人たちのように川でおぼれることもなく、わたしたちは生き残りました。一晩過ぎましたが、その晩のことは何も覚えていません。母が言うには、ことばで表せないほど恐ろしくて不気味な夜だったそうです。

家へ向かったのは、おそらくその翌日のことでした。焼けた家々からは黒煙が立ちのぼり、道路のわきには死体が積み上げられていました。ほとんどの人たちはまっすぐ前を見たまま幽霊のように歩いていました。地面に横たわっている人々は水を欲しがっていましたが、どこにもありません。道端に、死んだ赤ん坊を胸に抱いた母親がいました。わたしはこのとき、ウメちゃん、あなたのことを思っていました。わたしはお腹に手を当てて、無事でいてほしいとどんなに思ったことでしょう。

「わたしたちは己斐の街を走りまわりました」己斐のことは以前清二からも聞いていた。バーバラは先を急いで読んだ。「ほとんどの家々が倒壊し、免れたのはほんの少しで、我が家もひどい状態でした。でも茶室は無事だったので、母は喜んでいました。梅の木の葉は真黒になって地面に落ちていました。父も妹の春も弟の正一も見つかりませんでした。母は隣の家へ駆けこみました」隣の家というのは清二の家かしら。「そして父が、建物疎開作業をしていた春と正一、それにわたしを捜しに行ったことがわかりました」

外ではトラックが、がたがたと音をたてて走っていました。わたしたちは死体を確かめにいきました。まだ生きている人も死んでいる人も、己斐小学校の校庭に集められていました。そのまま丘の上の三滝寺へと、流れるように向かっている人々の群れに加わりました。水はありましたが、何日間も食べるものはありませんでした。やがて父が、正一の死体を抱えて帰ってきましたが、春の消息は、わかりませんでした。父はわたしを見て、どんなにかほっとしたことでしょう。わたしがいたはずの夫の家が火に包まれ、夫の母が骨と灰になって庭にころがっているのを目にしたからです。

わたしたちは、あなたの若い叔父さんの正一を火葬して、遺骨を母の茶碗に入れました。母は悲しみで虚脱状態になり、そのときから入院してしまいました。その後数週間というもの、わたしは母の看病をしながら春を捜し続けました。ついに父が、春は爆風もろとも灰燼に帰したに違いないと言いました。わたしは、何ヶ月間も深い絶望の淵にいましたが、あなたがわたしのお腹の中で大きくなっていたからこそ、生きなくてはと思いました。

最後のページをめくったとき、バーバラは息を深く吸い込んだ。

ウメちゃん、あなたは翌年の二月に生まれました。母の死後、間もなくでした。そのとき家は修理中だったので、父は海田原にいました。わたしも来るようにと誘われましたが、行きませんでした。まだ春ちゃんの手ががりを捜していたのです。わたしは、隣の岡田さんの家で食事をしていました。岡田さんの奥さんは、爆風で目が見えなくなったので、わたしが身の回りの世話をしていました。ご主人も娘の伊津子さんも行方不明です。息子の清二さんとわたしは一緒に、街なかを何日間も歩き回り、行方不明の身内の痕跡でもないか、と捜しまわりました。

夜は茶室で寝ました。ある朝、起き上がれないほど疲れきっていました。体がぐったりして、もう死ぬかもしれない、春を見つけられないまま死んでしまうかもしれないと思うと、涙がとめどもなく溢れました。そのとき、わたしのお腹に凄まじい痛みがきました。清《せい》さんがわたしの叫び声を聞いて、茶室に駆け込んできました。

清さんというのは、清二のことだわ。叔母さんが確かにそう呼んでいたから。

お母さんは赤十字病院に入っているので自分が手伝う、と清さんは言うが早いか、駆けだして、すぐにお湯の入ったバケツと布切れと毛布を持ってきて、毛布を掛けてくれました。

ウメちゃん、あなたが生きて生まれてくれるとは思わなかった。お腹の中でもほとんど動かなかったのですもの。あなたの産声を聞いたとき、喜びが全身を突き抜けました。あなたの誕生は、荒廃した地に生き残った梅の花よりも、ずっと奇跡的なことでした。

岡田清二は、あなたの誕生に立ち会ったのよ、ウメちゃん。わたしがあなたを初めて胸に抱いたとき、彼はわたしたちの傍らにへたり込んでいました。出産の手助けをしてくれたこの瞬間に、清さんは大人になりました。

バーバラは、そのページを見つめ、それから黒い椅子に、そして格子のはまった窓へと目を移すと、囲碁をやっている二人の学生が目に入った。すべてがぼんやりとして、まるで薄い膜を通して見ているようで、現実とは思えなかった。店員がゆっくりと近づいてきた。バーバラは、お金をテーブルに置き、逃げるように店を出て、足早に駅に向かった。

放心状態で三号館に戻り二階へ上がった。自分の足音が建物に響いた。バーバラは玉のれんを掴んだまま、台所に立ちつくしていた。一人でいるのは耐えられない。身を翻し、廊下を突っ切って、太田先生の部屋をノックした。

二十二

「あら、うちのお嬢さん、どうなさったの？　お入りになって」

「美智さんは……広島の被爆者だということを、あの方の書き残した手記で知りました」

「そうだったの」

「その部分をさっき翻訳してもらったのです。あの日何が起こったか、その後美智さんがどうやって生きてきたのか、ということがわかりました」

太田先生はバーバラを部屋に招き入れ、二人はこたつに入った。

「ご自分の手記にあなたがこんなに痛切に心を揺さぶられたということを、中本先生がお聞きになったら、きっと喜ばれたことでしょう。わたしも胸がいっぱいよ」

そう言えば、美智の手記を読んだとき、清二は顔をそむけていた。「美智さんはどうして同じ体験をした日本人の友人に、手記を残さなかったのかしら」

「おそらく被曝の体験をあなたにもっと深く知ってもらいたかったのよ。バーバラさんの心に届いたようで、よかった」

バーバラは手で顔を覆った。太田先生は、台所からシェリー酒の入ったグラスを二つ持ってきた。

「太田先生、ありがとうございます。先生がいてくださってよかった」

「わたしにとってもバーバラさんがいてくださってよかった。あなたは、わたしの生活の中で救いですもの」太田先生はシェリー酒を一口口に入れた。「わたしがテキサスで生まれたということを知っている人は、もうほとんどいなくなってしまいました」

「テキサス！」バーバラには、太田先生とテキサスが結びつかない。

「父は農業関係の専門職で、テキサスの西部の草原で仕事をしていたのですが、わたしが高校生のとき、一家で日本に戻ってきました。小平女子大学を卒業後、ケンブリッジ大学に何年か行っていたけれど、心の底からとけ込めたというわけではなかったわ。だから、いうなればみにくいあひるの子みたいなものよ。西洋にも日本にもなじめなくて」

バーバラは頷いた。「そうだったのですか」

太田先生はバーバラの手を取った。「ねえ、今日夕食をご一緒していただけませんか？」


美智の書いた被爆体験が脳裏をよぎって、バーバラはその夜ほとんど眠れなかった。千恵が虫の知らせを感じたこと、川のほとりで自分の内臓に手を突っ込んでいた兵士、死んだ赤ん坊を胸に抱いていた母親、それに、清二に手伝ってもらって美智が出産したことなど。どうりで清二は、即座にこういう部分を訳そうとしなかったわけだ。キャロルへのやきもちなど、何と些細なことだろうか。

翌日、午前中の授業が終わった後、鷹の台へと林の中を急いでいるとき、木の幹がどれも細いことに初めて気がついた。ストーン・ストリートの家へ引っ越したときにバーバラの父親が植えた樫の木よりも痩せている。ここは、東京大空襲で焼夷弾がずいぶん落ちたのだろう。こんなに静かな緑の林の下には荒廃した光景が、そしてさらにその下には、また別の世界が埋もれている。

清二は食堂で昼食を食べていた。キミが向かい側に座って、笑いながら話している。バーバラは入口にしばらく立ち止まって、黒い鞄を持ちかえた。清二はバーバラを見上げると、顔色が変わり、笑みが消えた。キミに何やら言うと、キミはそそくさと厨房へ引っ込んだ。

バーバラはキミが座っていた椅子に腰をおろした。プラスチックの椅子はまだ温かい。清二とキミは野菜の卵とじを食べていたようだ。「お邪魔してごめんなさい。ちょっと二人だけでお話ししたいの」とバーバラは声をかけた。そのときキミが厨房から現れて、カウンターの後ろで忙しく立ち働き始めた。

清二は椅子をうしろへ押しやり、立ち上がった。

「お昼ご飯食べてしまわないの？」

清二は首を振った。バーバラは、食堂を出て工房に行く清二の後についていった。「何か新しい作品を作ったの？」

「今日は作ってない」清二はたばこに火をつけ、棚に並んだ抹茶茶碗を並べ直しはじめた。

愛しあった小部屋に視線を投げかけた。ドアは閉まっている。

「一九四九年の手記を持ってきたわ。先日のことを謝りたいの。ほかのことで少しいらいらしていたものだから」鞄から丸めた手記を取り出して清二に渡した。

清二は軽く頭を下げて受け取った。「ありがとう。ぼくの態度で怒らせてしまって悪かった」

「では、一緒に読んでくださる?」すでにほかの人に訳してもらったことをバーバラは言いだせなかった。絶対に許してもらえないことが、清二の顔つきから見てとれる。「いつでも時間があるときに」バーバラは付け加えた。清二はバーバラをじっと見ていた。「清二、もう会いたくないの?」

清二はバーバラに歩み寄り腕を廻した。バーバラは鞄を落とし、彼を抱きしめた。清二も、手記を持った手でバーバラをそっと抱きしめた。「会いたいよ」と囁いた。

「いつがいい?」

しばらく黙っている。「房総半島はきれいなところだよ。あそこへ行って読もうか? 仲直りもできる。今週末はどう?」

「ええ」バーバラは清二の頬に唇を当てた。「じゃあこの手記を預けるわ。そうすれば前もって見ておけるでしょう?」

「時間があればそうするよ」二人は表に出た。「土曜日の九時に、国分寺駅のタクシー乗り場で待っていて。車で迎えにいくから」と清二は言った。

土曜日は春の日差しが暖かかった。二人はトラックの窓を開けたまま走った。時々口を開くものの、会話ははずまなかった。バーバラの足元には黒い鞄がある。もしかして時間があるかもしれないと思って、一九五〇年代の手記を持ってきた。清二が持ってきているはずの一九四九年の手記のことを考えていた。一緒にその手記を読んでも、バーバラは何も知らないふりをしなければならない。清二は前方を見つめたまま、ひたすら車を走らせている。清二も一九四九年の手記が、頭に浮かんでいるのだろう。美智のことも自分のことも、手記を通してもう一度体験などしたくないに違いない。人はだれでも秘密にしておきたいことがあるものだ。清二もバーバラも同じ秘密をもっているのだが、バーバラが隠しごとをしていることを、清二は知らない。

二人は信号で止まった。老女が薪の大きな束を背負って道路の脇を歩いている。「清二、一九四九年の手記のことだけど……もう訳した？」

彼は首を横に振った。「一緒に読んでいこう」

房総半島までは車でたった二時間だった。高速道路から一般道へ降り、太平洋に面した崖みちを走っていく。海はあくまでも青く、見渡す限り白い波頭が立っている。清二は車を路肩に寄せ、絶壁の端まで歩いた。眼下には巨大な波が、ぎざぎざした岩に押し寄せては、砕け散り、白く泡立っている。吹きつける風で、バーバラの髪は後ろにまっすぐなびき、目が痛くなり涙が出てきた。バーバラの手が清二の手に触れると、清二は指をからませた。

二人は、町の外れの小さな宿屋に入った。バーバラは、海が見える宿を思い描いていたのに、道路を隔てた反対側だった。小さな部屋には、薄暗い電球が一つと、粗末な机が一つあるだけだ。バーバラは、黒い鞄とスーツケースを片隅に置いて、個人用の浴室に案内してもらった。湯はあまりきれいではなく、表面に髪の毛が浮いていた浴槽にはつからず、湯をかけるだけにした。部屋に戻って浴衣に着替えた。三十分程すると、清二が風呂上がりの上気した顔で現れ、新聞を手にして向かい側に座った。

夕食膳の天ぷらは衣も厚く、冷えている。清二は酒の瓶を空にすると、また追加した。女中が布団を敷きにくる頃には、目が真っ赤になっていた。

二人とももものも言わずに衣服を脱ぎ棄て、布団に入った。バーバラが手を伸ばし、清二の胸に乗せると、清二は、すぐにバーバラの上に重なった。酒臭い息がかかり、バーバラは顔をそむけた。あっけなく終わってしまった。「ごめんね、何だか疲れていて」清二は向こうを向くと、すぐ眠り、微かにいびきをたてた。暗がりをじっと見つめるバーバラの目は、ひりひりと痛んだ。

清二のくしゃみでバーバラが目を覚ますと、清二は部屋を出て行き、やがてマスクをつけて戻ってきた。口も鼻もマスクにかくれ、目は充血していて痛ましい。「情けないやつだろう?」弱々しい声だった。

「そんなことないわ。辛そうね」

みそ汁とご飯、それに魚と海苔の朝食が来た。彼はマスクを取ってみそ汁をすすり、またマスクをして、バーバラが食べ終わるまで新聞を読んでいた。

「帰った方がいいのじゃないかしら。翻訳なんかしたくないでしょう?」

「いや、大丈夫、できるよ」

食器が片づけられると、清二がもってきた手記を広げたので、バーバラもノートを取り出した。朝食の海苔の味が口に残っていて、胸がむかむかする。

清二はためらいがちに読み進む。マスクの中から聞こえる声はか細く、バーバラはよく聞き取ろうと身を乗り出した。適宜あいづちを打ちながら、ひと言も聞きもらすまいと書きとっていく。美智のお母さんが玄関に足を踏み入れるところ、家が倒壊するところ、美智を川の方へ連れていくところと読み進む。川のほとりにいた兵士の部分にきたとき、兵士がはみ出した腸を押し込んでいる恐ろしい場面なのに、清二は淡々と読んでいく。「むごいわ」とバーバラは言ったが、清二は顔も上げないで、指で筆跡をたどっていく。美智とお母さんが己斐へ行くと、母屋は破壊されていたが茶室は残っていた、という部分をゆっくりと読み上げた。清二は、咳が出始めたのでマスクをずらして、お茶を二口三口啜り、鼻をかみ、またマスクを戻した。次には家族のことが語られている。妹と父親が亡くなり、母親は路面電車に乗っていて、視力を失った場面だ。「つらすぎるわ」バーバラは呟きながら、複雑な痛みを胸の奥に感じた。

清二は一息ついた。いよいよウメの誕生の件へと読み進むのを、バーバラは待ち構えた。あの神々しい誕生の部分を。そして清二が大人になった瞬間の箇所を。しかし清二は、三枚の紙をそろえて巻いた。

「それで全部?」

「そうだよ」

清二が手記を紐で結んでいるのを、バーバラは見つめた。あの部分をわざと訳さないつもりなのだ。

清二はまたマスクをずらして、タバコの火をつける。烟を吸いこんだとたんに咳こんだ。

「タバコを吸っちゃだめよ」清二は手で遮って立ち上がり、廊下の端にあるトイレへ行った。

戻ってくると、外の景色でも見にいこうと言う。

「外へ出ても大丈夫?」とバーバラ。

「もちろん。風邪はそんなにひどくないよ」

バーバラはスーツケースからカメラを取り出し、トラックへ向かった。強い海風が吹いていて、空はどんよりとしている。「雨になるわね」清二は肩をすくめ、何も言わなかった。バーバラの悲しみは心の奥へと沈んでいく。

鉛色の海を眺めながら、海岸線をゆっくりとトラックを走らせた。やがて道は海から離れ、人家や商店が肩を寄せ合っている小さな集落に入っていった。車を降りて薬局でもう一枚マスクを買った。店を覗き込みながら商店街を歩く。土鍋を売っている店、筆や筆記具の店、さらに、安物の洋服の店などを見て歩いた。レストランの店頭には食品サンプルが出ている。

ぶらぶら歩きながら清二をそっと窺った。マスクのゴムが耳にかかった清二の横顔は、痛々しく見える。手記の中のあの箇所「大人になった瞬間」を削除したという、呵責の念があるのだろうか。清二は歯痛という理由だけで生き残った弱い人間だと、自分でも言っていた。

海の近くにレストランがあった。ウェイトレスに外の席に案内された。海のすぐそばなので、塩気を含んだ水しぶきがかかるほどだ。清二はマスクをはずしてビールを飲みながら、刺身の盛り合わせや焼き魚をつまんだ。旅館の料理よりずっとおいしい。

「叔母のことを謝りたい。叔母は勝気な性格なので、サザランドさんのことをあんな風に言っていたけど、君をただ羨ましがらせたかっただけなんだ」

「と言うと、あなたは本当に……」

清二はバーバラの方に向き直った。「キャロル・サザランドとは、何でもなかった」

「わかったわ」巨大な波が岩に砕けて引いていく。「なぜ叔母さまは、わたしを羨ましがらせたかったのかしら」

清二はビールを飲み干した。「叔母は、苛酷な体験をしたのであんな風になってしまった。戦争中に軍人と結婚して、満州に渡った。夫が戦地に行くと、叔母は中国人から身を守るために、髪を切りズボンをはいた。本人は満州に残りたかったが、帰国しなくてはならなかった」清二は手に持った空のグラスを傾けた。「戦後になってわかったことだが、夫は別の女性と一緒になっていた」

「離婚もしないで？」

「そう。夫は東京に住んでいると聞いて、まず東京に移って捜したけど見つからなかった」

「叔母さまは、どうしてご主人を見つけたかったの？」

「離婚に決着をつけようとしたんだ。実家から工面してもらったお金で食堂を買ったけど、夫からは一銭たりとももらっていない。プライドが許さなかったからね。ぼくは、これまでも叔母との間に腹にすえかねる問題があったけど、叔母の生活も大変だったんだ。ぼくも母も叔母に世話になった。戦後のぼくたちの生活を支えてくれたので、ぼくも食堂を手伝うようになった」

バーバラは、先日清二と話し込んでいたキミのことも気になっていた。

「ほかに誰か女性がいるんじゃない？」

「どうして突然そういう質問ばかりするの？」

「うわさを聞いたの」

清二はまっすぐ背筋を伸ばしてバーバラを見据えた。「いったい誰がぼくのことをそんなふうに言っているんだ？」

「上田先生がいろいろと」

「上田セツ？」

「ええ。ご存じ？」

「叔母は知っていると思う」

「それでは上田先生はあなたのことをよくはご存知ないのね」

　清二は首を振った。

「わたしもそう思ったわ」二人は海を見ながら座っていた。再び清二に顔を向けると、いとおしい感情がこみあげてきた。「マスクをとるとすてきよ」テーブルの下で清二の手を握った。「はずしたままにしておいて。風邪なんかうつっても平気よ」

「これは日本人の習慣なんだよ。風邪を引いたらマスクをして、他人にうつさないようにするんだ」

二人は立ち上がり、清二はまたマスクをつけた。

　宿に戻ったあと、清二はうたた寝して、夕食のときに目を覚ました。夕食が済むとすぐに浴衣に着かえ布団にもぐり込んだ。

「こんなに疲れていてごめんね」バーバラが清二の額に唇を当てると、彼は横向きになった。バーバラも横たわった。清二の背に当てたバーバラの手は、清二の呼吸に合わせて背が上がったり下がったりするのを感じた。突然バーバラは、すべて話してしまいたい衝動に駆られた。「清二？」小声で呼びかけたが、返事はなかった。「美智さんの手記を読みたくなければ……」彼の息づかいが変わったように思えた。「いいわよ、わかっているから」

二十三

理恵が、月曜日の英会話クラスを休んだ。一度も休んだことのない理恵がどうして休んだか聞いても、皆クスクスと笑うだけで、だれも答えなかった。

昼食の時、淳子が、理恵には土曜日ちょっとした珍事があったとおしえてくれた。「玉川上水に転がり落ちたみたいです」

「大丈夫だったのかしら？　怪我はなかったの？　きっと車輪を取られたのね」上水べりはでこぼこ路だから。

「そうじゃなくて、土手の花を摘もうとして止まったんです。今、理恵さんは寮の医務室にいます。太り過ぎているからころがり落ちたんだとか、意地悪なことを言う人もいて、プライドを傷つけられています」

翌日も理恵は授業に来なかったので、バーバラは、病室にいるという彼女を訪ねた。寮の地下にあるうす暗い部屋だった。

理恵は隅のベッドに横たわって、目を閉じていた。ほかに空のベッドが四台ある。看護師がいるはずだと思ったが見かけなかった。バーバラは入口のところでためらったが、ベッドのそばのテーブルに書き置きと、理恵が好物だと言っていたするめを置いておこうと思って、爪先立ちで、静かに理恵のベッドに近づいた。部屋には窓もなく、床はコンクリートのむき出しで、まるで刑務所のようだ。天井の裸電球が鈍い光を放っている。そっとテーブルにするめを置いて、手帳の中のペンと紙を探った。

「先生！」理恵が起き上がった。片手は包帯で巻かれ、額には青あざがある。目は腫れて赤い。

「ごめんなさい、起こしてしまって」

「眠ってなんかいません。来てくださるなんて、驚きました」

「心配だったのよ、あなたのことが」

「だれもここに来てくれません。友だちがいないんです。わたしってきっと笑いものだわ」涙が理恵の頬を伝ってぽたぽた落ちた。理恵は動く方のこぶしで、がむしゃらに顔をごしごしこすった。「死にたいくらいなのに、そんな勇気もありません」

「川に落ちただけでしょう？　そういうことはだれにだってあるわ」

バーバラは理恵の肩に手をかけた。「生きるって、時には死ぬよりも勇気がいるかもしれない。あなたは気が付いていないけど、友だちはいるのよ。淳子がとても気にしていたわ」

理恵は返事をしなかった。まるで息を止めているように、背中が固まっていた。

「手は痛むの？」包帯は自分で巻いたように、むらがあり、薄汚れている。

「レントゲンで診てもらった方がいいのじゃない?」

理恵は手を上掛けの中に入れた。「こんなことで授業を休むなんてみっともなくて、言えなかったのです。字が書けなければ、授業に出てもしかたがないと思いました」

「でも皆から遅れてしまうわ。その方がもっと辛いでしょう?」

「もう遅れています。クラスの人たちはこの三月に卒業してしまいました。わたしは四年生を一年以上やっているんです」

「何年か経てば、そんなことは何でもなくなるわ。今ここでこうしているうちに、課題なんか、二、三日もあればできるわよ。レポートのテーマは何だったかしら? どれくらい進んでいるの?」

「まだ始めてもいないんです。わたしって情けない生徒で、家族のお荷物だし」また、こぶしで、顔をごしごしこすった。「やめなさい」バーバラは理恵の手を掴んだ。「さあ、書いてみて。だいたいの下書きでいいんだから。とにかく言いたいことをことばにしてごらんなさい。後で書き直せばいいから」

バーバラは、理恵の顔にある手を取った。理恵は手を引っ込めて、バーバラを見上げた。目は微かに笑っている。「おっしゃるように書いてみます」

「よかったわ。そうしたらまた課題を持ってきますからね。淳子に頼んでもいいわ。淳子にここに来てもらってもいい?」

「ええ、かまいません」と小さな声で言った。

「するめを持ってきたのよ」バーバラは、テーブルの上のするめの袋をベッドの上に置いた。「もう行かなくっちゃ。レポート用紙とペンはあるの？」

「淳子さんに持ってきてくれるように言ってください。先生ありがとうございます。このことは忘れません」

二日後、バーバラが朝食の準備をするために、台所に行こうとしたとき、ドアに差し込まれた茶色の封筒が目に入った。「ジェファソン先生御許に」と外側に書いてある。封を破いて開けると、理恵独特のかな釘文字で書いたレポートが数枚出てきた。一ページ目の上部に、概略と書いてあり、以下こんな風に続いていた。


立川でやっている仕事のことをお話しします。わたしは、死体の修復をしています。ベトナムで戦死したアメリカ兵の顔や体を整形するのです。驚いたでしょう？　賃金がいいのです。この仕事をやってみるとなぜ報酬がいいかがわかります。こんな葬儀屋のような仕事をやれる図太い神経をもつ人は、めったにいないからです。でもわたしにはできます。わたしにはこの仕事に耐える図太さがあります。そういう血筋ですから。わたしは小平大学で学び、ぜひとも卒業したいのです。父は毎日祈るような気持ちで、わたしが大学を卒業するのを待っています。大学を出ていると自信が持てると、先生もおっしゃいました。わたしもそう思います。家族のためにも卒業したいのです。

初めに、あまり他人に話したくないことをお話しします。顔の修復は、アメリカの軍部がやっています。無残な兵士の遺体は修復して、少しでも見られるようにして、アメリカの家族の許に送られるのです。これは、不誠実で偽善だと思います。アメリカの家族は、戦争の真の姿を見るべきです。わたしは、今はお金のためにこの仕事をしています。これは隠しておきたいことですが、このことやそのほかにわたしが経験したことなどをいつの日にか書いて、世に知らせようと思っています。わたしは決して賢くはありませんが、世間の人が知らないことで、わたしが知っていることもあるのです。

もう一つ驚かすがあります。先生、わたしは広島で生まれ、二歳のときに被爆しました。家族は、広島市の片隅にある比治山のはずれに住んでいました。その地区には破壊を免かれた家々が、今でも残っています。母もわたしも負傷はしなかったのに、戦後しばらくして母は、放射能を浴びたことで亡くなりました。

父は当時兵士として、爆心地の近くの練兵場にいました。他人には恥ずかしくて言えないような偶然で命拾いをしました。父のように、不名誉なことがあっても、大胆に生き延びてきた姿を見ると、わたしも度胸がつきます。

わたしは父を誇りに思います。父は原爆が投下された後、いろいろなことをして懸命に働き、広島の産業である針を扱う店を持ちました。父の母、つまりわたしの祖母は貧しい未亡人で、店を持てずに魚の行商をしていました。そういうわけで、わたしは、小平女子大学のほかの学生たちとは違う、貧しい家庭の出身です。中本先生のことでおわかりのように、この大学には、広島や長崎で被爆したり、ほかのところで空襲にあったりした学生がいるはずですが、たいていの人はそのことを口にはしません。原爆の犠牲者である被爆者たちはなおさらです。日本では、被爆者が新しい形の差別の対象となっています。しかし皮肉なことに、広島での被爆は、わたしの家族が運命から這いあがるのに役だちました。というのも、戦後階級格差がなくなったのです。当時の日本人にとっては、生きていくことと食べていくことのみが重要になりました。豊かではないけれどわたしには家族もあり、後に母の死という悲しみはありましたが、しばらくは両親も揃っていました。小学校から高校まで一生懸命勉強したので、先生たちから小平女子大学に行くようにと励まされ、奨学金が受けられるように骨折ってくださいました。

わたし自身には直接被爆の記憶はありませんが、家族も広島も、広島の人々も、宇宙の誕生以来、人間を含むすべての生き物にふりかかる、もっとも恐ろしい衝撃を受けました。そうです、残念なことに、日本は戦争で中国やアメリカを攻撃しました。その報いがこういう結果をもたらしたのです。でもわたしの考えるところでは、許しがたいのは、破壊のために核を用いたことではないでしょうか。人間は自然界の聖域を侵してしまったのです。日本も、もし可能だったら、同じような爆弾をワシントンに落としたかもしれません。以前先生はわたしに、日本人の罪の意識はどういうものかとお聞きになりましたね。日本人に、キリスト教でいう原罪というものはありません。仏教の教えでは、人間はもともと無垢なものなので、無垢な心に立ち帰ろうとします。そう考えると、犯罪は無知と思いやりの欠如から起きます。万物は皆兄弟と言われます。だから、あの犬も前世では自分の母親だったかもしれないし、この苦しんでいる人は自分だったかもしれないというわけです。

ですけれど、人間の好奇心に関するアダムとイブの神話の中に重要な鍵がある、と考えてきました。人間の好奇心によってひき起こされた核分裂は、人類の原罪と言えるのではないでしょうか？　ほかのことも、いいことにしろ悪いことにしろ、このような好奇心から生まれてくるのかもしれません。アダムは、この原子のようなものではないでしょうか？　原子核分裂の悲劇的な結果は、今後永遠に人間に影響を及ぼすことでしょう。

ジェファソン先生、先生が中本先生の法要の折に述べられた弔辞を聞いたとき、わたしは先生の誠実なお気持ちを感じました。日本に来られたので、アメリカにおられたときよりも、わたしたち被爆者のことがより深くわかっていただけたのだと思います。もしお望みなら、いつかもっとお話ししましょう。そして広島もご案内します。わたしたちのかつての「エデンの園」は今、近代的なビルの立ち並ぶ「顔」の下に埋もれた記憶にしかすぎません。

わたしの原罪に対する考えを書きました。ご理解下さい。

御許に　　　　　　　　　　　　　　　　　　　　　横萩理恵

バーバラは、理恵のレポートを掴んだまま茫然として座っていた。しばらくしてから、美智の菜園に駆け下りていって、もうすぐ咲きそうな深紅の牡丹を切り取って花瓶に入れ、病室にいるはずの理恵に持っていった。

理恵はいなかった。気管支炎で寝ている少女によると、理恵は授業の準備をするために寮へ戻ったと言う。バーバラは理恵の部屋へ行き、ドアをノックした。

「先生！」手の包帯はとれていて、顔のあざの色も薄く、紫がかった黄色になっていた。清潔な白いブラウスと黒いスカートを身につけて、黒髪はつやつやしていた。

バーバラは花を差し出した。「あなたが書いたことに感動したわ」

理恵は花瓶を受け取り、深々とお辞儀をした。「先生、ありがとうございます」

「子どもの頃自転車で転ぶと、父はわたしを起こしてまた自転車に乗せてくれたわ。あなたも諦めないでね」

「ええ、諦めません。仕事に就かなくてはなりませんから」理恵は間をおいて、ためらいがちに付け加えた。「そのうちに先生、一緒に自転車に乗りましょうね」

「ええ。でもわたしは自転車を持ってないわ」

「わたしが一台見つけてきますよ」

翌日の午後、理恵はバーバラの部屋を訪れた。「先生、今から乗ってみますか？　自転車を持ってきました」

太めのタイヤの黒い自転車で、スポークに錆がある。バーバラはサドルに座り、ラッパ状の警笛を鳴らすと、喘息のような音がした。

「サイズは合いますか？」

「ちょうどいいわ。ありがとう」二人は構内の車道をペダルをこいでいった。バーバラの膝はハンドル近くまでとどいた。ギアが無いので、少し傾斜したところを上るのは苦しい。道路をわたって、玉川上水のほとりを理恵の後ろから走った。

晴れた日の午後で、頬に受ける風は暖かく気持ちがいい。学生たちのレポートの採点からしばし離れることができて、気分が和らぐ。土手沿いに野の花があることに初めて気がついた。たくさんの丈の低いあやめと、もう少し小さな淡い青色の花が咲いている。水は深く、流れもいくらか速い。理恵はきっと泳ぎがうまいに違いない。土手を這いあがってくるところをバーバラは想像した。

「どうやって川から上がったの？」前方を行く理恵に話しかけた。

「大きな木の根があったのです」理恵は肩越しに振り返った。「運がよかったと思います」

二人は稲荷神社を通り過ぎ、麦畑を抜け、鷹の台の方へとゆるやかな坂道を上っていった。理恵は前のめりになってペダルをこぐ。バーバラも立ち上がってこがなければならない。自転車がよろよろする。とうとうバーバラは降りて自転車を押した。坂の上に来るとまた乗って、鷹の台の商店街にさしかかったところで、理恵に追いついた。理恵はいささか意味ありげな笑みをうかべて振り返った。清二の家へ行くのではないかとバーバラは一瞬思ったが、左へ曲がり、町から離れていった。

低い茅葺屋根の農家を通りすぎ、畑の中の曲がりくねった道をたどりながら、理恵は、穀物やさつま芋、そば、大根などの名前を教えてくれた。遠くから飛行機が離陸する爆音が聞こえる。立川空軍基地があるのだ。

「仕事に行くとき、この道を通るの？」

「普通は、鷹の台を抜けてまっすぐ行きます。この道を通っても行けますが時間がずっとかかります。ちょっと休憩しませんか？」バーバラは、畑の傍らの草地の方に目をやって頷いた。

道端に自転車を寝かせて、草の上に座った。立川は後方にあたる。丘の上に農家が見える。着物姿の女性が、物干しに洗濯物を干していた。

「先生、わたしの仕事のことで、もう一つお話しします」理恵は草を一本抜いて見つめている。「多分、部落民という被差別階級のことをお聞きになったことがあると思いますが、被差別の理由は、死体を扱うからです。おそらく、不浄であることは、日本人にとっては原罪の一つだと考えられたからでしょう」理恵はバーバラをちらと見上げた。「だからわたしは仕事のことを、他人には言わないのです」

「わかったわ。だれにも言わないわ」理恵がちょっと首をかしげ、黒いふさふさした髪が太陽の光にきらきら輝いているのを見ていると、いとおしさで胸が締め付けられる。「お仕事きっと……どんなに大変か想像もできないわ」

「ええ、でもやらなければならないんです。仏教のお坊さんは、前世の業があるので、これはわたしの宿命だと言うかもしれません。でもわたしは喜んでやっています。父の体の具合がよくないので、わたしは、こういうやり方で手助けしているのです。アメリカ人はいい給料をくれます。顔を修復する、しかもアメリカ人兵士の顔を修復するというこの新しい因縁は、何と皮肉なことだろうとときどき思います。実を言うと先生、わたしはあの小論に書いたように怒っているばかりではありません。子どもを思う母親の気持ちは、アメリカ人でも日本人でも同じです。人間としての心です」

バーバラは頷いたが、ことばが出なかった。

「どういうふうにするのか、詳しくお話しします、先生。大丈夫かしら?」

「ええ」

「冷たい部屋があるんです。兵士の死体があって……」理恵は手でテーブルをかたどった。「顔以外は埋葬するばかりになっています。耳とか口がないのです」自分の耳と口を触りながら言う。「ない部分を新しく作るのです。蝋でどんな部分でも作ります。彫刻をするような要領です」

　バーバラは電車の中で会ったアメリカ兵のことを思い浮かべた。ジムとコールマンといった。今頃はもう死んでいるかもしれない。

「顔の一部がなくても直せます。まず丈夫な糸と曲った針で、残っている肉と肉を縫い合わせるのです」片手で縫う動作をする。「これで基礎ができるわけです。想像できますか？」

「ええ」バーバラは身ぶるいして、両腕をさすった。「その人たちの名前はわかるの？」

「いいえ、名前はわかりません。土台ができると今度は顔のへこんだ部分に、溶けた蝋か石膏を流します。それから、白人や黒人の肌の色の化粧をほどこします。毛穴も本物のようにするために、とても繊細なブラシを使います。わたしのことを顔面修復の芸術家だとアメリカ人たちは言います」しばらく間を置いた。「先生、わたしがどこでこの技術を学んだと思いますか？」

「どこか特殊な学校のようなところ？」

「ええ、でも初めは、岡田先生からです。あの方からは陶芸を教わりました」

「あの……岡田清二さん？」

「はい、岡田清二先生に」

「でも、あの方は、死体の仕事は……なさらないんでしょう？」

「ええ、作るのは茶碗や皿、それに埴輪、時には彫塑などです。土でも蝋でも、形をつくることはそんなに違いません。驚いたでしょう？　先生は岡田先生をよくご存じなのでしょう？」

「わたしも岡田さんに教えてもらっているものだから」

「あ、そうなのですか」

「ええ、茶碗とかお皿の作り方を」バーバラは顔が火照った。「あまり上手ではないんですけどね」

理恵はバーバラから目をそらし、自分の手を見つめ、それから遠くに目をやった。

「たぶん、だれでもそっとしておきたい部分があるのよ」とバーバラは言った。

理恵はバーバラの目を見た。「ご心配いりません、先生。お互いに黙っていましょうね」

二十四

六月初め頃から雨季が始まった。毎日しとしとと雨が降る。屋根瓦を打つ雨の音と、三畳間の窓からただよってくる濡れた土と木の葉のにおいで、バーバラは目覚める。美智の母親が手記の中で、この時期を梅雨と言っていたことを思い出し、幾度となく構内の梅林へ行った。金色の梅の実が、週を追うごとに膨らんでいく。

美智の菜園の片隅や構内のそこかしこに、紫陽花の柔らかな青いかたまりが姿を見せている。切り取った紫陽花を腕いっぱいに抱え、顔をうずめた。濡れて重くなった房が、肌をしっとりと潤す。花瓶にさし、部屋のあちこちに置いた。その甘美なたたずまいを見ていると、清二に会いたくなる。

房総半島から帰って以来、数回しか会っていない。会っても、清二は気もそぞろでそっけなかった。叔母さんがまた茶室を使うようになったので、工房の隣の小部屋で、二人は人目を気にしてこっそり会っていた。ある日清二は、気がねなく会える場所を捜していると言った。「安心して会えて、翻訳もできるところをね」

「早くお願いね」バーバラは清二の背に腕をまわして言った。

「うん、できるだけ早く見つけるよ」と清二は約束した。

六月初めの二週間は、益子に送る壺作りで清二は忙しかった。それも仕方がない、とバーバラは自分に言い聞かせた。バーバラも学生たちの成績をつけなくてはならないし、期末試験の準備もしなければならない。夏休みになれば会えるだろう。それに日本語の勉強もある。

もう少し頑張って書かれている文字を覚えた方がいいと和田氏に言われたが、ともあれ日本語の勉強ははかどっている。話す力はかなりついてきたと褒められるものの、電車の中で乗客に話しかけると、とたんにわけのわからないことばがどっと返ってくるので、落ち込む。


バーバラは母親と話したくて、ある日の夕方、公衆電話をかけに本館に行った。

「ボビー？」母の声は眠そうだった。

「ごめんなさい、早過ぎたかしら？」

「たいていはもう起きているのよ。でもね、このところ忙しくて、とても疲れているの」母親が、自分の書いた記事のことや、ブリッジクラブの昼食会を開いたこと、野菜サンドの端を切るのにゆうべ遅くまでかかったことを話すのを、バーバラは壁に寄りかかって聞いていた。

「わたし、好きな人ができたの」バーバラは出し抜けに言った。

「ええっ？　すっかり目が覚めてしまったわ。領事館の人？　それとも、あなたが言っていたあのフルブライトの人？」

「マッキャン氏のこと？」バーバラは笑った。「いいえ、日本人なの。岡田清一という人」

「日本人？」

「そうよ、いけない？」

「だって……日本人を好きになるなんて、わたしには思いもよらないわ。日本人ってとても……背が低いでしょう？」母は笑いながら言った。

「戦後は背が伸びたわ」

「そう」

「栄養がよくなったから」

「そう。それはいいことだわ」二人とも笑ってしまった。「うぅー」電話の向こうで母が目をこすっているらしい。

「何をしている人なの？」

「陶芸家なの。芸術家っていうこと。なかなか才能のある人よ。神経がとても細やかで、それでいてユーモアのある人」

「慎重にね、ボビー。やっかいなことにならないようにね」

「やっかいって？」

「つまり、ことを急ぐと後悔するものよ。わたしみたいにね」

長い沈黙があった。「もう切るわ、お母さん。太田先生に夕食に招かれているの」

「どなたですって？」

「太田先生」

「そんなに急いで切らなくても」

「ごめんなさい、お母さん。じゃあね」

バーバラは三号館に戻り、太田先生のところに行くので歯を磨いたり髪を整えたりした。母はいつも、後悔ということを言う。結婚を急ぎすぎた、お父さんの優しい態度にだまされた、などと何度も聞かされた。間違いだと気づいたときは遅すぎた、妊娠していたって。母の口から、バーバラを産んでよかったということばを、そう言えば一度も聞いたことがない。鏡を覗き込みながら、「前世の顔はいかに」という禅問答をする。洗面台の縁につかまって、じっと眼を見つめていると、眼だけ残して顔の輪郭は消えた。

太田先生は、缶詰のコンビーフとチンゲンサイの料理をごちそうしてくれた。デザートは、イギリスから送られてきたショートブレッドだった。太田先生いわく、和風洋食だそうだ。「少しでもお口に合うようにと思ったのだけど、中本先生がアメリカのお客様をもてなされるようにはうまくできないわ」

「いいえ、とてもおいしいです。先生とご一緒できて、すっかりくつろいだ気分になりました。太田先生、本当にありがとうございます」

「よく来てくださったわ」

しばらく食べ物のことを話していたが、バーバラは思い切って聞いた。「中本先生はカリフォルニアで研究をなさっていたということですが、何の研究だったのですか?」

「『十九世紀のアメリカ人から視たペリー提督と日本開国』というのです」

「気になっていたのですけれど、中本先生はだれかご親戚の方を捜していらっしゃいませんでしたか?」

太田先生は、目を見開いた。「いったい、なぜそのことをご存じなの?」

「前にお話しした手記の中に書いてあって……」

「そうですか」太田先生はナイフとフォークを置いた。「その通りなんです。身内の方を捜していらっしゃいました。特殊公文書館に行けば、戦時中の日系アメリカ人の消息がわかるのではないかと思ってご一緒したのです。戦争中、日系人は住む場所を追い出されました」

「それでご親類は見つかりましたか?」

「わたしの滞在中にはわかりませんでした。それに、中本先生が帰国なさってからは、それ以上調べられませんでした。あの方は、お嬢さんのことやほかのことでも悩んでいらしたので、そんな話題ばかりでした」


今度和田氏のところに日本語の勉強にいくとき、カリフォルニアのことが書いてある手記を持っていきたかった。ただ大まかに読んでもらえばいい、と頼んでみよう。しかし書きとめないにしても、清二に悪くて他人に頼めなかった。

家に帰って清二に電話をした。「早く内容が知りたいので、誰かに訳してもらってもいいかしら」

しばらく沈黙が続いた。

「わたしと会いたくないの？」

「とても会いたいよ。夏になったら二人の場所を見つけよう」

「もう夏よ！」

「でも、どこで会うかだよ」

しばらくすると清二から電話がかかってきた。次の土曜日に叔母さんが出かけるから来ないかと言う。

茶室で会った。房総半島から帰ってきて以来初めて、美智の手記を訳した。一九五〇年の手記を読み上げる清二の声は、ためらいがちだった。一九四九年の最後の部分のように、削除するところがあるのではないかとはらはらしているのだろうか。お正月の天気、美智の父親の健康状態が悪化してきたこと、ウメの成長が遅いことなど、内容はたいして変わったところはない。

「美智さんが、あなたのことを何も書いてないなんて不思議ね」清二が読み終わったときにバーバラは言った。「美智さんはあのとき、福山にいるあなたのところへ行ったのでしょう？」

「うん、来た」

「うっかり読み飛ばしたりしていない？」

「いいや」清二はするどい眼差しを投げかけた。「そんなことはしていない」

二人は工房の中を抜けて、奥の小部屋に入った。「益子にいるときも、わたしのことを思い出す？」

小さなベッドに二人で横たわるときバーバラは言った。

「すごくね」彼が囁く。「益子にいるととくに」

衣服を身につけながら、バーバラは言った。「当面会う場所がいるわね。二人だけの場所を見つけるまで。ホテルはどう?」

「高すぎるよ」

「そうね。急がなくてもいいわ」靴をはきながら言った。「わたしも今のところ授業がとても忙しくて。それに日本語の勉強もあるし。日本語の先生はとてもいい先生よ」部屋を出るとき、後ろの清二に言い添えた。「自分で訳したお能の本を見せてくれたわ」

「あ、そう」清二は顔をしかめた。「何ていう先生?」

「ミスター……」清二の目を見たとき、いささかひるんだ。

「和田とか、上田とかいったわ」


学生たちは、小論文や期末試験の準備をしているので、構内には張り詰めた空気が流れていた。雨が降っているせいか、静ひつな雰囲気が漂っている。バーバラは布団に横になり、ずっと本を読んでいた。何日も雨が降り続くと、建物の中には古い木材のにおいが立ち込め、たんすの中からただよってくる樟脳のにおいが鼻をつく。思わず本を置いて目を閉じると、たまらなく清二に会いたくなる。

月末に集めた学生たちの英作文には、進歩のあとが見られた。確実に上達している。バーバラは手に取った。英作文クラスの課題になっていた短編小説が一番いい。淳子がクラスで自分の作品を読み上げた。望まぬ結婚を強いられた恋人どうしの恋愛物語だ。

恋人たちは年に一回、七月七日の七夕の日に会うことを誓い、星の精、織姫と牽牛のように、毎年その晩に逢瀬を重ねる。淳子の書いた短編小説のヒロインはまさに織姫で、一年の残りは秘かに愛し耐え忍ぶだけだ。それでも、愛したり傷ついたりすることもなかった以前の平穏な暮らしよりはずっと充ち足りている。ざっとこんな話である。

聞いている学生たちは静まり返った。バーバラも何と言っていいかわからなかった。この話は、淳子の実話にかなり近い。寿美が助け舟を出してくれた。「あまりにも身につまされて、ことばも出ないわ」

次にバーバラは、理恵の『敵』という短編をみんなに聞かせた。

「場所はベトナムで、スミスという名のアメリカ兵の視点から書いてあります。『スミスにはだれが敵なのかわからなかった。北ベトナム人も南ベトナム人も顔は似ているし、無邪気なこどもや女性たちでさえも地雷を運んでいるかもしれない、スパイかもしれない。彼の部隊は、共産主義者が住んでいると思われる村を攻撃し、女子どもを含むすべての村人を殺した。抵抗したベトナム人の男の耳を、戦友のジョンズが切り取るのを見て、身動きもできなかった。ジョンズは、若く美しい女性の死体から衣服をびりっとはぎ取り、みだらなことばを投げつけたので、スミスは思わず拳でジョンズを殴りつけた。ジョンズはいきなり銃をかまえて、スミスの顔を撃った。スミスは敵に殺された、と隊長は記録した』」

読み終わると、いたたまれないような沈黙がただよった。だれもバーバラの目を見ようとはしなかった。

「深刻な物語ですね。想像の場面を、共感をもって書いています」

理恵は首をふった。「本当の話なんです、先生。たまたま東京で出会ったアメリカ人の医療関係者から聞きました」

二、三日後、バーバラの母親が電話をかけてきた。「ねえ」嬉しそうにはずんだ声だった。「この夏、そちらへ行こうと思うけど、どう？　あなたが夢中になっている青年にも会いたいし、もう一度日本も見たいわ。ね、いいでしょう？」
「そうね、いい考えね。でもこの夏はわたし、とても忙しくなりそうなの」

「夏休みでしょう？　二ヶ月ぐらいあるとか言ってなかった？」

「そんなに長くないことがわかったのよ。仕事がたまっていて、早く終わらせなければ……。それにいろいろな人から泊りにくるようにと誘われているし、ある人の研究のお手伝いをするという約束もあるの」

「そう」

「ところでわたし、戦争について今までと違う見方をするようになったわ」

「どういうこと？」

「アメリカ人は他国の内政干渉をしているのじゃないかしら？　紛争地へ行くべきではないと思う」

「あなたは小説ばかりじゃなくて、もう少し歴史を読む必要があるわね」母は強い口調で言った。

「ヒトラーがほぼ世界中を席巻したとき、日本も同調したのよ」

「ベトナムで起こっていることは、内戦でしょう？」

「もし、南ベトナムが負ければ、アジアどころか、さらに多くの国々が共産主義化するわ」

緊張した沈黙があった。

「第二次大戦直前にお母さんがいたときの日本はどんな風だった?」バーバラが聞いた。

「もちろんある時点までは日本人は礼儀もよかったし親切だった。でもあるとき、小さな町で、何でもない通りの写真を撮っていてカメラを没収された。広島近辺の瀬戸内海で、何百隻という軍艦を目のあたりにしたときは、これからどうなるか十分予測できた。もちろんそんなこと書けやしない。わたしの部屋は毎晩捜索されたわ」

「お母さん、どうやって広島に入ったかというわたしの質問に答えられないでしょう。アメリカ人は、あそこは許されてなかったんだから」

また長い沈黙があった。

「わたし、広島の原爆で生き残った人たちと知り合いになったの。とても衝撃的で、ことばで表せない」

「広島のことで、そんなに感傷的にならなくてもいいわ。あの原爆で、何千というアメリカ人の命が救われたんだから。日本人は、徹底的に戦って、最後には全員がハラカリしようとしていたのよ」

「ハラキリよ。たとえそれが本当だとしても、原爆がすべてを変えてしまった。今でもなお原爆の使用は、わたしたちに重くのしかかっている――わたしたちすべてに。大勢の人がどんなふうに死んだか……」

母親は怒ったように言う。「バターン死の行進のことを聞いたことある? 南京大虐殺のことは?

こういう死は意味があったなんて言えないでしょう」

「お母さんはわかってない。わたしを理解しようとしてくれたことなんかない」

「ばかなこと言わないで」

バーバラはふるえている。「そう、じゃあ、わたしの質問に答えてよ。どうやって広島に入ったの？」

母親は返事をしない。

「もしもし？　聞いてる？」

「友だちがいたの」

「日本人の友だち？」

「とんでもない。ちがうわ、ベルギー人よ。ジャーナリストだった。少なくとも彼はそう言っていた」

「それで、その人がお母さんを広島に連れていってくれたの？」

「そうよ」

母がタバコに火をつける音が聞こえた。「どうやって知り合ったの？」

「帝国ホテルのバーでよ。彼はわたしの名前を知っていた。わたしの書いたものに関心をそそられたって言ってた」

「それで？」

大きく息を吐く音が聞こえた。「わたしをいろいろな人に紹介すると言ってくれた。取材の手がかりをくれようとしたのね。だから、彼と一緒にさまざまなところへ行ったわ、広島にも」

「お母さん、その人といっしょに旅をしたの？」

「とてもハンサムだったのよ」母親はおざなりな笑い方をした。

「ヨーロッパなまりのクラーク・ゲーブルだった。魅力的で。花をプレゼントしてくれたりして、すっかり心を奪われてしまった」

「まさか。冗談でしょう？」母親が、恋人と……。それなのに言っていることは、結婚まで待ちなさいと。「それで、結局その人どうなったの？」

「ある日、ベルギーへ行ってくると言って去っていったわ。戻ってくるって言ったのよ。その人の消息を聞きまわっているうちにわかったんだけど、トリビューン紙の女性記者から、あの人はドイツ人だって聞いたの」

「ドイツ人？」

「きっとスパイだったのよ。その点では、わたしに失望したにちがいないわ。わたしには秘密情報なんて何もなかったのだから」

「その後……その人どうなったかわかる？」

「いいえ。パールハーバーの奇襲のニュースを聞いたとき、あの人はそれを知っていたのだ、と思ったわ」

バーバラはあの日のことを覚えている。パールハーバーのニュースを聞いたとき、母は窓の外をじっと見つめていた。あのとき、きっとその男のことを考えていたのだわ、スパイの。「名前は何ていうの？」

「ジュール・アンドレで通していた。偽名かもしれないわ」

「その人と広島に行ったときのことを、お母さんは何か書いたの？」

「ええ、広島のカフェ・ブラジルについて、たわいのないことを書いたわ。おしゃれなカフェだった。でも広島は軍の拠点で、日本はもうすでに中国と交戦状態に入っていた。白い小さな箱を船から降ろしていた光景は、忘れられない。満州で戦死した兵士たちの遺骨だった。そのことも書こうとしたけど、いずれにしても、わたしの小さな記事はアメリカには届かなかった。自称友人と称する人物が取り次いでくれたんだけど」

バーバラは部屋に戻って、きつね女の掛け軸を眺めた。慎み深く上品な日本人の青年が母にこの掛け軸を差し出しているところを、いつも想像していた。そのときさっと、きつね女のように美しい、と彼の口から思わずもれたことと思っていたが、おそらくジュールがくれたのだろう。きつね女の媚びた様子が母と重なって見えた。後ろを振り返った目つきは、いっそう妖しく、誘いかけているようだ。

バーバラは、洋間に置かれた机の中をかき回し、鎌倉大仏の前で撮った母の写真を捜しだした。母はおそらく二十代で、今の自分と同じくらいの年齢だっただろう。でも、年上に見える。髪を頭の上で固く丸めていて、父はよく、定規できっちり測ったみたいだと言っていた。そのときはまだ母親ではなく、ジャネット・ガーランドだった。ジャネットがポーズをとっていた場所から、撮影しているジュールのところへ引き返す場面を、バーバラは想像してみた。黒髪と口ひげをたくわえた、クラーク・ゲーブルのような微笑みの男性の方へ近づくときの、柔らかな表情を。そして、ホテルの部屋に入ると、スーツのボタンをはずし髪を解く姿を。

学期末の頃になると、雨があがった。最後の授業の日は暑く、太陽が容赦なく照りつけていた。構内はいつもよりにぎわっている。娘たちが夏休みに入るので、親が迎えに来ているのだ。

理恵は、父親とバーバラの出席のもと、学長室で年度途中の卒業証書を受けとった。その後三人は構内を歩きまわり、理恵の父はビーナス像や蓮池の前や教室の中で写真を撮った。「理恵、あなたがいなくなったら、どうしましょう?」バーバラは寂しくなった。

理恵と父親は視線を交わした。「八月のお盆に、広島の我が家にご招待します。来ていただけますか?」

「ええ、もちろんよ。今は本当のさよならを言わないでおきましょう」

「ええ、この先もずっと言いません」と理恵は応えた。

三号館に戻ると、バーバラは淳子と寿美にも別れを告げた。この二人は、秋にまた戻ってくる。宏子はシカゴの大学院で学位をとるために去っていく。

「アメリカと資本主義の感想を送ります。そして一生懸命がんばって、バーバラ先生のような大学教師になります」

夕方には学生たちが皆去ってしまい、人影がまったくなくなった構内は、絵のように美しく静かだった。

第三部

二十五

六月の終わり頃、清二が三号館に訪ねてきた。「男の方がお見えですよ」山口先生が大急ぎで知らせるなり、身を翻して階段を駆け下りていった。

清二は玄関で、霧雨を眺めていた。

「コンニチハ」バーバラが出迎えた。

「あ、こんにちは」二人は笑顔で見つめあった。「少し歩かない？」清二が口を切った。「ちょっとお知らせがあって」と低い声で付け加えた。

バーバラは清二の傘の下に身をすべり込ませ、一緒に雑木林の小径を歩いた。清二は緊張した面持ちで、たばこに火をつけるときやけどしそうになった。「梅を見に行こう」二人は蓮池のほとりのヴィーナス像が雨に濡れて白く光っているのを見ながら、しっとりと水を含んだ芝生を横切り、梅林の方へ足を運んだ。

梅の葉は雨に洗われ、淡い陽光の中でにじんでいる。金色の小さな実はすでに草の上に落ちている。

バーバラは一つ拾って手の中で転がしながら、冷たい卵のようだと美智が書いていたことを思いだしていた。「今年から、もう美智さんの梅酒はないのね」

「そうだね」清二は目を逸らせた。

二人の傘に雨が絶え間なく降り注ぐ。

「お知らせって？」

「二人で会える場所が見つかったよ。浅草で花屋をやっている小島さんという人が、店の二階に住んでいたのだけど、結婚したので引っ越したんだ。もうその部屋は必要ないから使っていいって」

「そう。じゃあ、いつでも会えるのね」

「いつでもいいよ。週末ごとにふたりだけになれる。もう布団は運んである」

「まあ、嬉しい」

「たんすも移そう」

「え、美智さんのたんすを？」

「そうだよ。その方が便利じゃないか」

「でもわたし、その都度、手記を持っていくわ」

「たんすを置いておけば、持っていくなんて面倒なことはしなくてもすむし。それに一緒にいられる時間も長くなる。都合のいいときに訳もできる。小島さんは、八月は店を休みにするらしくて、何日でも二人きりで部屋にいられるよ。どうかな？」

バーバラは清二の顔に優しく手でふれた。「すてきだわ」あなたもね、と無言の中にも熱い思いをこめた。清二もきっと同じ気持ちに違いない。「ぼくたち、もっと愛し合えるね」

清二はあたりを気にしながら、いつまでもキスをした。

「いつ移れるかしら？」

「七月かな。学生や教師たちが、夏休みでいなくなった頃を見はからって」

二人は無言で三号館に戻った。砂利道を遠ざかっていく清二が見えなくなるまで、バーバラは入口に佇んでいた。梅の実を鼻にあてがっていると、熟した実は手の中で温まり芳香を放った。

部屋に戻り、濡れた服を脱いで布団に横になった。二人の秘密の部屋を思い描いてみる。畳の部屋、床の間には掛け軸をかけ、清二の作品を飾ろう。たんすは床の間の脇に置こうかな。

しかし、翌朝目をさましてたんすを目にしたとき、このたんすがこの部屋にないことを想像すると心が揺れた。


七月の一週目が過ぎる頃には、小平女子大学の教師館に住んでいる教師の多くは、夏休みでいなくなった。今三号館にいるのは上田先生とバーバラだけだ。

上田先生は、長野にある大学の山荘に二、三週間行くと言っていた。たんすを運び出すのは、上田先生がいなくなるまで待つことにしよう。しかし何日たっても、上田先生は出かける様子がない。ある日バーバラはしびれを切らし、長野にいつ出かけるか聞いた。「それがね、国分寺ですることがいっぱいあって、長野行きはしばらくお預けなの」

翌朝、上田先生の車が見えなかった。きっと所用で出かけたのだわ。運がよければ、数時間は留守にするはずだ。バーバラは清二に電話で、実行するなら今だと告げて、身の回りの品を旅行鞄に詰めた。

午後になって、ようやく清二は若者を連れてやってきた。ヒコちゃんだと言って紹介した。鷹の台の食堂の厨房で働いているのと、通りでオートバイを乗りまわしているのを見かけたことがある。ヒコは、拗ねたように黙りこくっている。おそらく内気なのだろう。それともこの仕事が面白くないのだろうか。清二は今回のことをどう説明したのだろう。

清二とヒコがたんすを階段から降ろしているときに、上田先生が玄関に現われた。両手に買い物袋を提げている。二人はたんすを運びながら、上田先生にお辞儀をした。上田先生は、二人をじっと見ていた。

「あの人、中本先生のたんすをどこへ持っていらっしゃるの？」

「ちょっと修理に」

「どこか壊れているのですか」

バーバラは聞こえないふりをして、身をひるがえすと戸口に向かった。

上田先生が追いかけてきた。「そんなことをしてはだめよ」

「大丈夫です。この人は腕のいい職人ですから」バーバラは踊り場を降りて靴をはいた。

「旅行鞄を持っていらっしゃるということは、今晩どこかにお泊りですか？」

「国際文化会館に泊まるかもしれません。もし遅くなればですけど」

バーバラは急いで外に出た。清二とヒコは、厚手の布をたんすに当てがって、トラックの荷台に乗せた。ヒコはたんすの傍らに飛び乗り、バーバラと清二は前の座席に乗りこんで、構内を進んだ。トラックが東京方面への道路に出たとたんに、バーバラは全身の力が抜けたように感じた。

「上田先生っておせっかいだね」清二はからかうようにバーバラを見た。「詮索好きなのよ、スパイみたいに」

「君がぼくと出かけるのが気になるみたいだね」

「そうなの、お気に召さないのよ」

清二は注意を集中してハンドルを握っている。バーバラは、座席に頭をもたせかけて目を閉じた。

信号で急停車したのでトラックが揺れた。「あぶない」バーバラは叫んで、荷台を振り返ると、ヒコは心地よさそうに、片手をたんすにだらりと掛けて、のんびり都内の光景を眺めている。「あの人、たんすをきちんと支えていないわ」バーバラは気をもんだ。

「ヒコはしっかりしているやつだから、大丈夫だよ」

アパートは、浅草の合羽橋通りにあった。「この通りは台所用品の店が多いんだ」小さな店が並んでいる通りを走っていく。「うちの食堂の備品もここで調達しているので、小島さんとも知り合ったというわけなんだ」

「わたしたちのことは、なんて説明したの？」

「大事な書類を翻訳するために、静かな場所を捜しているってね。それに、ぼくの抹茶茶碗についての執筆もするって言っておいた」

「それじゃあ、たんすには瀬戸物がいっぱい入っていると思うわね」バーバラは、そういえば藤沢学長もそう考えていたことを思いだして微笑んだ。

「小島さんは詮索なんかしないよ」

清二は車を路地につけた。清二とヒコがたんすを花屋に運び入れるとき、太い黒ぶち眼鏡をかけた小島さんに、清二は大きな声で挨拶をした。小島さんはカウンターの後ろにいて、二つの花入れの間で花を選んでいる中年女性の相手をしていた。店は思ったより小さい。花のにおいの混じった空気は、湿っぽく陰うつで重苦しかった。

清二とヒコはたんすを二階へ運んだ。入口が花屋と同じなので、バーバラは少し期待外れだった。畳敷きひと間に、小さな台所とトイレがついている。清二とヒコは、一つしかない窓の下にたんすを置いた。ヒコは、物珍しそうにぐるりと見回してから帰っていった。

二人で夕食用の買い物に出かけた。戻ってくると店は閉まっていたので、清二は店の入口の鍵を開けた。新しい部屋に花でも飾ってくれるような、ロマンチックな気持ちが清二にあるかなと期待したが、そんな様子もなく、すぐ階段を上がっていった。

バーバラは、鮭とサヤエンドウを炒めることにした。美智が教えてくれた料理だ。台所には、フライパンと小さな浅い鍋があるので、鍋でご飯を炊いた。ガスの火は調節しにくいので気を使う。慎重に見守るが、それでも鍋底のご飯は焦げてしまった。

「だめだわ」

「そんなことはない。うまいよ」と清二は言ったが、噛むとぱりぱりいうので、二人とも噴き出した。

「料理学校に行ってもらおうかな」

「あなたもやったら？　次はあなたが作って」

「わあ、これはとんだやぶ蛇だ。これからは君の料理を褒めるにかぎるね」

二人はしばらくにこやかに座っていたが、そのうちに布団を取り出した。


翌日は日曜日で、花屋は休みだ。遅くまで寝ていて、午前中はほとんど布団の中で過ごした。訳を始める頃はもう午後になっていた。

たんすの中段を開けて、一九五一年の梅酒を取り出した。二人で今まで見てきた順序どおりのものだった。美智がカリフォルニアへ行った年のもので、すでに和田氏に訳してもらった手記の一つだ。

「シールがはがれている」清二は驚いて、バーバラに視線を向けた。

「はがれているのは、これだけじゃないわ」バーバラの顔が火照った。「実は、シールは全部はがしたの。美智さんのきつねの版画を捜したのよ」

「包み紙を全部開けたの？」

「そうよ。どれかに版画が入っていないかと思って。そうしたら写真が数枚見つかったわ」

「どういう写真？」

「ウメと美智が写っているのとあなたのよ。それからあなたたち三人、あなたとウメと美智の」

「なぜ言わなかったんだい？」

「そんなことは言うほどのことでもないでしょう。タイミングもなかったんだもの」

「写真はどこなんだ？」清二の顔はこわばっている。

「何も怒らなくっても……。手記の中にそのまま入れておいたわ。ほら、ここに一枚」バーバラは一九五一年の瓶に触れた。「もう一枚は、一九五八年の手記の中だったと思う」バーバラは一九五一年の手記を広げ、ウメと美智の写真を手の平に乗せた。「これはカリフォルニア州のサンフランシスコ。二人の後ろが金門橋」

清二は写真をじっと見つめている。「どうしてわかるの？」

「だって、有名な橋だもの。この橋は写真でよく見るわ」

清二は一番上の引き出しを開け、一九五八年の瓶を取り出した。包み紙の中には、清二の陶芸展のときの写真があった。写真を一べつして、包み紙にも素早く目を走らせた。

「何て書いてあるの？　きっと展覧会のことでしょう？」バーバラは恐るおそる聞いた。

「そう」清二は写真を手記の中に入れて巻きなおした。「どうして黙っていたんだ？」

「言ったでしょう、大したことじゃないと思ったって」バーバラは声高に言った。清二に腕をからめた。「ねえ、喧嘩はやめましょう。せっかく二人きりになれたのに、台無しにしたくないわ」

清二はバーバラに口づけをして、しばらく互いに抱き合っていた。そして食卓に座った。清二が一九五一年の手記を訳すのを、バーバラは初めて聞いたように熱心に書きとった。十年前にカリフォルニアからきた江の手紙を頼りに、バークレーに行った美智のこと、江の子どもたちと短歌のこと、ウメの具合がわるくなったこと、などを書きとった。手記を先に読まなければよかったと少し後悔した。一緒に読み解いていくと、その状況が直に感じられる。

清二が訳し終えると、バーバラは立ち上がって、一九五二年の瓶を持ってきた。

清二は手記のしわを伸ばして、黙って一通り目を通した。

「美智は、江を捜し当てたの？」

「書いてあるんじゃないかな。じゃ読みあげるよ。一九五二年一月二日で始まっている。《カリフォルニアはお正月でも、日がさんさんと照り、まぶしすぎるくらいです。植物はどれも、うんざりするほど大きく育ちます。アパートの庭には、バラも藤の蔓も、大きな実をつけたアボカドの木も何もかも一緒くたに植わっています。隣の庭には梅の木がありますが、日本の梅とは違います。夏になると、小さな黄色い実ではなく紫色の実をつけます。日本が懐かしい。日本の空は灰色でも、こんな気持ちでいるよりはいいです》」清二は少し間を置く。「《ときどき憂鬱な気分に襲われます》」

「美智は、日本でもよく落ち込んでいた？　それともアメリカにいたから？」

「どうしてそんなこと聞くの？」

「気になるのよ、あとの——彼女の死が」

清二は首を強く振った。「たまたまそんな気持ちだった、ということじゃないかな。自分の国から遠く離れていると、辛くなるものだよ」

清二を見た。背筋を伸ばして座っている。

「あの人の苦しんでいるところを読むのは、いたたまれないわ」

清二は答えなかったが、その沈黙の中に心痛がにじみ出ている。

彼は前屈みになった。「続き。ウメは明るい太陽の光が苦手で、目をしばたく、と中本先生は言っている。《ある日、ティルデン・パークへ出かけました。湖と緑の芝生のある美しい公園です。まるで、絵はがきの中を歩いているようです。ウメとわたしは一緒に……に乗りました》」清二はわからないことばを辞書で探して示した。

「回転木馬、メリーゴーランドのことよ。子どもの乗り物」

「あ、そう。《一緒に色鮮やかな木馬に乗って、上がったり下がったりしましたが、ウメが泣くので、降ろしてもらいました。ウメをなだめてから、インスピレーション・ポイントと呼ばれる展望台まで、歩きました。そこから、サンフランシスコ全体の雄大な景色を眺めました》」

「そこが、この写真のところなんだわ」バーバラは、サンフランシスコ湾を背景にした、美智とウメの写真を取り上げた。美智は、ウメの顔をカメラの方に向けようとしている。

「インスピレーション・ポイント」とバーバラは呟いて、清二と肩を寄せ合って写真を見た。「だれに撮ってもらったのかしら？」

「通りがかりの人じゃないかな」

清二は声を落とした。「《このどこかに、大おばあさまの江が住んでいるのよ、とウメに言いました。もちろんウメには理解できませんが》」

「《ウメのことがとても気がかりです。普通に成育していないからです。五歳なのに、ごく簡単なことばしか話せないし、まだひとりで用足しもできません。サンフランシスコの著名なお医者様のところに行きました。ウメは、発達がかなり遅れているということです。無情なことばでした。生まれたときの様子を聞かれましたが、アメリカ人の医者に事情を話せませんでした》」清二は間を置く。

「《アメリカの落とした原爆で被曝したということを》」

バーバラは、清二の腕に優しく触れた。「大丈夫よ。わたしには何を言っても」

「次の部分は、とても興味深いところだ。中本先生はこう書いている。《去年の夏、わたしは、祖母の江を捜そうと思い立ちました》」バーバラはペンを置いて清二の声に耳を傾けた。「《ある日、ジャパンタウンという地区へバスで行きました。何時間もかけて、江の封筒に書かれていたパイン・ストリートを探しました。長時間歩いても、ウメはよく付いてきました。時々休憩をしながら、ジャパンタウンからかなり離れたその住所にやっとたどり着きましたが、新しいレンガ造りの家には、スミスという家族が住んでいました。初めは間違えたのかと思いました》しかしジャパンタウンは戦後変わってしまったことがわかった、と中本先生は言っている。《日系アメリカ人が強制収容所に収監されている間に、土地や財産が没収されていたのです》」

江の部分をもう一度読んでくれるように、とバーバラは頼んだ。書きとりながら、鎌倉での美智のことを考えていた。あのとき美智は、バーバラの母親のたどったところを案内してくれた。しかしカリフォルニアでは、美智の問い合わせに答えられるアメリカ人はいなかった。

「次の手記も読んでくれる？　江さんを見つけたかどうか知りたいの」

清二は伸びをした。「ちょっと疲れたな」

「大まかに読んでくれればいいわ」と言って、バーバラはたんすの引き出しから一九五三年の瓶を取り出し、清二の傍らにしゃがんで手記を瓶からはずした。「ちょっと見てくれるだけでいいから。まだカリフォルニアにいるの？」

清二は、ざっと目を通すと笑った、「うん、そうだよ」

「なぜ笑うの?」

「君はせっかちだね」

「忍耐はわたしの長所じゃないわ」

「じゃ、君の長所は?」清二は微笑んだ。

「熱い心よ」と言って清二を包みこんだ。

「キレキツ」清二は手記を放して、バーバラの服のボタンをはずし、たんすの傍らに倒れ込んだ。夕暮れの淡い亜麻色の光に包まれていた。

二十六

翌週の東京は焼けつくような暑さであった。浅草のアパートにいると窒息してしまう。扇風機を買ったが大して役に立たない。じっとりとした空気を微かにかき混ぜ、卓上の紙の端を気だるそうにぱらぱらめくる程度だった。

バーバラは服を脱ぎ、下着姿のままで座った。あっけにとられていた清二も、シャツを脱がせられた。バーバラが洗面所から持ってきた小さな濡れタオルで、二人は顔や腕から噴き出す玉のような汗を拭きながら、美智の次の手記を読んだ。

「《今年は、書くことがたくさんあります》という書き出しで一九五三年の手記は始まっている。

《十一月には、太田先生がカリフォルニアまで来てくださって、とても楽しく過ごしました。心ゆくまで語り合ったり、日本食を作ったりしました。太田先生はウメをかわいがってくださったので、ウメは、まるで本当のおばあちゃんのように太田先生になつきました》」

まあ、優しい太田先生。アメリカでは場ちがいに見える着物姿の太田先生が、台所で、ウメに茶碗蒸しを作ってやっている光景が浮かんだ。「中本先生は、何とかして江を捜し出したいと太田先生に言うと、電話帳に出ている横川という名前の人全部に電話をかけたら、と助言されたそうだ」清二は指を走らせ、だまって先を読む。「彼女はすでに電話をかけたが、何の手がかりもなかった、と言っている。太田先生と二人で市役所の記録も調べたが、これもうまくいかなかったみたいだ」

「どういう記録って書いてある？　公文書のようなものかしら」

清二は手記を読むのに夢中で、返事がない。「次に中本先生はこう言っている。太田先生と二人で、ウメを伴って、サンフランシスコのジャパンタウンで、お昼にそばを食べたって。帰り際にそば屋の女将に、横川江という人を知らないかって太田先生が聞いたんだそうだ。戦前は俳句と短歌でけっこう有名だったと説明したが、知らなかったみたい。《太田先生は日本人なのに完璧なイギリス英語を話すので、物珍しそうにじろじろと見られました。太田先生はわざとイギリス英語を話すわけではないのですが、わたしは困惑しました。太田先生は、ジャパンタウンでもっとお調べになりたいようでしたが、ウメがぐずったので、その場を離れる口実ができたのです》」

「《太田先生が帰国なさってから数週間後、わたしは一人でまたジャパンタウンへ行き、街なかやお店で、年輩の人々に腰を低くして丁寧に尋ねました。ついに……》」

「どうなったの？」

「《……渡辺乾物店で、手ごたえがありました。その日、着物を整理していた女将さんが、歌人の横川江を知っているというのです！》」

バーバラは息を飲んだ。「とうとう見つけたのね！」

「そんなに急がさないで。中本先生も興奮したらしい――君みたいにね」清二は頬をゆるめた。「けれど落ち着いて言ったそうだ。《本当ですか？》《本当ですとも。あの方は忘れられません。眉のくっきりした白いお顔の美しい女性でした。娘さんを連れて、宿屋で働いておられました》」

「宿屋の名前は書いてある？」

清二は首を振った。「江は俳句と短歌で名を知られていたけど、予知能力もあったらしい」

「美智さんは、俳句と短歌の才能を、きっと江から受け継いだのだわ」

「あの人は君に俳句を聞かせてくれたことがある？」

バーバラは口にしようとしたが、思い止まった。和田氏に訳してもらった手記で知っただけだから。「聞いたと思う」やっと言った。「日本文学のことを、俳句も含めて、よく話題にしたもの」事実そうだった。

清二はバーバラをじっと見ている。

「江さんに予知能力があったなんて、すごいわね。千恵は、江がその場にいなくても、江の予知能力を感じていたからだわ」

「え？」

「江は、原爆が落とされることを予期していて、美智とウメを守るようにと千恵に注意を促していたのよ」とバーバラは言った。

清二は笑った。「君はそんなことを信じているの？」

「ええ、ある程度はね」

清二はにこにこしたまま首を振り、手記に戻った。「アメリカ人は普通、江の予知能力なんか信じないよ。乾物屋の女将さんは中本先生に、江はいつも裏切り行為が起こるというような不吉なことばかりを予言する、と言っていた」

「江自身、高須家の人々にひどい目にあったのですもの。どこにいてもすぐに、忍び寄る裏切り行為はわかるのじゃないかしら」

「君の方が、うまく訳せるね」清二は笑っている。

「書かれていることの裏にはどんな意味があるかって考えるでしょう?　行間を読むっていうけど」

清二は肩をすくめた。「ぼくはただ普通に訳すだけだ」

「じゃ、次を訳して」バーバラも笑っている。「どうなるの?」

「渡辺さんが中本先生に言うには、パールハーバーが日本軍によって奇襲攻撃された後、江と二人の子供は、アメリカ西部のアイダホかワイオミングのどこかの収容所に連れていかれて、上の息子は軍に入隊したそうだ」

「どちらの軍?」

「アメリカ軍に。そして太平洋戦争でアメリカ兵のための通訳をした。胸をつかれるね」

「すごく皮肉。身内が自分の夫を敵にして戦うなんて」

清二は頷く。「中本先生はそれを知って驚き、確かめたかったと言っている。《父が言っていたように、無駄なことかもしれません。永久に江を見つけられないかもしれない。江とその子供たちはどこか遠くへ、この広大なアメリカ大陸のどこかへ飲み込まれていきました》」

「それだけ?」

「うん」

「終わりなら終わりと言ってくれればいいのに。これで終わりだなんて。ごめんなさい、でも」バーバラは首を振った。「すっきりしないものだから」

清二が瓶をたんすに戻しにいっているすきに、バーバラはノートにいたずら書きで、きつね女のスケッチを始めた。もし美智が祖母の前に現れたら、江はきっときつねにつままれたような顔をしただろう。美智の存在すら知らなかったはずだから。バーバラは、江がじっと佇んでいる姿を想像した。美智を抱いた物静かな姿からは、感情は窺えない。垂らした髪がカーテンのように二人を包んでいる。

バーバラが顔を上げると、清二はまだたんすのところにいた。「どうかした?」

「まだ見てないのが一本あるよ」と言ってバーバラの方を振り向いた。「一九四五年のだ」

「そうだったわ。とても無残なものなのよ。あなたに見せよう思っていたの、でも……」

清二が瓶を持ち上げると、バーバラの声はだんだん小さくなった。清二の傍らにバーバラは座った。清二は畳の上で包みのひもをほどき、外側の紙と布をはずした。そしてむき出しの瓶を二人の間に置いた。聞こえるのは、扇風機のぶーんという音と、首を振るときのかちっという音だけだ。

「またぼくに黙っていたね」

「きっかけがなかったのよ。隠そうとしていたわけではないわ」

清二は瓶をしまって、たんすを閉めた。

「外に出ようか、少しは涼しいよ」

外に出ると、熱気が路上でゆらめき、遠くに蜃気楼のような水蒸気が立ちのぼっている。幸いなことに、合羽橋通りを出たところにクーラーのきいた甘味屋があった。二人は膝をくっつけて座り、抹茶とおいしい和菓子で一息つくと、清二はたばこに火をつけ、椅子の背にもたれた。ほっとして生き返ったようだった。

「これから暑くなりそうね」

「そうだね」清二はバーバラに微笑みを返した。

「中本先生の手記の訳が終わったら、何かほかのことを始めましょうね。あなたの陶器のことが書けたらいいわ。ぜひ書いてみたいの」浅草の今のアパートはとても狭いので、もう少し大きい部屋を見つけられたらいい。大学の外国人教師は必ずしも、構内に住んでいるわけではない。マッキャン氏はどこか別のところに住んでいるが、どこに住んでいるのかだれもはっきりとは知らない。東京は大都会だから、その中に簡単に埋没できる。

アパートへ戻る途中、浅草寺の近くに占い師がいた。バーバラは見てもらおうと言って立ち止まった。二人はそれぞれ数字が書かれた棒を選び、引き換えに占い師から運勢の書いてあるおみくじをもらった。清二のおみくじには「強運、名を成す」と書いてある。バーバラのおみくじには、恋愛運は何も書いてなくて、ただ「失せ物出る」というごくありふれたことばだけだった。初めのくじを捨ててもう一本買うと、こんどは「恋の花開く」と記されている。

「そんなのだめだよ。最初のくじだけが本物なんだから」清二はなじった。

「そんなことないわ。初めのは、間違っただけよ。あなたがそんなに信心深いなんて、驚きだわ」

バーバラも応じた。

「君だって信じているじゃないか。そうでなければ、気に入らないおみくじでも受け入れなきゃ」

やがて二人は仏壇屋が並んでいる通りに出た。どの店にも、清二の家で見たような仏壇がたくさん展示されている。一軒の店の前に立ち止まってじっと見ていると、仏壇に飾ってあった夏服姿の若々しい美智の写真が目に浮かんだ。

「美智さんって、わたしたちのことを喜んでくれるわよね」

清二は頬をゆるめると背を向けて、たばこに火をつけた。

「君は想像することが好きだね」

それから映画に行くことにした。ひと言もセリフのわからない時代劇だったが、清二と一緒に涼しい劇場に座っているのは心地いい。バーバラは、清二の腕をとってささやいた。「アメリカでは、こうするのよ」二人は映画の間中、腕と肩をぴったりとくっつけ、指もからませ合っていた。

映画が終わったあと、焼き鳥の屋台に立ち寄りながら、ぶらぶら歩いてアパートへ戻った。二階へあがるときも手をつないだままだった。「アメリカ式っていいね」と清二が言う。

そろそろ暗くなりかけていた。「ここは本当にゆったりした気分になるわ。叔母さんや上田先生のことを気にしなくてもいいんですもの」

それなのに、二人が愛し合っている間中、清二は夢中になれない様子だった。やがてバーバラは、清二の肩に頭をあずけて眠りに吸い込まれていった。

しばらくすると、清二の声が聞こえた。「さあ、帰ろう。もう遅い」

「ここに泊りましょうよ。明日の午前中に、一九五四年の手記を読まなければ」

「用心しなくてはだめだよ」

「わたし、旅行に行っていたって、大学の人たちに言うわ。夏はみんな旅行に行くもの」

「ぼくには一家の責任があるから」清二は立ち上がって、服を着始めた。

バーバラはたんすを開けて、一九五四年の瓶を手にした。「さあ今から訳しましょうよ。江さんを見つけたかどうか知りたいの」

「中本先生は、その翌年日本に帰ってきたから、見つけられなかったと思うね。そんなにあわてなくてもいいよ、今度やれば」

バーバラは一瞬不快になった。「どうしていつもあなたが決めてしまうの。いつ、どれを読むかっていうことを」バーバラは瓶から手記をはずして立ち上がると、清二に突きだした。「そう、あなたができないというなら、だれか訳してくれる人を探すわ」二人は立ったまま睨みあった。

「それはだめだ」

「わたしだってそんなことしたくないわ。でも今これを訳してほしいのよ」

清二は、いきなり手記を掴んで勢いよく広げた。

「乱暴にしないでよ」バーバラは思わず手記を取りかえそうとしたが、清二は寄せつけず、一通り目を通した。「ぼくが言ったように、江は見つからなかった」

「江のことは書いてある?」

「あるよ」

「何て?」

「まず、アメリカ滞在の後半は辛かった、と」清二は否定するように顔の前で手を振った。「とても気が重くて、授業に出られなかったって」そう言って、また否定の仕草をした。「江も見つけられず学位も取れずに、不本意のまま帰国の途についたようだ。ぼくが言った通りだよ」

「わかったわ。でもほかにも何か書いてあるでしょう?」

「あとは帰国について少し書いてるあるけど、次回にしよう。ほかの人に頼まないで、二人で訳すんだよ、君とこのぼくでね」清二は自分を指差した。

「そう、あなたとわたしでね。さっき言ったことは本気ではないわ。ただあなたは、いつもわたしの気持ちを逆撫でする。いつ帰るかとか、どれを読むかとかを勝手に決めてしまうんだもの」

「仕事の予定は変えられないからね。君の思い通りの順序で訳さないと、ご機嫌が悪くなってお手上げだ」清二は両手を放り上げる。「だれかほかに人を見つけるなんて言うんだもの」

「本気で言ったわけじゃないわ。それほど怒っているわけでもないし。ただ少しがっかりしただけ。別にあなたがいやになったというわけではないのよ」バーバラは清二に腕をからませたが、清二は身を固くして動かない。「ごめんなさい、わたし素直じゃないわね。このままで別れたくないわ。お願い、許して」

清二はもったいぶった表情でバーバラを見た。「うん、許す」

東京を出て、小平へと向かっているうちに、二人の気持ちは和らいだ。大学の門のところで車を停めた。行かないでと言いたかったが、事態はさらに悪くなりかねない。清二の機嫌が直るには時間がかかる。しばらくそっとしておいた方がよさそうだ。

二日後の金曜日に、またアパートで会うことになった。バーバラは、清二の好きなうなぎ弁当を持っていこうと思った。その日の朝、仕立屋から新しい服が出来上がったという電話があったので、途中立ち寄って試着をした。木綿の花柄のフレアースカートだ。「今日、これを着ていこう」週末用に持ってきたスーツケースに、着てきた服を入れた。

アパートに着くと、驚いたことに清二はもう来ていた。彼は座卓に座って、美智の手記に没頭していた。バーバラが入っていくと、驚いて飛び上がった。「ずいぶん早いじゃないか」

「あなたも早いわね」卓上の手記が目に入った。「お弁当を持ってきたわ」

「それは嬉しい」清二は軽く頭を下げた。「ありがとう。もっといい訳にしようと頑張っているんだ、君を驚かせたくてね」

「わたしもあなたを驚かせようと思って」とバーバラが、弁当や暑さのことを日本語で話しながら弁当をテーブルに置くと、清二は手をたたいて喜んだ。バーバラが台所でお茶を入れてもどってくると、清二は、卓上をきれいに片付け、弁当を並べていた。バーバラは、湯呑を持ち上げ日本語で言った。

「さあ、今日もいい日でありますように」

「かんぱい」清二はお茶を一口啜った。「とてもきれいだよ」と清二も日本語で言った。

バーバラは、新しいドレスのことに二言三言触れて、いきなり立ち上がるとくるっと回って見せた。

清二は頬を緩めた。「キレイ。素敵だよ」

バーバラは清二のそばに膝をついた。清二はキスをし、彼女の脇に手を這わせながら、何かわけのわかないことを言った。

「訳さなくちゃならないでしょ」

「たぶんドレスがない方が、もっときれいだよ」

「しばらく服を着たままでいるわ。今日はいくらか涼しいもの」バーバラは笑った。

食事をして、食卓を片づけると、清二は一九五四年の手記を取り出した。「急いで訳してみたけど、面白しろそうなことが書いてある」

「お江さんのこと？」

「遠まわしだけど、どちらかというと中本先生のことだよ。とても心に沁みる」前に要約したところをもう一度読んでくれたので、バーバラは書きとめることができた。「ここは、前に触れたところだ。まだカリフォルニア滞在中の中本先生が、こう書いている。《わたしが落ち込んでいると、ウメが膝に乗ってきました。彼女の頭を撫でていると、わたしが母親になったとき……わたしは……気付きました》ここのところはむずかしい。よくわからない。《こうしながら、母親という立場を実感していきました》」

「《子供を持ってからやっと、自分自身の心に母親らしい感情がわいてきた》ということかしら」

「そう、その通り」

バーバラは、三号館に着いた最初の晩のことを思い出した。あの晩、美智は手を差しのべてくれ、自分の部屋と行ったり来たりしながら、必要なものを全部持ってきてくれた。

「それなのに中本先生は自分を責めている。ウメの世話もそっちのけで江の捜索をする利己的な女だと言ってね。だから、日本に帰ってすぐ広島の赤十字病院へウメを連れていったんだ。そのことをこう書いている。《医者の説明によると、原爆が落ちたときに、妊娠三ヶ月頃の胎児の多くは、小頭症という障害をもって生まれるそうです。このような娘のためにしてやれることは、辛抱強く世話をすることだけだそうです。広島には、きのこ会という、そうした親のための組織がある、と医者が紹介してくれました。わたしは、そこで温かく迎えられました。このまま広島で暮らすべきだと思いましたが、わたしの学位が不十分にもかかわらず、太田先生は小平女子大学での職を用意してくださいましたし、偶然に、福山の友人も東京にいるということがわかりました》」

「あなたのことね?」バーバラが口を挟んだ。

「そう、母と叔母とぼくのことだ。母は中本先生に、しばらく一緒に住まないかと申し出たんだ。太田先生のアパートは狭いし。ぼくたちの家は東京の被爆者村のようだと中本先生は言っていた。それだけに、彼女にとっては落ち着けるところだった」清二はバーバラに向き直った。「これで終わり」

二人とも笑った。清二はバーバラの手を取った。「あまり根を詰めないで、ぼくたちの大事な時間を楽しもうよ。今日はもう読むのをよそう」

「小島さんがまだ下にいるわ」

「では静かにしなくてはね」バーバラが吹き出しそうになると、清二の唇がバーバラの唇を塞いだ。

「こうやって黙らせてあげよう」

二人は、午後ずっとアパートに籠もっていたが、小島さんが帰ると、一緒に風呂に入り、夕方散歩に出かけた。近くのレストランで夕食をとった後、合羽橋通りまで戻り、花屋の戸口の鍵を開けて二階に上った。

「とても素敵な服だね」と言いながら、清二はチャックを下げた。二人は布団を取り出し、横になった。

愛を交わした後、しばらく腕をからめ合ったまま横になっていた。

「とても居心地がいいわ。一緒にいると落ち着くわ」

「ぼくもだよ。でもわかってほしい。ぼくは、家族を養うために陶器を作らなくてはならない。この仕事をすっかり諦めてしまうことはできないんだ」

「それはそうよね」

清二との時間がくり返されるようになった――週に二、三回アパートで会い、いくらか訳し、散歩に出かけ、小島さんが帰ってしまうと愛し合う。しかしここで夜を過ごすことはめったにない。一週間くらい旅行に出ようと約束している。「どこでも、キレキツが望むところへ行こう」

バーバラは、三号館の部屋に戻ると、たんすの凹み跡の上に寝転び、その日訳してもらったところを読んだ。

美智は、ウメを赤十字病院で診てもらうために、一九五五年に広島へ戻った。「廃墟の中から近代的なビルがにょきにょき建っているのに、川岸には遺骨が打ち寄せている、というのは不思議な光景でした」正月の旅のことを、美智はこう書いている。「ウメをこんなめにあわせてしまった償いをどうしようかと、今夜も考えています。汚染された街の中を、何日間も家族を捜し続ける、というようなばかなことをしなければよかった、父と一緒に海田原へ行っていたら、ウメはこんなふうにはならなかったでしょう。ウメは十歳なのに、四、五歳の子供のようです。無駄だと思いながらも、何度も、汚染された街の中をさまよったことで、このような不憫なことになってしまいました」

「それでも、広島で家族を捜さざるを得なかったわけよね?」バーバラは清二に言ったものだ。

「その通り。そうしなくちゃならなかったんだ。でも外国人には被爆者の罪の意識を理解しがたいだろうね。特に何の外傷もなく生き残った被爆者の罪悪感というものをね」

次の手記の内側に、ウメと美智と一緒に食卓に座った清二の写真があった。うどんをすすっているウメを、美智が見守っているところだ。

「これはあなたの家?」

「どこかの食堂だと思う」清二は写真を一べつしただけだった。そして写真を横へ置いた。

その手記にも次の手記にも、清二に関する記述はなく、美智の持っている授業のこととか、ペリー提督のことを書きたいということだけである。ウメと一緒に何度か広島を訪れたことが、以前のものよりも簡単に触れられていた。

自作の茶碗の前で姿勢を正している清二の写真が、次の手記に入っていた。その展覧会は天気のいい日で、大勢の人が見にきたと美智は書いている。「《ずいぶん茶碗が売れました。それに、美術工芸の雑誌二誌に、批評が載りました。両誌とも、清二の卓越した技術と作品の品のよさを褒めていました》」

「美智さんは嬉しかったでしょうね。その批評は日本語でしょう。英語に訳してくれない？」

「そのうちにね」清二は写真を手記の中に巻き込んだ。

「展覧会についての記述はそれだけ？　あなたが気兼ねしすぎているんじゃない？」

清二はにっこりして首をふり、答えなかった。


七月も終わり頃になってやっと、清二とバーバラは一九六〇年の手記に取りかかった。その手記は、すでに和田氏に訳してもらった部分だ。清二が瓶から手記をはずすのを見て、バーバラは落ち着かなかった。ウメのことや俳句を、まるで初めて聞くかのように、驚いたり感心したりしなければならない。


清二が訳している間、バーバラは下を向いて、美智が新年の餅つきの手伝いをした部分をもう一度書きとっていた。「《わたしは、自分の部屋で布団に横になりました。するとウメが傍らに来て、わたしの顔に自分の顔を押しつけてきました。こういうときは、ウメに障害があるとは思えません。わたしたちの間には電流のようなものが流れ、心が通い合います》」

「とてもほろりとするわね」バーバラは呟いた。

「そうだね」清二もふうっと息を吐く。そしてその手記を瓶に巻き始めた。

「今の手記は全部訳してくれた？」バーバラはその日の朝電車の中で、和田氏が訳してくれた俳句の部分を読んだばかりだ。

「そうだよ」

「本当に？」

「もちろん。どうしてそんなことをきくの？」

「何ていうか、その、短かったから」

清二は肩をすくめて、瓶をたんすに戻そうと背中を向けた。木綿の薄いシャツを通して、筋肉が浮き出ている。その後ろ姿を見ながら、バーバラは一九四九年の広島の記述のことを考えていた。清二に助けられながらウメを出産したときの美智の歓喜。「この瞬間、彼は大人になった」とあった。全体にわたって、ほかにも清二が省いた部分があるかもしれない。

「今日はとても疲れたので、もう帰りたいわ」

「そんなに急に？」清二は驚いた様子だ。

「ええ、新宿で用があるのを思い出したわ。もう一着服を頼んであるの」

「そう」清二は眉根を寄せた。

「その方がきっと、あなたも自分の仕事に早く取りかかれるでしょう？」

清二は返事をしない。だまって二人は階段を下りた。

「じゃあね」とバーバラは外に出てから言った。「新宿まで地下鉄で行くわ。その方が簡単だから」

バーバラは自分の背に、清二の視線を感じていた。やがて、タイヤを軋ませて、トラックが反対の方向へ走り去った。

新宿行きの電車の座席に座って、翻訳のノートの俳句のところを開けた。

二段落分を比較してみると、ほぼ同じ長さだが、ただ和田氏の翻訳の方が一文多い。《お店で買えばいいのではと言うと、近藤さんの返事は手厳しいものでした》という部分と、美智が自分の部屋で布団に入って《泣いてしまいました》というところだ。それほど大した内容ではないので、うっかり訳し損ねたとも考えられる。それとも、家庭内のささいなことをさらけだすことには、強い抵抗感があるのだろうか。でも俳句を省いたのは解せない。

バーバラは新宿で降りたが、また浅草に戻る地下鉄に乗った。小島さんはまだ店にいて、バケツに入った菊の花の傍らにしゃがんでいた。小島さんはバーバラを見上げて、驚いたように口を開けている。「忘れ物をしたの」と言ってバーバラは二階へかけ上がった。

部屋に入ると、たんすのまん中の引き出しを開け、一九六〇年の手記を取り出した。確かに思っていたよりも短いように見える。もしかしたら、その部分を清二が削除したのかもしれない。手記を光にかざしたが、消した跡は見えない。清二が訳したほかのページも全部、もう一度和田氏に見てもらおう。

階下で声がしたので、バーバラは息を殺した。男性の声と女性の声、小島さんが接客する声だった。一九六二年の手記を取り上げて、さらに美智が書いたほかの手記、つまり一九四九年、一九五〇年代と一九六〇年代のものをすべて一束にして巻いた。出口に向かったが、途中でたんすを振り返った。千恵の書いたものも清二は書き変えた、ということも考えられる。バーバラはもう一度たんすのそばに座った。これは自分のたんすだ、手記も自分のものだ。そう思うと、残りの手記を全部取り出した。分厚く巻いた手記の束を左腕に抱え、小島さんには見えないようにして階段をかけ下り、駅へ急ぎ、東小金井行きの電車に飛び乗った。

二十七

和田氏の家では、ちょうど夕食どきだったので、奥さんが、一緒にどうかと勧めてくれた。「おそばしかありませんが、暑いときには体にいいものですよ」

「ありがとうございます。少しだけいただきます。あまりお腹がすいていないものですから」奥さんは台所に入り、バーバラは美智の手記の束を畳の上に置いた。「あとで一緒に、この手記を見ていただけますか?」

「いいですよ」と和田氏は言ったものの、大量の手記の束を見て驚いた様子だった。

「突然お伺いしてすみません。でも急いでいるのです」

「ええっ?」と言って和田氏はまた束を振り返った。そばとつゆを運んできた奥さんに、和田氏は束を指しながら、何やら日本語で話した。

バーバラは失礼にならない程度にそばを食べ、箸を置いた。和田氏は奥さんに、急いで食べるようにとせかされても、あわてる様子もなく、ゆっくりとそばを口に運んでいる。やがて立ち上がり、バーバラを書斎に促した。バーバラは束を手にして、従った。「すべてオッケーね」奥さんはバーバラの腕を軽く叩いた。「オッケーでしょう?」

「はい。オッケーです」

和田氏は座卓に座って腕組みをしている。バーバラは向かい側に座り、一九六〇年と一九六二年の両方の手記に目をやり、

「すみませんがこちらを先に訳していただけませんか」と、一九六〇年の方を差し出した。

和田氏は眼鏡をかけて、丸まった紙を押し広げながら、バーバラを上目づかいに見上げた。「これが、緊急を要すると言われるんですね?」

「ええ。ちょっとうまく説明できませんが、お願いできたら大変嬉しいです。このページには、俳句が出ているでしょうか?」

「俳句ですか?」

「そう、俳句です」

「俳句に緊急性があるとは、なかなか面白いですな」

和田氏は、指で筆の跡をたどっていく。こんなに手間取るなんてとバーバラは怒りを覚える。やっと指先が最後の文字で止ると、顔を上げた。「俳句はありません」

「以前この手記を訳してくださったでしょう? 覚えていらっしゃいますか?」

「ええ、覚えています」

「そのときは、俳句があったでしょう?」

「そういえばそうですね。おかしいですね」彼は首をかしげた。「今度は、俳句がありません」

「削ったということは？」

「そんなことは、不可能です」

「すみませんが、もう一度読んでいただけませんか？」

「今読んだばかりです。俳句はありません」

「声を出して読んでください。書かれていることを耳で聞きたいのです」

和田氏が読み上げるをバーバラは聴きながら、以前訳してもらった文を追っていった。近藤夫人が怒っている場面と、ウメが泣いている場面の二つの文が消えている。

「そんなことってあるかしら」バーバラは、思わず声をあげた。

和田氏は首を突き出して、バーバラのノートをのぞき込んだ。「おかしいですな」

一九六二年の手記をわたすと、そのページにあった俳句も消えているし、美智の最後のことば、自分は悪魔のような母親だ、という部分も無くなっている。

バーバラは泣きそうになって、和紙の束の中からやっと一九四九年のものを三枚探し出した。「最後の数行を読んでください」ノートをぱらぱらめくり、美智の広島での部分を見つけた。

「ええと……《隣の岡田さんの家で食事をしていました。岡田さんの奥さんは、爆風で目が見えなくなったので、わたしが身の回りの世話をしていました。ご主人も娘の伊津子さんも行方不明です。息子の清二さんとわたしは一緒に、街のなかを何日間も歩き回り、行方不明の身内の痕跡でもないか、と捜しまわりました》これが最後の部分です」

「ウメの誕生のところがないわ。清さんが大人になったという部分です」

「そうですね」和田氏は驚いたように目を見開いた。「どうしてでしょう。何かのいたずらかな？もしかしたらきつねのしわざとか」

「きつね、どういうことですか？」

「日本の迷信ですな。きつねにまつわる伝説はたくさんあります。へびやたぬき、ほかにもいたずらをする動物の古い話が残っています。わたしが訳したお能の中でも、きつねの話がいくつかあります。『小鍛冶』の話はご存知かな？」

「いいえ。すみませんが和田さん、今日はこの手記の内容を早く知りたいので、こちらをお願いします。筆跡の違いを見分けることはできますか？　別の人が、新たに書いたかどうかわかりますか？」

「ええ、ことに、このように筆で書いてある場合はわかります。これはいわゆる草書という書体です」

「それならお願いですが、全部の手記を見て筆跡を比較して、何人の人が書いたか教えていただけませんか」

「この束を全部調べろと？　大変な時間がかかりますよ」

「それぞれのページの筆跡を、少しずつ見ていただけませんか？　細かく読まなくてもいいです。ただ筆跡だけを比べていただければ。とても重要なのです」

和田氏は、バーバラをまじまじと見た。「それを今やれとおっしゃるのですか？」

「ええ、できればお願いします」

和田氏はふうーっと息を吐いた。「できるだけやってみます」

バーバラが、手記を机の上に滑らせると、和田氏はそれを伸ばして、一番上の丸まった紙の端を押さえた。奥さんを呼ぼうとして立ち上がると、紙はまた巻き戻る。そこへ現れた奥さんに言った。「オサケ、クダサイ。上等のをね」本棚から能の本を取ってバーバラの前に置いた。「『小鍛冶』という、きつねが出てくる演目を英訳したものです。わたしが手記を調べている間にお読みください。おもしろいですよ」和田氏は首を左右に振りながら、ページをぱらぱらめくった。

奥さんは盆に、燗をした銚子と猪口を二つ、それに海苔のおかきを入れた扇形の皿を乗せて戻ってきた。猪口に酒を注いで勧めた。「いかがですか？　ドウゾ」と言って出ていった。

和田氏は、まず猪口で二杯飲んでから、作業に取り掛かった。バーバラは、渡された本を手にしたが落ち着いて読めないので、和田氏が一ページずつ文字を見比べていくのをじっと眺めていた。そして和田氏の猪口にたえず酒を注いだが、自分は一口すすっただけだった。こうしていると、清二と一緒に行った神谷食堂を思い出す。バーバラは、おかきを次から次へと口にし、ぽりぽりと音をたてた。無くなるともっと食べたくなる。奥さんがまた出てきて、皿におかきを入れた。和田氏は酒を飲み続け、バーバラはおかきを食べ続ける。ようやく和田氏は手記を一通ずつ検分するかのように、手のひらで軽く押さえながら分類し始めた。それから手記をいくつかの山に分けて、メモ帳に何やら書き込んだ。

和田氏は満足そうな笑顔で、バーバラを見上げた。「さあ、わかりましたよ。謎が解決したようです」和田氏はメモ帳を自分の前に置いて、何か書き始めた。その手元の文字をバーバラは反対側から目を凝らして読んだ。

一九三〇－一九四三年、第一の筆者。これは高須千恵。

一九四九年の一、二ページ目、第二の筆者。中本美智子。

一九四九年の三ページ目と一九五〇－一九六五年、第三筆者。きつね。

和田氏は、メモをバーバラの方に向けた。「書いた人は三人です。第一筆者は、最後数ページに、わけのわからないことを書いていますが、これは同じ手です。第二筆者の手は二枚だけ、つまり一九四九年の初めの二ページです。これは、第三筆者とはかなり異なる字体です」

バーバラは、繊細な筆跡を見つめた。どう考えたらいいのだろう。「つまり、その……」

「なぞのきつね氏はミスをおかしています。一九四九年の一ページ目と二ページ目を書きなおしていません。削りたいと思った部分のある、最後のページだけしか書いていません」

「つまりそれって……」

和田氏は重ねた用紙の一つの束に手を置いた。「一九三〇年から一九四三年までのものは、古い書き方で、これははっきりしています。一九四九年の一ページ目と二ページ目のも、はっきりしています」と言ってバーバラに示した。「筆跡が違っています」二枚の紙を机に置き、残りの束を指で示した。「この残りのすべてが第三の筆者です」

「本当ですか？　それなのにこれが全部、美智さんが書いたものだということに？」とぱらぱらとめくった。

「どうもそのようですな、間違いないと思います」

「それでは、この二枚を除いて、だれかが美智さんのものを書き直したということですか？」

「そういう可能性もあり、ということでしょう」

部屋がぐるぐる回転する。気が遠くなりそうだ。

「どうやら面倒なことになったようですな」

「大丈夫です。すみませんが、もう帰ります」バーバラは手記を片づけようとした。「ちょっと待って」和田氏は机から立ち上がって、部屋の隅にあるたんすのところへ行った。そのすきに、バーバラは手帳の中から封筒を取り出し、金額の大きなお札を一枚入れて、机の上に置いた。

和田氏は、右手に鋏を、左手に白と黒の麻糸を持ってきた。「わかるようにしてあげよう」鋏と糸を机に置いて、第三筆者の束を巻いて、白糸でくくり、千恵の手記と一九四九年の美智の手記二枚を一緒にして、黒糸で結んだ。「さあ、これで、本物とにせものがわかります。黒い方が本物で、白い方がにせものです」

バーバラはそれを手に取ると、涙が一気に溢れ出した。

和田氏は急いで先に部屋を出た。バーバラが出てくると彼は、奥さんと小さな声で話していた。奥さんがバーバラのそばに駆け寄った。「オッケーじゃないじゃない。ここで休んだら？」

「帰らなくてはならないんです」

「しばらく休んでいってね、心配だもの」と奥さんはバーバラに言ってから、夫の方を見て、叱りつけるような声で話し始めた。

「ああ、ああ」和田氏は頷きながら聞いていたかと思うと、バーバラに向き直った。「君を傷つけてしまったみたいで申し訳ない。もしかしたら、わたしが間違っているのかもしれない」

「いいえ、そんなことありません。どうか心配なさらないで。和田さんのせいではありません」涙がぴたりと止まった。「大丈夫です。でも本当に帰らなくてはならないんです」

和田夫妻は、またことばを交わして、奥さんは台所へ入っていった。「タクシーで帰りなさい。今、妻が電話をかけてるから。すぐ来るよ。座ってちょっと休みなさい」和田氏は畳に座って、バーバラに座布団を勧めた。

和田氏もがっくりしている様子なので、バーバラは隣に座った。奥さんは台所から出てくると、「タクシー、すぐ」と言ってバーバラのわきに座った。

夫妻は声もなく、バーバラに目を注いでいた。バーバラは恐縮した。「本当にありがとうございます。どうぞご心配なく。大丈夫ですから」

二人は、またぼそぼそ話していたが、そのうちに奥さんが立ち上がって、台所からふろしき包みを持ってきた。「はい、おかき。あとでゆっくり召し上がってね。それに和菓子も少しね」

玄関のブザーが鳴った。「タクシーが来た」和田氏の声は、ほっとしているようだった。

和田夫妻は、バーバラと一緒に一階に下りて、和田氏がタクシーのドアを開け、運転手に長々と指示をした。この人は小平女子大学の先生で、気分がよくないというようなことを言っているのが耳に入った。

「ハイ、ハイ」と言いながら、運転手はバーバラの方をちらちらと窺った。
ドアが閉まり、バーバラが手を上げて夫妻に挨拶をすると、車は走りだした。

三号館に戻ると、外側の電気はついているが、どの窓も全部暗かった。玄関を入っても真っ暗だ。バーバラは電気のスィッチを手探りで捜した。薄暗い灯が玄関ホールを照らした。電話に歩み寄り、受話器を耳に当てた。けだるい通信音に耳を傾け、それから受話器を置いて階段を上った。

手記を抱えたまま三畳間に立ちつくし、以前たんすのあった場所をじっと眺めた。部屋の片隅に残された二体のきつねと、掛け軸のきつね女が、こちらをじっと見つめている。浅はかだった。きつねに騙された。

清二に完全に欺かれた。しかも入念に細工してある。でもなぜ？　バーバラは畳に座りこんで、偽造された手記を広げた。紙そのものは全く同じで、ざらざらした感触には覚えがある。でも新しい封印をしなければならなかったはずだ。一九五〇年代と一九六〇年代の紙の端についているわずかな蝋をよく調べた。鮮血のように赤い蝋は、思った通り新しい。

翌朝黒い鞄に手記を全部詰めて、地下鉄で浅草に向かった。清二が来る前に行って、手記を一切合財拡げて、待っていようと思った。ところがどうだろう、清二はもう座卓に座っていた。うしろのたんすの引き出しは全部開いている。

バーバラは、黒い鞄を卓上に置いた。

「手記をどこへ持っていったんだ」清二の声は怒っている。

バーバラは鞄から偽物の手記の束を取り出して、清二の前に叩きつけた。「これは美智さんの書いたものじゃないわ。あなたが書いたんでしょ？」

清二は、心もち顎を上げた。「中本先生の手記は全部、先生が書いたものだ」

「たぶん、そうかもしれないわ。でもあなたが写したものでしょう？　しかも部分的に削除して」

清二は何も言わない。

「きのう、手記をすべて、英語のよくわかる人に見てもらったのよ」バーバラは巻いた手記をもう一つ取り出して、写したものの隣に並べた。「以前はあったけど、おかしなことに消えている部分があるわ。たとえば」バーバラは、歌うような調子で言った。「《この瞬間に、清さんは大人になりました》」二人は睨みあった。清二の鼻の穴が膨らみ、険悪な顔になった。「それに、筆跡が三人だと判ったの」バーバラは、和田氏のメモをポケットから取り出した。「ちょっとうっかりしたところがあるわね。一九四九年の一ページ目と二ページ目を、写すのを忘れているわ」

清二は、その紙を丸めて畳に投げつけた。「君は、ぼくに隠れてこんなことをしていたのか？」

「どうすればよかったの？　何も知らないふりをしていればよかったの？　あなたは美智さんの書いたところを何ヶ所か省いているのに」

「ああ、でもどうしてその部分がないってわかったんだ？」

バーバラは顔をそむけて、たんすに目をやった。「自分で、二年分を訳してみたわ、一九六〇年と一九六二年のをね。以前のには、俳句があったのにそれがないのよ」

「やっぱり。だから君を信頼できないんだ」清二はゆっくりと立ち上がる。

「でもあなたには、そんなことをする権利はないわ。美智さんが書いた手記はどこにあるの？　それをいただきたいわ」清二は口を結んだままバーバラを見た。「わたしのものよ。どうしてそんなことをするの？」

「個人的にぼくのことを書いた部分があるからだ」

「それが何だっていうの？」

「その部分を書いたことを、中本先生は忘れていたんだ」

「どうして、忘れていたってわかるの？　あなたは、美智さんの心がわかるの？　死んだ人の心が」

清二は答えない。

「それじゃあ、認めるわけね、写したということを？　偽造ということよ」

清二は、依然として口をつぐんでいる。

「そう。話す勇気もないんでしょう？　いいわ、とにかく本物の手記を返してちょうだい」

「それはできない」

「どういうこと、できないって？」

「渡せない」

「どうして？　だって、美智さんはわたしに残してくれたのよ。だから全部わたしのものよ」

「そんなに大きな声を出すなよ。小島さんが下にいるんだ」

「いいわ、小島さんに聞こえたって。あなたは、いつもそうだわ。他人がどう思うかって。うわべだけ。それが建前っていうものなんでしょう？」

清二は、食卓をぐるりと回って部屋を横切った。

「どこへ行くの？　その前に元の手記をいただけない？」バーバラは彼の腕を掴んだが、清二は振り払い、戸口へ向かった。

「清二、待って……」

清二は下りていってしまった。バーバラは窓に駆け寄り、トラックが発進し、遠ざかっていくのを見つめていた。

二十八

小島さんの店で、花を包むハトロン紙の束を、目にしたことがある。階下へ行って、ハトロン紙を三十枚いただきたいと、拙い日本語と身ぶり手ぶりで伝えた。小島さんはすぐ理解して、小声で枚数を数えて抜き取った。バーバラが代金を払おうとしても「イイエ、イイエ」と首を振り、受け取ろうとしない。その様子から、早くバーバラに出ていってほしがっているとしか思えなかった。

二階へ戻り、その紙で瓶を一本ずつ包んだ。持って帰るのに、割れないようにするためだ。

外へ出て、タクシーを止めた。車中で段取りを考える。すぐ、清二の家へ行く、そして叔母さんとお母さんの前で、元の手記を返してほしいと言う。

三号館に着くと、運転手に手伝ってもらって、たんすを二階へ運んだ。白髪でかなり年輩の運転手はバーバラの力に驚いたが、彼女は気にならない。もう何も怖いものなどない。

瓶を全部たんすから取り出して、ハトロン紙をはずした。手帳のページを切り取って、ラベルを作り、一九五〇年から一九六五年のガラス瓶にテープで貼る。改ざんされていない手記を千恵の梅酒と一九四九年の瓶に巻きつけた。書き換えられた手記の束は、巻いたまま押し入れの底につっ込んだ。最後に、瓶の順序を逆にした。つまり千恵の梅酒を一段目と二段目の引き出しに収め、あとは年代順に入れていった。もともと一九三〇年の瓶があった一番下の引き出しに、一九六五年の瓶が収まった。

美智の写真ときつねの置物もたんすの上に乗せた。口を三角形に開けたきつねは、餌をもらってい
る雛鳥を思わせる。もう一つのきつねは、とがめるような表情だ。バーバラは精も根も尽きはててい
た。午後の暑さは、ノースカロライナの蒸し暑さと同じだ。ストーン・ストリートにある家の、自分
の部屋を思い出す。ベッドのわきの窓は大きく開け放たれ、扇風機が気だるそうに首を振っている。
よくブラインドを下ろして昼寝を楽しんだものだ。今のバーバラにも休息が必要だ。押し入れから布
団と枕を取り出すと、たちまち眠ってしまった。

目が覚めたときは、もう朝になっていた。全身がだるく、汗をぐっしょりかいている。やっとのことで立ち上がり、台所からお茶を持ってきて、清二とどう向き合うかを考えた。家族に聞こえるかもしれないが、内密でことを運んだほうがいいかもしれない。清二の道義心に訴えるとよさそうだ。清二は他人に聞かれたくないはずだから、いざとなったら声を上げてやろう。バーバラは、服を着替えて部屋を出た。清二が家にいるかどうかを確かめるため、三号館の階下から電話をかけた。近藤さんが出て、清二はいない、いつ帰ってくるかわからないと言う。おそらくどこへ出かけているのだろう。近藤さんは行き先を知らされていないと言った。

バーバラは外に出て、構内の車道を行きつ戻りつした。だれもいない。学長の車もない。単調な蝉の声が低く響いている。何かを弔っているかのようだ。

部屋に戻り、ふとんに身を投げ出した。清二から、申し訳なかったという電報が来てもいいではないか。あるいは、美智の本物の手記とともに、お詫びの印に花が届いてもいいくらいだ。過ちを認めてもらいたい。清二にしたって、こんな終わり方はしたくないはずだ。

バーバラは、大きなグラスで梅酒を二杯飲んだが、さらにもう一杯飲んで布団に倒れこみ、そのまま寝てしまった。

目を覚ましたとき、外は暗かった。起き上がって時計を見るとまだ三時だ。明かりを消して、壁伝いに洋間に行き、窓際の椅子に座った。L字型に突き出たところが、美智の部屋だった。真っ暗な中にぼんやりと浮き上がって、まるで棺のように見える。葬儀のときに見た頭を少し片方に傾けている美智の写真を思い浮かべた。どうしても、あの手記を取り戻さなければならない。

電気スタンドをつけ、紙とペンを取った。

「清二さんへ、つい感情的になってすみません。わたしにとって美智さんは、かけがえのない人だ、ということをわかっていただきたいと思います。ですから、手記もとても大切です。どうか、元の手記を早くお返しください。わたしに読まれたくない部分を、もし塗りつぶしてしまわれたのなら、しかたがありません。辛いことではありますが、それでも無いよりはましです。でもなぜあなたが、あの部分をわたしに読まれたくなかったのかをお聞かせくだされば、あなたのとった行動をもっとよく理解できると思います。できるだけ早くお会いしてお話ししたいのです。バーバラ」

翌朝、その手紙を持って、鷹の台におもむき、入口のブザーを鳴らした。返事がないので、隣の食堂に入った。床を掃いていたヒコに、清二がいるかと聞くと、バーバラの方を見もしないで首を振った。キミが厨房から出てきた。「岡田清二さんは？」キミも首を振り、口を手で隠して厨房に戻ってしまった。その様子は、笑っているのか泣いているのかわからない。

バーバラは作業場に回り、小屋と工房をのぞいた。制作中の土塊がろくろの上にあった。そっと手を当てると固くなっている。テーブルの上に並んだ茶碗には、埃がかかっている。以前秘密のときを持った小部屋のドアが半分開いていて、簡易ベッドの丸い角が肘のように見える。門をくぐり、中庭を通り、母屋に近づいた。勝手口も縁側の戸も全部開いたままなので、煮炊きをするにおいが漂っている。

「コンニチハ」バーバラが声をかけた。

清二の母親が畳の間に姿を現わして、震える声で何やら言いながら、片手をバーバラの方へ差し出して近寄ってきた。

バーバラは挨拶をして、日本語で名乗り、清二への手紙を岡田さんの手に握らせた。「これを清二さんに渡しください」

「清さんへ、はいはい」母親は、封筒を振って頷いた。

叔母さんも奥から出てきた。今起きたばかりのように髪の毛が乱れている。

「お手数かけて申し訳ありませんが、今、清二さんに手紙を渡して下さるようにと、岡田さんにお願いしたところです。清二さんはお留守のようですので」

「ええ、いません」

「益子ですか？」

「たぶんそうです」叔母さんは、心なしかそっけない素振りだ。

「じゃあ、戻られたらお渡しください」バーバラは足早に中庭から通りに出た。

林の中を急いだ。三号館に戻ったらすぐ理恵に電話をして、来週訪ねたいと言おう。

三号館の玄関は開いていたが、中にはだれもいない。こんなに寂しい気がしたことはなかった。太田先生がいれば、ドアを叩くのだが。テーブルで紅茶カップを手にしている太田先生を思い描く。優しく包み込むような眼差しを投げかけてくれるはずだ。住所録を持って電話のところに下りていき、最初に米子の太田先生に電話をかけた。

若い女性の声だった。はい、伯母に代わりますので、しばらくお待ちください。

「まあ驚いた。お電話下さるなんて嬉しいわ。こちらにおいでになる？　いつでもいいのよ」

「ありがとうございます、先生」思わず顔がほころんだ。「ぜひお伺いしたいです。来週、八月七日はいかがでしょう？　広島でお盆を過ごすので、その後になります」

「ちょうどいいわ。日本海側を列車で来られたら？　すばらしい眺めですよ」

バーバラは、広島から電話で到着時刻を知らせることにした。それから理恵にも電話をかけた。広島のお盆は六日だから、その前の四日か五日に来るようにとのこと。今年は、原爆投下の二十周年に当たるので、混雑するだろうと言う。「ゆっくりしていただけないのではないかと、父は心配しています。うちのアパートは粗末なので」あまり長くいてほしくないということかもしれないので、五日に行くことにした。次は、和田さん宅にご機嫌伺いの電話をした。嬉しいことに、明日の夕食に招いてくれることになった。

二日後、都心まで列車の切符を買いに行った。国分寺に戻り、電車を降りた。用を足している男のそばを通りすぎ、小さな店が並んでいる商店街に入ったところで、何気なくパチンコ店を覗くと、清二が窓際でパチンコをしているではないか。バーバラは、しばらく眺めていた。清二は、機械のボタンを操作するときと、金を入れるときだけ体を動かす。ガラス窓を軽くたたくと、一瞬こちらを見て、外に出てきた。目が赤く、酒の臭いがする。

「わたしの手紙、受け取った?」

「うん」

「電話をくれてもいいのに」

清二は地面に目を落とし、首を振った。「とうてい許してもらえないと思ったから」

「あの手記を返してくれさえすればいいのだけど」

清二は顔をしかめて、首筋を掻いた。

「きちんとお話ししたいわ」

バーバラを見上げた清二は、少しふらついている。「バーバラさん」

「酔っているのね」

「面目ない」

「帰りましょう」バーバラは、清二の腕を取って表通りへと引っぱっていった。家に着けば、手記を渡さざるを得ないはずだ。

どちらも口をきかなかった。清二は一、二度つまずいたが、バーバラに支えられた。

木立が見えてきて、鷹の台へ通じる小径に入った。林の中は、黄昏がただよっている。二人が並んで歩ける幅しかない。

「清二、中本先生は、わたしにはとても大事な人なのよ」

清二は立ち止まり震える手でたばこに火をつけて、上水路の傍らに腰を下ろそうというように、顎をしゃくった。

二人は流れの脇のこんもりした草地に腰を下ろした。バーバラは、流れる水面を眺めながら、わずかに姿勢を正して口を開いた。「中本先生のことだけど」

「うん」

「わたしのことを、まるで自分の娘のように気に掛けてくれたわ。だから、わたしにたんすと生い立ちを書いた手記を残してくれたのよ」

「あの人は、ぼくを恨んでいた。でなければ、たんすをぼくにくれたと思う。この岡田清二にね」そう言って、自分を指差した。

「もう言い合いはしたくないわ。でも、前にも言ったけど、墨で塗りつぶしたいところがあったのなら、それも仕方がない。戦前の日本史の教科書を塗りつぶしたようにね。でも手記そのものはわたしのものよ」

清二は首を振った。

「さあ、いただきにいくわ」バーバラは清二を促して立ち上がった。

清二がたばこを流れに捨てたとき、じゅっと小さな音がした。「もう無いよ」

「どこへやったの?」

清二は、頭を抱えた。

「無いって、どういうこと? まさか、破いたのじゃないでしょうね?」

「しかたがないんだ」清二はくぐもった声で言う。

「どうして?」

清二は、日本語で何か呟いた。

「英語で言って!」バーバラは、清二の肩を強く突いた。「ね、わたしの目を見て」

清二は顔を上げたが、目を合わせない。「他人には言いたくないことがあるんだ。中本先生とぼくは」声が消えていった。

「中本先生とあなたが、どうしたっていうの?」

清二は、目を閉じた。「《白雲を切り裂きて二羽凍空《いてぞら》へ》この俳句は、中本先生とぼくなんだ」

「美智とウメがサンフランシスコの日本人街へ行ったときのことを詠んだのでしょう?」

清二は首を振った。「いいや、中本先生とぼくなんだ。しばらく……ぼくたちは親密な関係だった」

「親密な?」夕闇の中に、ぼんやりと浮かんだ清二の顔が遠のいていくようだ。「いったいどういうこと?」バーバラは呟くように言った。

「つまり、夫婦のように。しばらくだけど」清二は両手で頭を抱えた。

バーバラは清二を見つめて、思わず笑いを洩らした。「信じられない」

清二は身動きひとつしない。

「あの方の方が、ずっと年上でしょう?」

「九歳だけだ」

「美智さんが? あなたと……」目の前が真っ暗になったが、しだいに頭がはっきりしてきた。バーバラは立ち上がった。「あなたは、わたしを利用したのね。ただ、あの手記を手に入れたいために」

「そんなことはない。どうであれぼくたちは一緒になるんだ。バーバラサン……」清二は手を伸ばし、彼女の足に触れた。

バーバラは足で邪険に清二の手を振り払い、後ずさりした。絶え間なく往来する車の音が、遠くから水の流れのように聞こえる。バーバラは身を翻して、音のする方へ駆け出した。

三号館に戻るタクシーの中で思った。清二に貰った茶碗も皿も埴輪も全部、陶芸小屋の壁にたたきつけて粉々にしてやる。音が頭の中で聞こえる。浜田に貰った貴重な茶碗はどうしよう。

部屋に戻ると冷蔵庫を開け、和田さんからもらった残り物を取り出した。漬け物、和菓子、ケーキにシュークリーム。台所で立ったまま口に押し込んだ。美智と清二が……あり得ない。瓶に半分くらい残っているピーナッツバターも、指ですくって舐めた。ビールを取り出したが、栓抜きがない。半狂乱になって、引き出しの中をかき回し、中身を全部流し台にぶちあけた。コインが一つころがり出て、排水溝にひっかかった。突然バーバラの目から涙が噴き出したかと思うと、こらえきれず声を放った。そして泣き止んだ。

床の間に飾ってある清二の茶碗を二個ともひっ掴み、乱暴に重ねた。三号館の裏側に出てみると、暗かったが、月明かりで、ごみ捨て場がはっきり見えた。杉木立の間に浮かぶ電柱をめがけて、一つ目の茶碗を怒りにまかせて投げつけた。小気味のいい音がして割れた。もう一つは、鈍い音を立てて、ごみの山に落ちた。

背後で物音がした。上田先生が台所からこちらを見ている。きっと外出から帰ってきたところだろう。バーバラは屋内に戻り、つま先でそうっと階段を上がって部屋に入った。たんすの上の美智の写真を押し入れの毛布の下に突っ込み、偽の手記は巻いて洋間の戸棚に投げ込んだ。目にしたくない。かすかにドアを叩く音がした。そしてもう一度。「バーバラさん？」バーバラはじっとしていた。上田先生が行ってしまうと、押し入れから引きずり出した布団にもぐり込み、そのまま居間で眠った。

車の警笛で目が覚めた。寝室の窓から外を見ると、清二のトラックが停まっている。清二がトラックの外に出て、どなっているではないか。「バーバラさん、ジェファソンさん！」警笛も鳴り続けてる。バーバラは、やっかいなことになったと思った。そのときトラックの運転席にも人影が見えた。バーバラがかけ下りていくと、上田先生はすでに玄関に出ていた。「何だか、すごいことになっているわね」

「ええ、何とかします」バーバラが外に出ると、警笛が鳴りやんだ。トラックの中にいるのはヒコだった。

清二が手を振りながら木の間を近づいてきた。「バーバラサン」

「何ということをしてくれるの？」

「広島へ行こう。向こうで説明するよ。そうすればわかってくれるはずだ」

「もうどこへも一緒になんか行きたくないわ。当然でしょう?」

「前に話したように、お盆は来週だから、中本先生の遺骨を持っていこう」

「そんな話はずっと前のことでしょう? それにもう別の人から、広島のお盆に来てって招待されているから」

「それじゃ、向こうで君を探すよ」

「いまさら何よ、かまわないで!」

清二は玄関に立っている上田先生を意識した。

「帰って、お願い」バーバラは玄関に入った。上田先生と二人で入口に鍵をかけていると、トラックの走り去る音が聞こえた。

「先生が、忠告してくださった通りでした」

上田先生はため息をついて、首を振った。「あの人は、あなたを踏みにじったのでしょう?」

「中本先生は、あの人のことを何か言っていらっしゃいましたか? 愛し合っていたとか?」

二人は互いの目を見つめた。「あの人は、中本先生を傷つけたのよ」上田先生が言った。

二十九

その晩、バーバラはワインを何杯も飲んだのに眠れなかった。朝になって冷蔵庫の中を見ると、紙にくるんだ和菓子とひびの入った卵が一つあるだけだった。黄身が流れ出し棚にこびりついているが、ふき取る気力もなかった。

お茶と和菓子を持って、座卓に座った。何もない床の間の埃の上に丸い輪が二つ残っている。清二の茶碗の跡だ。がらんとした床の間から目を逸らすことができなかった。美智の手記はもう無い。消えてしまった。葬られてしまった。もうここには居られない。

以前、春休みに京都の禅寺で一晩過ごしたことがある。外国人も受け入れてくれる寺で、住職も奥さんも英語が堪能だった。また来るようにと言っていた。

電話をすると、奥さんが出て、部屋は空いているので今日来てもいいという。バーバラは、広島と米子へ持っていくための二週間分の衣類を鞄に詰めて、駅までのタクシーを呼んだ。

東京駅で、京都までの新幹線の切符を、三十分後に出る列車に変更した。すべてうまくいった。列車は、都会を離れ、無機質なコンクリートの建物や工場地帯を通り過ぎ、やがて、緑の田園地帯に出た。遠くに灰褐色の山並みが見える。やがて山々の上にかかった雲が突然ちぎれると、富士山が幻のように空に浮いている。箱根やスキーリフト、間近で見た清二の顔が浮かんだ。隣の席の若い女性は、赤ん坊用のおくるみをかぎ針で編んでいる。前を通してもらってビュッフェに行った。そのままずっと食堂車に座り、反対側の窓を通り過ぎる景色を眺めていた。

寺では、以前と同じ畳の部屋に通された。まだ午後の早い時間帯だが、もう一度読もうと持参したフォークナーの『八月の光』を手にして布団に入った。

翌朝、夜明け前に、座禅の時間を知らせる鐘の音で目を覚ましたが、座禅は明日にしようと呟き、また眠った。禅堂での朝食時、カリフォルニアのコミューンから来た二人のアメリカ人の若者に出会った。先頃徴兵カードを燃やした二人は、悟りを求めてやってきていた。眼鏡をかけたニキビ面の若者は、会話が途切れると、ショウペンハウアーの本を開いた。もう一人の長髪の若者は、目に少し正気を欠いたところがある。ここの雰囲気がとても気に入っているそうだ。

翌日も、バーバラは座禅に参加しないで寝ていた。それに、予定していた散策にも出かけなかった。ずっと寺にこもって、コーヒーを飲みながら本を読んでいた。ときどき心がかき乱される。激しい閃光の中の清二と美智の姿を、茶室や工房の小部屋にいる二人の姿が、鮮やかに脳裏に浮かぶ。

午後になってようやく、寺の庭を歩いた。深い竹藪にはウグイスがいるし、ときにはきつねも出ると住職の奥さんは言っていたが、バーバラはまだ出会っていない。今はただ、蝉の低い声が絶え間なく聞こえるだけである。無という意味を音で表すとすれば、この蝉の声こそまさにそれだ。突然、どこもかしこも竹だらけ、青とオレンジがかった緑の中で方向を失った。うっそうとした竹林の中を身をかわしながら走り抜けると、やっとお寺の屋根が見えてきた。自分の部屋へ逃げ帰り、フォークナーに飛びついた。アメリカ南部の赤土と松の木こそ心安らぐ情景なのだ。

翌日の朝食後、住職が禅問答をするために講堂に入った。眼鏡をかけた穏やかな顔で、計り知れない忍耐力を感じさせる風貌だ。低い声で穏やかに、若者たちに語りかけた。若者たちは、弟子入りしたいと言う。

「なぜかな?」

「悟りを求めたいのです」ショウペンハウアーを読んでいた若者が言う。

「悟りとは何だね?」

「失礼ですが、もしその答えがわかっていれば、ここに来る必要がありませんでした」もう一人の若者が言う。

「ああ、でも、おそらく来ただろう」住職はかすかにほほ笑みをうかべた。

「では先生、悟りというのは何ですか?」はじめの若者が言う。

「道元という禅の先達は、悟りというのは水面に映える月のようなものだと言われた。『月、水に濡れず、水、月をこわさず』じゃ。月も空も余すところなく草の露に映る、しかも一滴の露にすべてが映る」

沈黙が流れた。二人は、「それで?」という顔をしたが、住職はそれ以上何も言わなかった。二人は、お辞儀をしてそそくさと部屋を出ていった。

住職はバーバラの方に向き直った。「あなたは、何を求めて?」

「わたしはただ忘れたいのです」

「忘れるためには、まず思い出さねばならん」

「あまりにもはっきりと心に浮かびます」

住職はしばらくバーバラを見据えていた。「とても苦しんでおいでのようですな」

バーバラは頷いた。

「座禅を組むと、心が和らぐかもしれない。苦しいことを思いうかべ、それを息と共に吐いてしまう」住職は目を閉じ息を深く吸い、そして鼻からゆっくりと吐いた。「大変簡単なようだが、やってみると難しい」そして促すようにバーバラに目をやった。「忍耐強くやってみなさい。ただ座っているだけでも、とらわれている苦しみから解放されていく」

翌朝日の出前に、バーバラは寒々とした薄暗い部屋で、僧侶たちの列の端に座った。座禅を数分やっただけで、脚も背中も痛みだした。まだこの先、広島へ行かなければならない。それより寝た方がいい。一日ぐらい座禅をやっても、あまり意味がなさそうだ。

鐘の音で、バーバラは息を吸い込んだ。小平女子大学の運動場で、楽茶碗を手にしている清二を思い浮かべた。差し上げます、どうぞ。初めて清二に会うために、上水のほとりの小径を急いだっけ。あのときは嬉しかった。冷たい空気の中に、春の香りが漂っていた。

上水沿いの、軟らかい草の上に腰を下ろしていたとき、清二はわたしを見ようともしなかった。火のついたたばこが、水面にじゅっと音をたてて消えた。上田先生の声が聞こえた。あの人は、中本先生を傷つけたのよ。ウメのことも思い出した。小さな頭と大きな体、心に突き刺さった棘。美智がウメの顔に手を当てる。濡れている。ウメは声をたてずに泣き続けていたようだ。

バーバラは、駅へ行くタクシーの窓から、外をじっと眺めた。道行く人々はだれもが生き生きとしている。淡い色の着物の女性が、柿色の風呂敷包みを抱えている。ビジネスマンは時計を見ている。この人たちを二度と見ることはないだろう。バーバラは列車の中で、コートを丸め、窓枠に枕のように当てがった。許してと、美智に言ってみた。清二に用心しなくてはいけなかった。あなたの手記は、無くなってしまったわ。許して、許して、と何度も心の中で繰り返しているうちに、列車の揺れに身を任せて眠ってしまった。

理恵と父親が広島駅まで迎えに来てくれた。「ようおいでくださった」横萩さんは、何度もお辞儀をした。「娘が待っておりました」

「先生、よく来てくださいました」

混み合った路面電車で、街の中心にあるアパートへ向かった。横萩さんの傍らに立つと、頭に、目を引くおできがあるのに気がついた。放射能による腫瘍のようなものではないだろうか。理恵によると、父親はあまり具合がよくないそうだ。車外に目を向けると、四角いコンクリートの建物や、バスや人が行き交う通りが見える。ここには、以前別の街があったが、すっかり変わったのだ。バーバラは、広島での母の写真を思い出した。新天座の前で、母と案内してくれた人が小さく写っていた。新天座はもうないが、清二も美智もその歌舞伎場のことを知っていた。美智は、おそらく何度も行ったことだろう。目の奥が疼きだした。きらきらと光る川を一本、そしてまた一本と渡る。土手には、夾竹桃の大きな茂みが連なり、花を咲かせている。路面電車はがたごとと、また川を渡る。

「川が多いのね」

「広島には、川が七本あって、全部太田川からの支流です。太田川は、近くの山々から水を集めているのです」理恵は、指を折って川を数えている。「東から、猿候、京橋、元安、本川、天満川、川添川、己斐川」

横萩さんはバーバラに目を向けたまま理恵の方に上体を傾けて質問した。

「父が、この街の第一印象を聞いています」

「きれいでとても不思議な気がするわ」

理恵は父親に通訳をしながら、そのままの姿勢で静かにバーバラに語った。「エリオットが、『荒地』の中で言っている『空想の都市』を考えれば、おわかりいただけるのではないかと思います」

横萩家の人たちは、古ぼけたアパートの最上階に住んでいる。エレベーターがないので、階段を六階まで上った。横萩さんはバーバラのスーツケースを二個も持って、先に駆け上がっていった。屋上に出ると、下着やシャツが洗濯紐に吊るしてあり、部屋は屋上の端の方にあった。

「こんな粗末な家に、よう来て下さったな」と父親が言った。玄関の左側が風呂で、右側にトイレ、そしてダイニングキッチンのある大きな部屋。奥には小さな畳の部屋が二部屋ある。理恵は、二人で使う部屋にバーバラの鞄を置き、押し入れとたんすの引き出しを一つ空けてくれた。

バーバラは、スーツケースから取り出したワンピースを勢いよく振ってしわを伸ばし、ハンガーを取ろうと押し入れに手を突っ込んだ。まん丸な目をした顔が棚の上からこちらをじっと見つめている。複製の頭だとすぐ気がついた。目以外は、少し理恵に似ている。ぎょっとするようなものを押し入れに入れておくなんて気持ち悪いが、もしかしてわざと置いたのだろうか。

台所のテーブルでお茶を入れていた理恵に、アスピリンが欲しいと頼むと、灰色の粉を水に溶かしてくれた。夕食を何にするか相談していたら、横萩さんが割って入り理恵に何やら言った。

「え。あ、そう。岡田さんから電話があったそうです」理恵がバーバラに伝えた。

「岡田清二？」

理恵は頷いた。

「でも、どうして、わたしがここにいるのがわかったのかしら」

「先生とわたしが親しいって、気づいているようです。だから、たぶん先生は、わたしのところに来ると思ったのでしょう。それとも、先生がどこに泊るかを、わたしに聞けばわかると思ったのじゃないでしょうか」

「何て言っていた？　ここへ来るって？」バーバラはうろたえた。

「ええ、そうだと思います」理恵は、父親と目を見かわした。「まずかったでしょうか？」

「いいえ、そんなことないわ。気にしないで。大丈夫よ、本当に、大丈夫」バーバラは無理に笑った。

「平和記念資料館に行きましょうか？　明日は八月六日で原爆慰霊祭だから、きっと混雑します。世界中から何千人もの人たちが来ます」

「そうね。じゃあ今から行きましょうか」出かけてしまえば会わずにすむ。

記念資料館へ行く途中、路面電車の中から、理恵は目ぼしいものを次々に指さした。すずらん型の街灯で有名な本通りショッピング街、原爆後は一部しか残らなかったが、今ではすっかり再建された福屋デパート。原爆で破壊された街の記念碑として、永久保存されている建築物の残骸、原爆ドームなど。

電車を降り、平和公園へ向かった。芝地には木がたくさん植えられ、歩道が十字に交差している。公園内にいるのはほとんどが日本人だが、中には外国人の顔も見える。もしかして、清二がいるのではないかと、半ば期待して見まわした。

理恵と一緒に長い列に加わって、資料館の展示物を黙々と見て回りながらも、清二のことが頭から離れなかった。地勢図のようなやけどの痕がある男の背中の写真があった。放射能を浴びて、弁当箱の中身は黒いかたまりになっていた。針は溶けてなくなっているが、その影が八時十五分を示している時計なども展示してある。ぐったりと疲れて外に出ると、光がまぶしかった。

元安川のほとりを歩いた。「ここが爆心地です」理恵が石の碑文を指した。バーバラが屈んで石面に手を触れたとき、腕に電流が走るような感覚を覚えた。立ち上がって周りを見渡すと、橋を渡っている人々や、公園のベンチに腰掛けている人々が目に入った。アイスキャンディーを手にした男の子のあとを、母親が追いかけていく。八月の暑い日だ。二十年前も、普通の八月の暑い朝で、道路は埃っぽかったにちがいない。清二は歯が痛くて寝ていた。顎を縛っていた手ぬぐいを想像する。美智は、薄く切ったレモンを思い浮かべながら、料理をしていただろう。

「あの日、あなたはどうしていたの？」理恵に聞いた。

「小さかったので何も覚えていません。でも母の体験を父が語ってくれました」二人は、歩をゆるめた。「母は、わたしをおぶって畑でさつま芋を掘っていました。すると、強烈な閃光と耳をつんざくような轟音がとどろき、一瞬にして地面に叩きつけられました。我にかえった母は、父を探しに比治山のふもとを廻って通りを走っていくと、筆舌に尽くしがたいような光景を目にしました。いたるところに死体が散乱し、あちこちからうめき声が上がっていました。女の子が、自分の目玉を手にしていたそうです。不気味な紫色の光を放つ巨大なきのこ雲が、街全体を覆うようにむくむくと立ち上っていきました。この世の終わりかと思ったそうです。父を見つければ皆一緒に死ねる。でも黒い雨が空から降ってきたので、わたしを自分の着物で包みこんで、家へ連れ帰ってくれました。おそらく、そのおかげでわたしは放射能を免れたのですが、母は亡くなりました」

理恵の口調は、終始冷静だった。「それでは、アメリカ人を憎まないわけにはいかないわね」とバーバラは言った。

理恵は、首を振った。「日本は戦争中、他国を侵略していました。日本軍はずいぶんひどいことをしました。ここ広島でも原爆のとき、朝鮮人はいうなれば奴隷同然の扱いでした。犠牲者の名前すらわからないのです。いったいどうしたら放射能は消せるのでしょうか？　どうしたら原爆を廃絶できるのでしょうか？　人々がその恐ろしい結果を認識しさえすれば、多少望みがあるはずです。だからわたしは、父の話を書くのです」

「お父さんは、他人には恥ずかしくて言えないような偶然で助かったとか？」

「ええ、このすぐ近くの練兵場にいたんです。爆心地からわずか九十メートルのところでした。そのときのことを話してくれるように、父に言ってあります。父は、先生に聞いていただけるのを喜んでいます。今夜話してもらいます」

夕方、理恵がてんぷらを揚げるのをバーバラは手伝った。横萩さんは、酒を飲みながら、新聞を読んでいた。夕食の間、横萩さんの日本語まじりの英語と、バーバラの片言の日本語で、ちぐはぐながらも会話がはずんだ。食事の後、理恵は自分の部屋から原稿を持ってきた。「これは、今書いている原稿です。父の人生を描いた部分もあります」バーバラの前に原稿を置いた。

バーバラは手描き原稿をぱらぱらめくった。「ずいぶん書いたのね。もう一部作っておくといいわよ」

理恵は首を振った。「いいんです。内容は暗記しています。今から聞いていただけますか?」

「ええ、お願い」三人は、畳の上に座り直した。

理恵は父親に軽く頭を下げてから読み始めた。「私の父、横萩昭一は、前にお話ししたように、賤民と呼ばれた身分の出身です。しかしながら、一兵卒として上官に可愛がられました。原爆が投下された日は、これもさっき言ったように、練兵場で、他の兵隊たちと行進の訓練を受けていました。父が小用の許可をもらったのは、朝八時少し過ぎでした」バーバラが横萩さんの方を窺うと、横萩さんは娘に目をじっと注いでいる。「上官は許可しました。簡易トイレは粗末な小屋でしたが、それが父の命を救いました。中にいるとき、爆弾が強烈な閃光を放って炸裂し、まるで地球の芯から雷が噴きあがるような音がしました。トイレも近くの木々も、一斉になぎ倒され、中にいた父は押しつぶされました。でも何とか身動きができたので、やっとのことで外にはい出しみると、ほとんどの兵隊たちは一瞬にして死んでしまったか、息も絶え絶えになっている者もいました。頭上には、重苦しい黒い雲が覆いかぶさっていました。丸太棒のように黒こげになっていました。父は噴塵で目を焼かれ、見えません。どうやって生き延びたのか？　まさに悪夢です。亡霊なのかもしれません。あたりはどこもかしこも、目をそむけるような壮絶なありさまで、それこそ仏教でいう地獄絵でした」

「でも、そのとき、『お水、ください』という戦友の声が聞こえました。父はその人を背負い、川の方へ走りました。途中、仲間の兵士たちが、弱々しい声で何か訴えていました。兵士が最後に口にすることになっていたのは、『天皇陛下、万歳』でしたが、実際口から出たのはほとんど、『水』とか『お母さん』でした。父は、必死に助けようとしましたが、みんな息絶えました。母とわたしのことを心配して、家に飛んで帰ってきました」

「釘が背中にささり、体中焼けただれていることに、やっと気がつきました。それでも、街の中心地にとってかえし、そのまま何日間も休まず必死になって、痛手を負った者を助けたり医者の手伝いをしたり、死体を焼却したりと、あらゆることをしました」

「父は、戦場での真の勇気を発揮したのです。これこそが、どんな差別をも乗り越えてきた力でした。母が死んでしまってもくじけず、どう生きるかをわたしに示してくれました」

理恵は、父親に何やら言って一礼し、父親も何か呟きながら頭を下げた。

「お父さん、立派ね」バーバラは、理恵に言う。

「ええ」

しばらく、沈黙があった。バーバラと横萩さんはじっと見つめ合った。今、日本兵の目の奥を覗いている。これが敵だったのか。

横萩さんは自分の部屋から、大きな刀を持ってきた。部屋のまん中にすっくと立って真剣をかまえ、何度も勢いよく振った。

「父は先生に、この刀をお見せしたかったのです。戦争中の武勇に対して下賜されたものです。上官から、後でもらったと言っています。占領軍には隠していました」

ひとしきり真剣の型を示した後、横萩さんは自分の部屋に戻り、錦織の小箱を持って現れた。彼が言った。「あなたに、広島の特産品のヌードルです」

「これは、父の店で売っていたものです」

バーバラが箱を開けると、サイズの揃った広島針《ニードル》が、きれいに並んでいた。「まあ、ありがとう。これは素晴らしいですね。使わせていただくわ」父娘は二人とも嬉しそうだった。バーバラは、二人を抱きしめたい衝動をやっとのことで押さえた。「何もかも話していただいて、ありがとう」

「こちらこそ。聞いてくださってありがとうございます、センセイ」

「わたしの方が、あなたを先生と呼ばなくては」

「それでは両方とも、先生ですね」理恵の目元がほころんだ。

バーバラは、理恵が部屋のまん中に布団を二組敷くのを手伝った。二人は布団に入り電気を消した。棚の上の彫刻の頭部に、暗がりの中でじっと見詰められたのを思い出した。「理恵、押し入れの中の彫刻は何?」

「あれは、わたしの頭像です。葬祭を学ぶ専門学校で、課題として自分の頭部を作ったのです。驚かせましたか?」

「ええ、驚いたわ」

「ときどき、もう捨てようと思ったこともあるのですが、でもどこへ? 粘土の中には、人骨が入っているんです」

「ええっ、頭蓋骨が?」

「ええ、まず頭蓋骨を土台にして、それに粘土をつけていって、頭部を再現していきます。こうやって、死んだ人の顔を、新たに作ることを学びます」

「そんな度胸が、どこから湧いてくるの?」

「広島の人間はだれでも、度胸が備わっているのです」

「恋はどう? 被爆者が人を好きになるのは難しい? ずっと関係を続けていくのは難しい?」

「被爆者も、それぞれ違います」理恵は、少し間を置いて言った。「岡田さんは明日広島にいらっしゃるかしら?」

「さあ、どうでしょう。あの人には、ずいぶんひどい目にあわされたの」バーバラはつい口をすべらせた。

「岡田さんにですか?」

「ええ。わたしにとって、とても大事な手記のことでね」

しばらく沈黙があった後、理恵が静かに口を開いた。「お気の毒に、バーバラさん」

三十

翌朝、理恵は、平和行進のための標語「ノーモア、ヒロシマ」と「NO MORE HIROSHIMA」を板に書いた。横萩さんが、板に持ち手をとりつけてプラカードを作った。

「先生、わたしと一緒に行かれますか、それとも岡田さんをお待ちになりますか？」

バーバラは、窓から街ゆく人々の様子を眺めた。清二を探している。「一緒に行くわ」

「お父さんは参加しないの？」階段の踊り場で聞いた。

「父は人込みが苦手なんです、特にこの暑い時期は」

最後の踊り場から下りようとしたところで、清二が上ってくるのに出くわした。バーバラは立ち止まって、手すりをつかんだ。

「これから平和行進に行くんです」と理恵が言った。

「そう」

三人は無言で、階段を下りた。清二は、右手に白いふろしき包みを提げている。歩道わきで三人とも立ち止まった。

「早く話さなくては、と思っていたんだ」清二が言う。

「そんなに早くというなら、なぜ昨日来なかったの？」バーバラが応じる。

「君は遠路はるばる来たので、疲れているのじゃないかと思ったんだ」

バーバラが揺れる心のまま、理恵に目を向けると、理恵は小声で言った。「清二さんと一緒に行ってください。きっと大事なことだと思います。では今晩ね、先生」理恵はそう言うと、路面電車の停留所の方へ急いで行ってしまった。

バーバラは、清二から目をそらせて、反対側の建設現場の高いフェンスを見つめた。「あなたの茶碗を割ったわよ」

「そうか」長い沈黙があった。「しょうがないよ」清二はバーバラに目をそそいでいる。「中本先生を安置してくる」清二はふろしき包みを少し持ち上げた。美智の骨壺が入っている。「一緒に行かないか？　話したいこともあるし」

「ええ」二人はトラックに乗り込み、清二はふろしき包みを二人の間に置いた。バーバラは、四角いふろしき包みに、深い眼差しを投げかけた。

やがて街の西のはずれに来た。曲がりくねった狭い道を、高台へと上っていく。「ここが、己斐といって、中本先生とぼくが育ったところだ」清二は石塀を指差した。「子どもの頃、あの塀ぎわを走り回っていた」

バーバラは、よく見ようとトラックの窓から身を乗り出した。「あの石塀は原爆にやられなかったのね」

「己斐には、まだ残っているところがたくさんある。中本先生とぼくの家の辺りもね。行ってみる?」

二人はトラックを降りて、坂をゆっくりと上った。

瓦屋根の大きな木造家屋の前で立ち止まった。周りには塀がめぐらせてある。「ここが、中本先生の子どもの頃の家だよ」

「ここが? この家に住んでいたの?」

「そう。でも、今では住人が代わっている」清二はおもむろに隣の家に顔を向けた。「向こうの家が、ぼくの家なんだ、そのままだ」

瓦屋根と丸窓があり、開いた戸口から畳が見える。垣根には朝顔が巻きついている。「その後、家の中へ入ったことは?」

「いいや、入りたくもない」

「美智さんとは、隣どうしに住んでいたのね」バーバラは通りを見渡した。手押し車を押した老婆が、歯の抜けた口を見せて笑いながら、お辞儀をして通り過ぎた。「二人とも、ここで生まれたのね」

「そう。だから、先生のことはよく知っている。ぼくたち子どもが川で泳いでいると、よく見守ってくれていた」清二は、丘の下の方を指差した。「ここからは見えないけど、すぐ近くに川がある」

「己斐川?」

「そう。ぼくは橋の上から水しぶきをあげて、飛び込んだものだ」

目に見えるような気がする。

か細い子供が、腕を伸ばして「ばんざい！」と叫んだかと思うと、しぶきを上げる。

「中本先生の家の裏側にあった茶室はとり壊されたけど、梅の木はまだ残っているはずだ」

玄関のベルを押して、庭に入らせてもらった。

武骨な枝の梅の木が三本あり、葉が茂っている。バーバラは、一番大きな木に手を触れた。赤みがかった茶色い樹肌には、小さな節が出ている。あたりを見回すと、地面は苔におおわれ、池の端には傾いた灯ろうと盆栽があった。ウメはここで生まれたのだ。「茶室はどこにあったの？」

「こっちだよ」清二は、庭のずっと端の方にある石塀のあたりに案内した。

「千恵さんは、どこに手記を埋めたのかしら？」

「茶室のそばだ」

「どうして壊してしまったの？」

「手入れが十分できなくて傷んでいた。それに今の持ち主は、茶の湯に興味がなさそうだし」清二の目には、今にも涙が浮かびそうだった。

「ウメが生まれたとき大変だった？」

「原爆の後は、怖いものは何もない」

庭を引き返す途中で、梅の葉を一枚とって手帳に挟んだ。トラックに戻り、さらに高台へと走らせた。

「これから、どこへ行くの？」

「三滝寺といって、中本先生を安置するお寺だよ」

トラックは丘を上っていく。包みが滑り落ちそうになったので、バーバラは思わず掴み、膝に乗せた。初めて会ったのは一年前で三号館の入り口で出迎えてくれた。「きっとお疲れでしょう?」バーバラの手を取り、しばらくギュッと握っていた。それなのに、今は遺骨になっている。

境内は、木々がうっそうと繁り、緑一色だった。墓石を見ながら通路を進む。清二は、二体の地蔵の前で立ち止まった。「この地蔵は、見つからなかった子どもたちを供養するためのものなんだ」右側にある小さ仏像を示した。「これは妹ので、岡田伊津子っていう名前が、札に書いてある」二人は黙り込んだ。「その隣の地蔵は、中本先生の妹、春のだ」

「並んでいるのね」

「そう、生きていたときのようにね」

寺の中に入ると、住職が現れた。剃髪に、白と黄色の法衣を着た、厳めしい風貌の老僧だ。清二はバーバラを紹介した。「中本美智子先生は、この人の日本のお母さんでした」

住職はお辞儀をした。「お悔み申し上げます」

二人は畳敷きの大広間に通された。清二がふろしき包みをほどき、白い錦織の箱を取り出すと、住職はそれを祭壇に置き、深々と一礼してお経をあげた。やがて、その箱を恭しく下げ、バーバラと清二に向き合って座った。紋織り模様の箱を畳の上に置き、蓋を開け、中からもう一つ小さな白木の箱を取り出した。身を乗り出して見つめていると、和尚は蓋を取り、陶製の壺を取り出した。黒と金のまだら模様のある黒褐色で、清二の作品だ。壺に目を落としている清二には、やつれが目立つ。和尚が清二の前に長い箸を並べ、白い四角い布を畳の上に広げると、清二はかすかにふるえる手で、壺の蓋を開けた。バーバラは息を止めた。灰とともに骨のかけらが入っている。清二は箸で慎重に小さな骨を取り上げ、白布の上に置いた。和尚が短いお経を唱えてから骨を布でくるむと、三人は立ち上がった。

骨の包みを持った和尚が階段を降り、墓地へと案内した。「壺はどうするの？」バーバラは、清二に小声で聞いた。

「喉仏だけお墓に安置して、壺はお寺の特別室に置いておくんだ」

墓石は、みかげ石の土台に立っている。中本家の墓は大きな樟の根本にあった。清二は穏やかな声で、美智の両親も弟の正一もウメも、もうそこに入っているという。墓石の下には、美智のために場所があけてあった。和尚に続いて、清二も何か言う。「さあ、君も。バーバラ・ジェファソンがここに来ている、と言ってあげるといい」

バーバラは、言われたように報告し、包んだ骨を和尚が墓石の下に入れるのを見つめた。清二は前へ進み出て、上着のポケットから白い封筒を取り出し、その中に入れた。おそらく、写真かお別れの手紙だろう。

最後のお別れに頭を下げてから、二人はトラックに歩いて戻り乗り込んだ。清二は頭を垂れたまま、片方の手で顔を覆っている。バーバラが身を寄せ、片手で抱きしめると、彼も手を取った。清二はやがてトラックを発車させ、寺を後にしてさらに丘を上った。バーバラは、どこへ行くのかを尋ねもしなかった。急なカーブをいくつも曲り、どんどん上った。「喉仏って何？」

「ここの骨だよ」と言って喉を指した。「声帯を守っている骨のことだ」

バーバラの目から涙が吹き出した。

清二はトラックを道の傍らに停め、エンジンを切った。「ここが三滝山。中本先生の手記の中に、家族で栗を拾いにきたと書いてあっただろう?」

二人は林に足を踏み入れた。バーバラは木々をゆっくりと眺め、落ち葉のカーペットを踏み、シダにおおわれた倒木をまたいでいった。美智はこの地を駆けまわり、弟や妹たちとかくれんぼをしたのだろう。猿のように元気に駆け回った、と美智の母が書いていた。

山の端に着くと視界が開けた。眼下の谷の先には広島の街が広がっている。

二人は、大きな岩に腰を下ろし、広島を眺めた。広島は広い島という意味だと、美智は書いていた。でもどちらかと言うと、幾筋もの川で分割された、細長い半島がつらなっているようだ。山の上から眺めると、川はおおかた右の方に向かって流れていて、きらきらと陽を反射させながら瀬戸内海に注いでいる。指のような形のところには家々がぎっしりと建ち、中央部分には高い建物がかたまっている。その近くの緑の部分が平和公園、つまり爆心地なのだ。

「原爆投下後、この下の方に見えるところは、己斐以外全て廃墟と化した。建物は五、六棟残っただけで、あとは一面灰と瓦礫だった。あの山が比治山だ」と言って、ずっと向こうの小さな山を指差した。「あの辺りは段原町といって、原爆の威力から少し離れていたので家がいくらか残っている。段原町と己斐は、広島の中でも、完全には破壊されなかったところで、宇品港の近くにも家が少し残っている」

「己斐が少しでも残っていてよかったわ」

「よその家は無くなってしまったのにうちだけがどうして残ったのか、ほかの人は死んでしまったのに自分だけがどうして生き残ったのか、自分たちは亡くなった人の命で生きているのではないか」

「これが、中本先生とぼくを結びつけているものだった。ぼくの代わりに、なぜ妹が建物疎開の作業中に死ななければならなかったのか、なぜぼくではなかったのか。この気持ちは、中本先生にはよくわかっていたはずだ。中本先生も、弟と妹が死んでしまったのに、自分は母親のおかげで奇跡のように助かったということで、苦しんでいた」

「ぼくたちは、普通の恋人同士ではないんだ。同じ体験をしたという運命で結び付いていた。爆発で、砕け散った者同士が結ばれたということだ」清二は手の平を固く合わせた。「この気持ち、わかるだろうか」

たんすの中にある、変形したガラス瓶のことを思い出した。「ええ、わかるわ。あなたの言うことはとてもよくわかる気がする」

「ぼくは、本当のことを全部、君に話すと約束した。恥さらしなこともね」清二は、たばこに火をつけ、しばらく煙から顔をそむけて目を閉じていた。深く息を吸い込んで、背筋を伸ばした。「叔母と母が東京に移り住んだあと、中本先生も小平に来たので、前にも言った通り、ぼくたちのところに住むようになった。そのうちに、お互いに安心して、頼り合うようになっていったんだ。ぼくたちはある意味で一つの家族のようになった。それも、ウメのことを心配して結びついていた」

「叔母は、ぼくたちが親しいと気付くと、中本先生を警戒するようになって、ぼくに言ったんだ、我々の過去を知らない若い女性と結婚し、家系を絶やさないように子どもを持て、とね。でも、ぼくは放射能の影響を子孫に残したくない。おそらく、子どもに放射能による障害が出てくると思う。それに美智子さんに対する義務感から、ウメのこともぼくが世話をしなければ、と思うようになったんだ」

清二が、美智子さんと名前で呼んだのを初めて聞いた。

「なぜ結婚しなかったの？」

「本当は、そんなに愛していたわけではなかった。ぼくは意気地のない人間だ。一方では叔母と母の気持ち、もう一方では美智子さんの気持ちのはざまにたつ、何もできない臆病者なんだ。ぼくたちは鷹の台にそのままいた。美智子さんと叔母は、嫁と姑のような関係だった。日本ではこの問題はむずかしくて、ましてや、結婚していないぼくたちの状態ではなおさらだった。それに、美智子さんはかなり気の強い人だった。ああそれにウメの世話を他人に任せて仕事に出かけるのが、叔母は気に入らなかった。ある日、叔母といがみ合いをしたとき、ぼくが美智子さんの側に立たなかった。これが決定的なことになった」

「何かあったの？」

「真夏だったと思うけど、美智子さんはウメに手伝わせて梅酒を作っていた。梅の実を処理したり、大きな梅酒瓶を準備するのに手間取っていた。畳敷きの広間に保管するために、ウメが瓶を運んでいたとき、転んだ拍子に畳に梅酒をぶちまけてしまった。ぼくが隣の部屋で本を読んでいると、叔母の大声が聞こえてきた。『ほんとにどうしようもない子なんだから！』それを聞いて、美智子さんもウメに大きな声でどなった。それまで、娘にそんな風に大声をあげたことがないのに。ウメは泣きながらかけ出していったが、叔母はかまわず大声で叱っていた。美智子さんとウメは厄介この上ない、と言うんだ。『あんたがおらなんだら、うちの甥は、今頃は若いおなごと結婚しとったじゃろうに』」

「美智子さんはぼくがいた部屋を通りかかった。入口のところで足を止めた。『叔母さまがおっしゃったこと、聞いた？』彼女の目は、射るようにぼくに注がれていた。『うん』ぼくは、それ以上何も言えなかったばかりか、身動きもできなかった。玄関をかけ下りていく美智さんを追いかけるべきだったのに、ぼくは工房へ入ったんだ」清二は、両手で顔を被っている。「ぼくは一晩中工房にいた。翌日には、美智さんもウメも、もういなかった」

「出ていったの？」

「うん。必死に探したけど。見つけられないまま年月が過ぎた。時がたつにつれて一生懸命に見つけようとはしなくなった。ぼくにも意地があって、こう判断したんだ、美智子さんはぼくの気遣いも、家の中でのぼくの微妙な立場もわかってくれないと。叔母は、ぼくと母を長い間面倒みてくれた。叔母には恩義を感じている。福山にいたとき、ぼくも母も病気がちだったしね。叔母がいなければ工房を持てなかったと思う。後になってわかったけど、美智子さんは苦労を重ねていて、はじめの頃は下宿屋のようなところに住んでいたらしい。ウメを受け入れてくれる施設をやっと見つけ、小平女子大学構内に移った。間もなく、ウメが原爆症だということがわかり、それからは大変つらい思いをしていた。ぼくは謝って、戻ってきてもらいたいと懇願しながら、何とか力になろうとした。でも美智さんは聞き入れてくれない。一人で悩み苦しみ、娘の病にも死にも一人で耐えたんだ」

「バーバラ、中本先生は自殺したのかと何度も聞いたよね？　ぼくはそうだと思う。あの人は、自殺したんだ。根本的な理由は、ぼくが意気地無しなのと、十分優しくしてあげなかったことだ。本当に悪かったと思う」清二はバーバラの目を見た。

「叔母さんとの諍いはいつだったの?」バーバラは清二の腕に優しくさわった。

「一九六一年の夏だった」

「何年も前でしょう? 美智さんの死の四年も前よ」

清二は、かぶりをふった。

バーバラはさらに近くに寄って、肩に腕をまわした。「こんなに苦しんで……おそらく自殺じゃないと思うわ。あるいは本当だったとしても、複雑な感情が入り混じったのよ。あなたも言ってたじゃない、ほかの人の心を知るのは不可能だって」

「手記の中にあの人の心が表れている。ウメがいなくなった今、何のために生きるのかと問うていた。自分は心の白血病だと言い、体も白血病にかかっているのではないかと思っていた。でも決定的な絶望感は、さっき言ったように、悲しみを一人で背負っていたことにある」

「美智さんは、そう書いている?」

「それとなくね」清二はバーバラに目を移した。「だからぼくは手記を破いたんだ。ぼくのやってしまったことが心苦しかった」

二人の車は丘を下り、市街地に戻った。バーバラは茫然と、車の窓から外を眺めていた。己斐を通り抜け、橋を渡り、市の中心へ入った。

「あの手記をわたしに読ませたくないのなら、どうして捨ててしまわなかったの? なぜわざわざ書きなおしたりしたの？」

「君を失いたくなかった」

「なぜ？」

清二は、答えない。

もう一つ橋を渡るとき、清二が口を開いた。「ここは元安川といって、原爆投下直後、千恵が美智を必死になって担いできたところだ」

バーバラは、陽にきらきら輝く川面を見つめながら、この川に死体がぎっしりつまったという光景や、千恵が美智をおぶっていた様子を思い描こうとした。

「広島では、原爆の記念日に、亡くなった人を供養するためのお盆があるんだ。この日は、死んだ人たちの霊が家に帰ってくると信じられている。夜になると、川に灯ろうを流して、安住の地に霊が戻っていくように祈るんだ」清二はまた口を開いた。「今夜は、美智子さんやほかの人の霊を送るために灯ろうを流すけど、君も来る？」

「ええ、行くわ」

夕食のとき、理恵と横萩さんは、段原町の猿候川でお盆の精霊流しをすると言った。段原町は原爆投下の前に理恵たちが住んでいたところだ。「わたし、清二さんと一緒に元安川に行くことにするわ」とバーバラは理恵に言った。

「じゃあ、先生は仲直りなさったんですね？　よかった」

バーバラは、理恵の手を取った。

「わたしたち一歩前進しましたね、先生」

清二は、明るいうちに迎えに来た。元安川の両岸は大変な人出だった。清二がトラックの荷台から精霊舟を降ろすのを、バーバラは手伝った。舟は藁でできている。まん中に小さな紙の灯ろうがついていて、ろうそくが立ててある。灯ろうには墨で名前が書かれていた。美智、ウメ、千恵、江、彼女のその他の親族と、清二の家族の名前など、全部で十六もあった。清二がろうそくに火を灯すのを、バーバラはじっと見つめていた。二人はほかの舟と一緒に、自分たちの精霊舟も川面に浮かべた。人々は、自分の舟を流れに乗せようと、手や棒を使って押し出した。清二もやっと舟を流れに乗せると、バーバラと一番目の橋のところに走っていって、舟が通り過ぎるのを見守った。まわりも川面も暗くなっていて、何百という灯ろうの黄色やオレンジ色の光が水に映え、亡くなった人の霊がそれぞれの安住の地に戻っていく。

「美智子さんの舟、見える?」清二が言う。「一番明るく燃えているやつ」

バーバラは清二に目を向けた。「美智の手記ね」

「うん、一部だけどね」

「一九六一年の?」

清二は頷いた。「ほかのは、もう燃やしてしまった。その灰も、お墓に安置した」

「あの封筒の中に!」

「うん……そして一部は壺の中だ」

バーバラは、明かりの灯った舟がわずかに上下に揺れながら、流れに乗って橋の下を滑っていくのを眺めていた。「何も言ってくれなかったのね」

何百もの精霊舟が海の方へ流れていくのを見つめながら、川沿いを歩いた。向こう岸では盆踊りの人波の上に、長いきらびやかな色の龍がくねっている。

「もう一つ言わなければならないことがある」彼が言った。「ときどき、ぼくは君に、ものすごく嫉妬を感じていた。中本先生は、ぼくに、思い知らせるために、君にたんすを残したんだと思う。共通の被爆体験と暮らしの手記、それにたんすを、ぼく以外の人に託すということは、ぼくに対する仕返しなんだ。こんな言い方を許してほしいけど、あの人が君を気に入っているということは別にして、本当なんだ」

「わたしたちが出会ったことを後悔しているの？」

「そんなことはない」清二は激しくかぶりを振った。「大学の文化祭の日のことを覚えている？　楽焼の実演を見にきてくれたときのことを」

「ええ、よく覚えているわ」

「あの日から始まった」

もっと何か言ってくれるのを待ったが、清二はそれ以上は何も言わなかった。

二人は飲み屋の小さなテーブルについて、ビールを注文した。バーバラが一杯を飲む間に、清二は続けざまに三杯も飲んだ。飲み屋を出てしばらく川沿いを歩いた。やがて清二はホテルの前で立ち止まった。「ホテル・ハイアップ」とネオンで書いてある。「ぼく、ここに泊っているんだ」

二人は、身を反らせて最上階を見上げた。

「ハイアップというだけあって、とっても高いわね。いいホテル？」

「旅館ほどよくないよ。見てみたい？　川がよく見えるよ」

「見たいわ」エレベーターが上がっていくとき、頭が一瞬軽くなった。

ベッドとテーブルと椅子が一脚だけの、とても簡素な部屋だ。「旅館のほうがいいよ」と清二は笑った。

バーバラはベッドを見ないようにして、窓辺に立つと、清二も傍らに立った。はるか下の方では、灯ろう舟がゆっくりと流れていくのが見える。

「許してもらえないだろうね」

バーバラは窓ガラスに額をつけて、灯ろう舟を見下ろしていた。暗い川面に、光の花が咲いている。あやめの花をスカートに隠して、あやめ川のほとりを不格好に走っていくウメが見える。あのとき美智は、ウメを叱ってかわいそうなことをした、と思っていたようだ。今、霊魂になった二人が広い海へと流れていく。千恵も江も流れていく。バーバラはそのとき、名前をつけてもらわないうちに死んだ弟と母のことを思った。母の人生も、半分以上過ぎてしまった。

「許すわ、清二。許すどころじゃないわ」

「でも、以前のようには会えないね」

バーバラは振り向いて、清二の首に抱きついた。「もちろん、会えるわよ」

「バーバラさん」清二は彼女の名前を丁寧に呼んだ。「以前、ぼくは、人を愛せないと言った。でも、君だけは違う」

「もしわたしがこの地で被爆して、過酷な運命を強いられたなら、そんな理不尽な運命にがまんできない。運命と闘うわ。被爆したわたしでも、自分が好きになった人を愛するわ」

「バーバラならきっとそうだね」しばらくの沈黙のあと、清二はこう言った。「でも、君が被爆したら、今のようなバーバラではいられない」

三十一

　翌朝早く、清二はバーバラを横萩さん宅に迎えにきて、駅へ送っていってくれた。バーバラはこれから米子に行く。車の中ではほとんど口を聞かなかったが、二人の気持ちは、ぴったり寄り添っていた。

　駅に着くと切符を買う列に黙りこくったまま並び、少しずつ前に進んだ。

「離れたくないわ」バーバラは囁くように言った。

「車で送っていこうか？　実はそうしようかなと思っていたんだ」

「米子まで？」

「萩まで行こう。日本海沿岸の美しい町で、焼物で有名なんだ。いいところだよ。米子に着くのが、一日か二日遅れるけど」

「かまわないわ」

「地図を見てみよう」清二は駅の壁に貼ってある地図をバーバラに示して、広島から萩への道のりを指でなぞった。「萩まで送っていくから、そこから列車に乗ればいい」清二の指は、北側の海岸線をたどっていく。「ほんの二、三時間で行ける」

二人は顔を見合わせ、ほほ笑んだ。

「萩には、何時頃着くかしら？」

「今日の午後には着くよ」

「じゃ、今夜は萩に泊るの？」

「何泊でもいいよ」

「二日くらいなら……。太田先生が待っていらっしゃるから」

バーバラは、予定より遅れる理由を考えながら、緊張した面持ちで太田先生に電話した。「すみません、そちらへ行くのが少し遅れます」やっとこれしか言えなかった。

「いいですよ、いつでも。到着なさる日時をお知らせくだされば。きっと広島で、ショックを受けたのでしょう」

清二は電話で萩の宿に予約をし、バーバラの荷物をトラックに運んだ。

自分のスーツケースはもうトラックの荷台に積んであった。「どうするつもりだったの？」

「萩まで行こうと思っていたんだ」清二は歯を見せた。

「もう決めてあったのね」

「決めてはなかったけど、そうなるといいなとは思っていた」

車は、街なかを通り抜け、緩やかにうねる道を田園地帯に入った。広島で数日を過ごしたあとは、すべてが素晴らしかった。みかん畑にも、土の香りのする風にも、生き物が成長していく姿にも、自分の手を包む清二の手にも、胸が躍る。清二と身を寄せ合って腰を下ろした。バーバラの髪が風に吹かれて清二の頬を撫でる。もう一方の手で髪を束ねスカーフで結んだ。「だめだよ」清二は、スカーフを取り、バーバラの髪を手でつかみ、自分の顔に当てた。

車は木々の生い茂る深い渓谷を臨みながら、山あいを登っていった。津和野に着くと、車を降りてこわばった脚を伸ばした。津和野は名の知れた古い城下町だと清二は言う。茅葺の家々や店を覗きながら、狭い通りを歩いた。途中、北斎の作品のある小さな美術館に立ち寄った。富嶽三十六景があった。清二が、一枚の版画を指した。「これは、東海道のある峠の景色で、ぼくたちが行った箱根のすぐ近くだよ」

トラックに戻ってからバーバラは聞いた。「あのとき、どうして箱根から突然帰ってしまったの？」

「それまで経験したことのない気持ちになって、怖かったんだ」

「若い頃恋をしたことあるんでしょう？」

「幼い恋しかない。戦争、原爆症と続いて、それから中本先生のことがあったからね」

バーバラは清二の肩越しに窓の外を眺めながら、わたしたちの恋を美智はどう思うだろうか、と考えた。美智の驚く顔を想像した。わたしだって知らなかった、全然知らなかった、とバーバラは美智に言いたい。清二の顔に眼差しを戻した。今ではすっかり見慣れた横顔だ。清二が昨日、お骨を墓に安置したことを美智が知ったら、きっと清二のことをすべて許すにちがいない。手記を書き直したことも、許す気がする。

「きのう、三滝寺へ連れていってくれてありがとう。それに、あなたと美智さんが育ったところも案内してもらってよかったわ。決して忘れないわ」

「ぼくは忘れたいよ」

もう一度トラックを停めて、昼食をとった。そのうちにバーバラは、清二の肩に頭をあずけて眠ってしまった。清二がバーバラの腕にそっと触れた。

「さあ、着いたよ」

静かな趣のある宿だった。部屋は大きく、引き戸を開けると専用の庭に出られる。眼鏡をかけた物静かな主人が、夕食にするか風呂にするか聞いた。バーバラを見ようとはしない。清二は、自分たちのことを何と言ったんだろう？　チェックインのとき、夫婦だと言わなかったにちがいない。

女風呂には、誰もいなかった。そそくさと体を洗い、木綿の浴衣を着て、部屋に戻った。

寝室とは別の座敷で夕食をとる。なじみのない料理ばかりで、ほとんどが魚などの海産物だと清二はいう。調理されたウニが二個添えられている。バーバラには食べることが想像できない。清二は、とげのある表面をおもむろにひっくり返し、箸で身を丁寧に口に入れた。

「あなたのことをすべて知りたいわ。赤ん坊の頃はどんなだったの？」

清二は笑った。「覚えてなんかいないよ」

「じゃあ、最初の記憶ってどんなこと？」

「お正月に貰った、赤い縞模様のキャンディーかな。それから、子どもの頃、友だちの弁当を盗っていざこざになってね」にこやかだった清二の顔が、しだいに曇った。「いつも空腹だった。あの頃は、お腹いっぱい食べたような気がしなかった」しばらく間をおいて言った。「君の最初の記憶は？」

「一つは、居間の壁にかかっていたきつね女の掛け軸よ。よく父の膝の上に立ちあがって、眺めたの。日本と関係があるって知らなかったけど、何か謎めいたものを感じて、いつも遠い国に憧れていたように思う」

「それが、何だかわかった？」

「何も」

部屋には、もう布団が敷いてある。二人は、開け放した縁側に座っていた。小さな池に月の光が輝き、時折、カエルの驚いたような鳴き声が聞こえる。ちょうど琵琶を指ではじくような声だ。

「蛙は、元のところに帰るという言い習わしがあるんだ」

「わたしも戻ってくるわ」

二人は月の光をあびて、着ているものを脱ぎ、畳に身を横たえた。清二は、バーバラの髪をかきあげ、首筋に唇を押しあてた。「キレキッ」

「バーバラって言って」

「バーバサン」清二はバーバラの顔を両手で挟んで、じっと見つめた。

「清二、好きよ」

清二はバーバラの胸に顔をうずめた。

「わたしのことも、愛してる？」

「うん」くぐもった押し殺したような声だった。

翌日は、海へ出かけた。沖の方には、樹木におおわれた島々が浮かんでおり、波が静かに打ち寄せている。靴を脱いで、波打ち際を歩いた。清二は、トラックから持ってきたタオルを広げた。

二人は腰を下ろして、海に浮かぶ島々を眺めた。バーバラは目を閉じたまま清二にもたれ、波の音に耳を傾けている。「この瞬間が、永遠に続くといいのに」

砕けた波が砂浜から足元に広がる。

「そうだね。でもだめなんだ」

「どうしてだめなの？」

清二は口元を緩めた。「君はいつも、どうしてだめなのって言うね」

その晩、清二が眠った後、バーバラは長い間、蛙の騒々しい鳴き声に耳を傾けた。夜中に目が覚めると、清二がいない。開けた戸口のそばでたばこを吸っていた。バーバラもそっと傍らに腰を下ろした。外は、月もない暗闇で、もう蛙の鳴き声もしない。「何を考えているの？」

「君は、明日になると行ってしまう」清二は、バーバラの手を取って唇を当て、自分の浴衣の胸に引き入れた。

翌朝、車は石見益田の町まで海岸線を走った。列車はもう駅に入っていた。プラットホームには、人影がちらほらと見える。お互いにぎこちないお辞儀をした。

「萩でのことは忘れないよ」清二の熱い息が耳元から入ってきた。

「いつかまた、ここに来ましょうね」

バーバラが列車に乗り込んだ。清二は窓の外から、真面目くさった顔でバーバラを見上げた。列車が動き出すと、清二は手を上げた。バーバラは、清二を眼の中にしっかりととらえ、列車がカーブを曲がるまでじっと見つめていたが、やがて見えなくなった。

列車は小さな町を離れた。左側には紺碧の海が続く。荒々しい岩に波が激しくぶつかり砕け散る。右側には、目に染みるような緑一色の田んぼが広がり、稲の穂がかすかに揺れている。この地は何と美しいのだろう。列車の通りすぎるすぐそばの緑なす田の中に、小さな赤い鳥居が見えた。農耕の神社だろう。きっときつねの像があるはずだ。掛け軸のきつね女を思い出した。バーバラはきつねの路に足を踏み入れ、いつの間にか、母親よりも奥深く、日本という国に入り込んでしまった。

海側に目を戻すと、しだいに眠りに誘われた。「いずもー、いずもー」という車掌の声に目を覚ました。オーと伸ばす語尾は哀調をおびていた。バーバラは、江が昔の出雲の国の出だということを知っていたが、今でも本当に出雲という名前の町があるとは思っていなかった。

列車は走り続け、海が見えなくなったかと思うと、またすぐに左手に広い水面が見えてきた。向かい側に座っている小学生に聞くと、宍道湖だという。江がそのあたりで暮らしていた、と美智の母千恵の手記に書かれていた。わたしは今、江の、千恵の、美智の故郷に来ている。この地の光はどことなく違って、神々しいまでにまばゆい。

松江の町は宍道湖のほとりにある江の故郷だ。列車は、往時のままの松並木や旧い家々をゆっくり通り過ぎていく。バーバラの心にひたひたと歓びが押しよせた。車や電線のほかは、百年前と変わらない光景だろう。

松江から三十分ほどで米子に着いた。太田先生と姪の桂子が車で迎えにきていた。やがて、石塀のある大きな家が見えてきた。玄関の脇にある洋間は、まるでイギリスのビクトリア朝のような部屋だ。織布のソファにベルベットの肘掛椅子、古めかしい房飾りの笠が乗った電燈、それにピアノもある。和室をいくつも通り、一番奥の茶室にバーバラは泊ることになる。

「まあ、すてき」飴色になった畳の部屋を見まわすと、床の間には、みずみずしい花が生けてあった。開け放たれた縁側には緑陰が広がっている。

「今夜はごちそうです。伯母の作品が完成したので、一緒にお祝いの会をしようとお待ちしていました」と桂子が言う。

「『畳の下絵』のこと?」

今度は、太田先生が応じた。「そうなんです。やっとジェイムズ氏を完成しました」

バーバラが、風呂から出てお祝いの席が整った部屋に戻ると、太田先生の原稿が、大きな座卓のまん中に置いてあった。隣には、桂子の手製の梅酒が入ったデカンタが並んでいる。桂子の夫明弘が、太田先生のジェイムズの研究論文の完成と、バーバラの旅の無事を願って乾杯の音頭をとった。背の高い明弘は生真面目な顔つきだが、乾杯のときは相好をくずした。十一歳の悠司と六歳の夕子は、食事の間中ずっとバーバラを見つめていたが、そのうちに夕子がバーバラの膝に人形を乗せた。

「さあ、これでバーバラさんもうちの人よ」桂子は笑った。

しばらくして、桂子は子どもたちを寝かせるために出ていき、明弘も電話をかけると言っていなくなった。

バーバラと太田先生は梅酒を飲みながら、すっかり暗くなった庭を眺めた。蛍が瞬く様は、まるでゆったりとした静かな音楽を奏でているかのようだった。

「太田先生、お訊きしたいことがあります。中本先生が私に残して下さった手記のことですけど」

「ええ、どうぞ」

「あの中に、先生もカリフォルニアにいらしたことが書いてありました。とても楽しかったようです」

「嬉しいわ」太田先生は頷いた。

「たしか、ご親族を捜していらっしゃった中本先生をお助けになったんですよね」

太田先生は再び頷いた。

「どんな記録をお捜しだったんですか？　戦争中の日系アメリカ人の追放のことを言っていらっしゃったようですが、それは、その……収容所の記録ですか」

太田先生は咳払いをした。「ええ、でもそのときは、わたしたちには非公開だと言われました」

「今では公開しているのでしょうか？」

「さあ、どうでしょう。いずれにしろ、中本先生には残念なことでした。今となっては遅すぎますもの」太田先生は、ため息をついた。「もっとお手伝いできればよかった」

「カリフォルニアに先生を迎えて、中本先生もウメちゃんもとてもお喜びだったと思います」

「大したことはできませんでした。大変な時代でしたから」

「中本先生は、こちらにいらっしゃったことがありますか？　江さんの故郷を捜しに、松江に来られたのでしょうか?」太田先生は首を横に振った。「来たいと思っていらしたようですが、残念ながら機会がありませんでした」そして、バーバラに向き直った。「中本先生のことをよくご存じのようですが、その手記の中に書いてあるのですか?」

「ええ」

太田先生は、さらに先を知りたい様子だった。

「先生、覚えていらっしゃいますか？　美智さんがわたしに残して下さったたんすを。あの中に、梅酒の瓶がたくさん入っていましたね」

「ええ、そうでしたね。藤沢学長がお困りの様子でした」太田先生の頬がゆるんだ。

「梅酒の瓶に手記が巻きつけてあったのです。全部、毎年のお正月に書かれたものです。美智さんの手記も、お母様の手記もありました」

太田先生は、バーバラに深い眼差しを注いだ。「あなたへの貴重な贈り物ですよ」

「わたしにとっては、今までで一番大事なものです」バーバラは声を詰まらせた。「この上なく大切なものです」と付け加えて、清二のことを思い浮かべた。

太田先生は、杯を上げて言った。「それはそうと、この梅酒は、中本先生に教わったのですよ。先生がカリフォルニア滞在中に、姪の桂子に梅酒を作ってもらえないかとおっしゃったの。中本先生は毎年作ってきたから、一年でも抜けるのが気になったのでしょう」

バーバラは梅酒に目を落とした。「この作り方は、元々江さんから引き継いだということをご存知ですか？　江さんがそのレシピを持って、松江から嫁いだのです。それが娘の千恵さんへ、またその娘の美智さんへと受け継がれました。そして今ここでこうして、わたしたちが飲んでいるんです」

「まさに、この地の梅酒ですね」

二人で、江に杯を掲げた。

「明日、松江に行きましょう。バーバラさんは中本先生の代わりに行くのよ」太田先生が提案した。

翌日、桂子の運転で三人は松江へ向かった。太田先生が、古い稲荷神社に寄ろうと言う。「バーバラさんは日本のきつねに関心がおありだから、きっと面白いと思いますよ」両側に、松の木が植わった堀のあたりを歩きながら、バーバラは、江もここを歩いたことに想いを馳せた。この地から、美智の物語が始まったのだ。立ち止まって水面に目をやると、松の枝と自分の顔が映っている。美智は、わたしが来たことをきっと喜んでくれるだろう。引き継ぐ、ということばがバーバラの心にしっくりと収まった。

神社の入り口には、大きなきつねが何対かある。本殿へと長い階段を上った。階段の両側には、風化して黒ずんだ小さなきつねの石像が、延々と連なっている。「ずっと昔は、この神社はよく知られていました」太田先生が説明してくれる。「願い事をかなえてもらうために、どのきつねも奉納されたのです」

「先生にお見せした、古い一対のきつねを覚えていらっしゃるでしょう?」バーバラが言った。

太田先生は頷いた。

「あれはたんすの中にあったものです。おそらくこの地方のものだと思います」

「そうかもしれませんね」太田先生が日本語だけで話すのを聞くのは初めてだった。前を行く太田先生は桂子と日本語でしゃべり始めた。

きつねは何千体もありそうだ。ひと所にこんなにも多くの祈りや願いがあるのだ。階段をゆっくり上りながらきつねの小さな石像を眺めた。中には、ひょうきんな顔や、荒々しい表情のものもあるが、ほとんどが風雨に晒されて汚れている。耳や鼻や頭が欠けているものも少なくない。江が納めたきつねもあるかもしれない。陽光に輝く長い黒髪で、花柄の浴衣を着た若い女性を想像した。その江は広島で苦難に遭うとは、思いもしなかっただろう。その上、遠いアメリカで人生を終えるなどということは……。

バーバラは、神社の階段を上がりながら、美智が親族を捜すのに骨身を惜しまなかったことを、思い返した。電話帳で探したり、収容所記録を調べたりしていた。おそらく今では当時の記録も公開されているだろう。江の息子の一人はアメリカ軍にいた。軍には日本人はそれほど多くなかったはずだ。ましてや横川という名前の日本人は多くない。日系アメリカ軍兵士がたどった立場とその苦難の記事が、新聞や雑誌に載ったかもしれない。軍は、ワシントンに記録を保管しているはずだ。わたしの郷里のノースカロライナから、車でほんの五時間ばかりのところだ。ローリー新聞の取材記者に、どこから手をつけたらいいかたずねてみよう。母に、だれかを紹介してもらおう。

階段を登りつめたところで、太田先生と桂子に追いつくと、桂子は、神社の裏側にある穴を指差した。穴は本物のきつねときつねの霊の棲家だと言われている。バーバラがしゃがんで穴の中を覗きこんでいると、桂子が後ろから引っ張った。「鼻をかみつかれますよ！」

太田先生と桂子は階段を下りはじめたが、バーバラは立ち去りがたくて、両側のきつねの置物を眺めながらゆっくりと下りた。油揚げが供えられたきつねもあったが、神社を訪れる人はあまりいないらしく、意外に手入れが行き届いていない。水たまりに落ちているきつねを一つつまみあげると、顔が泥で汚れていた。

きつねを戻すと、葉蔭からかすかに物音が聞こえた。小さな赤褐色の動物が木陰から出てきて毛づくろいしていたかと思うと、矢のように繁みに戻っていった。バーバラが、枝を両手で掻きわけ、暗がりを覗き込んだ。やはりきつねだ。本物の子ぎつねだ。清二には迷信だと言われそうだが、何かお礼のしるしか、賜物のように思えた。

神社近くの小さな食堂で昼食をとり、松江から海沿いに走り、浜辺の温泉宿に泊ることになった。バーバラは車の窓を開けて潮風を吸い込んだ。また清二のことを想い浮かべていた。房総半島に行ったときのマスクをした清二、萩で寄り添って波打ち際に腰をおろしていた清二……。会いたい。清二のすべてが恋しい。今のこの瞬間も。

旅館に着くと、三人は広い座敷に案内された。眼下に広がる海を眺めながら、窓から入ってくる心地よい風を味わった。

女中が持ってきた浴衣を着て、露天風呂に行った。大きな岩と竹垣で囲まれている。入口のそばに、蛇口と洗面器と石けんがある。三人はお互いに背中を流しあった。太田先生の小麦色の肌には静脈が青く浮き出ていた。太田先生と桂子は、ゆったりとお風呂につかった。バーバラは、叔母や母と一緒に風呂に入ったことなどない。

　三人は一緒に顎まで湯船につかった。足下から、波が寄せるかすかな音が響いてくる。沈みゆく夕日が空をあかね色に染めている。空には淡いまん丸な月が浮かんでいる。「ああ、極楽ね」という声が太田先生から漏れる。

　バーバラは目を閉じた。温かい湯船に身をまかせ、桂子と太田先生の静かな気配を感じながら、波の音を聞いていた。

三十二

バーバラが東京に戻ると、益子にいる清二からはがきが届いていた。浜田先生の手伝いが忙しくて、いつ東京に戻れるかわからないと書いてある。一緒に過ごした時間のことや愛情を示すことばのかけらもない。清二はいつだってこうだ、とバーバラは今さらながら思う。

一週間ほどして、清二の家に電話をかけたが、だれも出ない。数日後もう一度電話をしても応答がない。鷹の台へ行ってみた。トラックは見当たらないし、工房も閉っている。門の呼び鈴を鳴らしたが、だれも出てこない。何だか心配になった。

一週間が過ぎ、二週間が過ぎた。バーバラは三号館にこもって、清二からの連絡を待った。

大学の授業が始まった九月の半ばになって、やっと電話があった。清二のことばづかいはわざとよそよそしく、こんにちは、お元気ですかと言う。

「ええ、おかげさまで。いつ戻ったの？」

「二、三日前です」清二は少しためらった後、切り出した。「母が病気になったものですから」

「電話をくだされればよかったのに。心配したのよ」

「明日の晩、神谷食堂で会いたいのですが。そのときお話しします」と清二は沈んだ声で言った。

翌日神谷食堂に行くと、清二はすでに例の写楽の版画の下に座っていた。かなり前からお酒を飲んでいるらしい。料理が来ても清二は箸をつけない。

「どうしたの？」

「やはり君とは一緒になれない。運命には抗えない」何だかメロドラマのようで、バーバラは思わず笑いそうになった。

「どういうこと、『運命に抗えない』って」

「ぼくはこれまで、あまりにも理不尽な生き方をしてきた」

「でも、今までのことは、しかたがないでしょう？　今までの身の周りのことを考えてみて。戦争や、叔母さんのことを。美智さんにそれほど情熱的になれなかったというのも、しかたがないでしょう。感情に嘘をつくことはできないもの」

「ぼくは美智さんを護ってあげられなかった」

「ウメが梅酒をこぼした日のことでしょう？　でもあなたはいずれにしろ、二人から去っていったんじゃない？」

清二は酒をもう一杯飲みほした。「ぼくたちが別れた後に美智さんが書いた、一九六一年の手記の中に俳句がある。『今宵また　衾に埋めて　一人おり』この句が、ぼくが彼女を死に追いやった証拠だ」

「わたしにはそうは思えない。美智さんは、悲しみに沈んでいたかもしれないけど、その後四年も生きていたのよ」

「ただウメのためにね。その後はもう生きていられなかったんだ」

「自分を責めすぎだわ。お願い、力にならせて」バーバラは清二の手をとった。

彼は首を振った。「無理だよ、君にはわからない」

「一緒にいたいの」

清二は口を結んだまま、テーブルに目を落としている。

「わたしを見ようともしない」

バーバラは突然勢いよく立ちあがって、食堂を飛び出した。外は突然の土砂降りだった。薄汚れた建物と、排水溝に押し流されたごみで、通りには侘びしさが漂っている。バス停へ走るうちに、髪の毛が顔にべっとりと張り付き、服はぐっしょり濡れた。遠くにタクシーの灯りが見えたので、バーバラは車道に踏み出して必死に手を振った。

三号館に戻り服を着替えて、階下の上田先生の部屋をノックした。「すみません、急いでお話ししたいことがあるんですが」

上田先生に玄関に招き入れられ、二人は座卓を囲んだ。

「率直にお聞きしたいのですが、中本先生はご自分で命を絶たれたのでしょうか？　寿美は、睡眠薬の瓶があったと言います」

上田先生は、窓の外の暗がりに目を泳がせた。雨はもう止んでいるようだが、軒から垂れるしずくの音が聞こえる。「いつかは起こることを、お急ぎになったのよね。ご自分は白血病に罹っていると思っていらしたみたいですから」

「診てもらったんでしょうか」

「ええ、そう思います。娘さんのウメさんと全く同じ症状で、極度の倦怠感があるとか言ってらしたわ。この病気で、多くの被爆者が亡くなっているという話をなさいました。だから、ああいう状態、つまり息絶えた姿で見つかっても、わたしは驚かなかったわ」上田先生はさらに続けた。「世話をしてもらえる家族がいないので、他人の重荷になることを心配していらしたの。ですけどもちろん……」上田先生は横を向いて、口に手を当てて咳をした。「三号館に住んでいるわたしたちがお世話したのに」

「そうですか。もう一つ不躾な質問をお許しください。岡田清二さんとは、何か関係はあったのですか？」

「おそらく、あの方は自分のせいだと感じていらっしゃるでしょう。でも、中本先生の死は、根本的には放射能の影響で起こる病気の結果なのです」

次の週末、バーバラは清二を訪問する口実として、借りていた中国陶器の本をふろしきに包んで返しに行った。

今年初めて、本格的に空気がひんやりと感じられ、清々しい日であった。紅葉し始めた木々の葉が、真っ青な空に映えている。バーバラは、男の子とその母親を追い越した。玉川上水に棒きれや草を投げている子供の上着を、母親はしっかりとつかんでいる。ゆるやかな水の流れに、小舟のような葉っぱが漂っていくのを眺めながら、国分寺方面へ通じる道を横切り、木立の暗がりを足早に抜けた。

鷹の台の商店街をゆっくり歩き、食堂を覗いた。開いていたが人影はなかった。

バーバラが工房の中に足を踏み入れると、清二が片足でろくろを回し、両手で粘土のかたまりを挟んで形成していた。最初清二はバーバラに気づかなかった。何とはなしに目を上げた清二は、バーバラが立っているのに気付き、ろくろから足を離した。ろくろの回転を手で止めると、やっと音が止んだ。粘土はひしゃげてしまった。

「ごめんなさい、だめにしてしまって」

「かまわない。驚いたなあ。でも嬉しい」

「本を返しにきたの」バーバラは、本を差し出した。

「ありがとう」清二は本に目を落とした。「お茶を一服いかがかな?」

二人は、以前と同じように、裏の通路を通って茶室に入った。

「掃除もしてなくて悪いんだけど」清二は座布団をとって外ではたき、また戻した。いつも訳に使っていた座卓は見当たらない。炉には炭もなく、お茶を点てる準備もできていなかった。「水屋で点ててくるよ」

バーバラは座布団に座って、水屋の音を聞いていた。道具の触れ合うかちっという音や、水の音がする。炉に火がないので寒々としている。それに薄い上着しか着てこなかった。初めてここに来たとき、清二は上着を貸してくれた。首筋が温かく、柔らかな肌ざわりだった。

抹茶を二碗持ってきた。もう以前のように、一碗を二人で飲むことはない。「お菓子が何もなくて、申し訳ない」

二人は向き合って座る。バーバラは教わったように、茶碗をおしいただいてから回して静かに飲んだ。手を洗ったはずの清二の爪には、まだ土がついている。

バーバラは茶碗を置いた。「清二、美智さんの死のことで、重大なことがわかったわ。上田先生がおっしゃっていたけど、白血病だったそうね。それで、死を急いだって」

清二は、茶碗に目を落としながら、飲み口を指先で拭った。口元が笑ったような、ひきつったような形に歪んだ。

「つまりその、ほかの理由で亡くなったのではないのよ」バーバラが続ける。

清二は口を開かない。

「あなたのせいじゃないわ」「ぼくが味方をしていれば、死を急がなかった」

バーバラは部屋を見まわした。掛け軸と盆石が飾られた床の間からにじり口、そこから見える松の木、そして清二へと目を移した。清二は身動きもせず、唇をかんでこうべを垂れている。自分の解釈が正しいと頑なに信じようとしている。

バーバラは立ち上がった。「もうおいとまするわ」

にじり口から出て、踏み石で靴を履いた。

清二の手を取ったバーバラは、胸が張り裂ける思いだった。「さようなら、清二」バーバラは彼の手をとった。「これは……」ことばにならなかった。「悲しいことだわ」

「ときどき会えるかな」

「ええ、会いたい。でも、もう会えないわ。こんなふうにはね」バーバラは、心がくず折れないうちに、足早に去った。

その後数日間、バーバラは講義にほとんど身が入らなかった。再びホーソンと原罪の問題に戻った。英会話クラスの学生たちは、ベトナム戦争のことを話したがる。今や戦況は激しさを増していた。バーバラは彼女たちと議論できるように毎日図書館に行って、戦争がどうなっているかという情報を得ようとした。夜には梅酒を飲んで寝る。

理恵が、「日本文学通信」に掲載した短編小説を、翻訳とともに送ってきた。去年の夏、バーバラに語ってくれた父親の半生を基にしたフィクションだった。理恵に、お祝いの電話をして、上京してこないかと誘った。

「先生、どうなさったんですか？　元気のない声ですが」

「清二とね……終わったの」バーバラの声は沈んでいた。

その翌日、理恵が上京して、一週間滞在した。理恵もバーバラの授業に出席して、午後は一緒に自転車に乗ったり、読書をしたり、買い物に行ったりした。鎌倉にも出かけ、坂道を歩き、初めての寺にも行った。バーバラは大仏の前に立ち、美智が一番気に入っていた景色を理恵にも見せた。大仏の肩は、「我々の悩みをすべて背負ってくださる」ように見える。

帰りの電車の中で、理恵が口を開いた。「先生と岡田さんは、たぶん以前のような関係に戻れると思います」

バーバラは力なく首を振った。「あの人は、過去にばかりとらわれているわ」

「でも、先生は、そんなことないでしょう」

理恵が帰ると、バーバラは、もう一度鎌倉の禅寺を訪れた。理恵に紹介してもらった寺で、住職が座禅を組むようにと声をかけてくれたのだった。週末はそこで二晩過ごすようになった。夜明け前に起きて、座禅を組む。薄暗いお堂の中で、ほかの人たちと静かに座っていると、平穏な時間が過ぎていく。

十一月初め頃、バーバラは淳子と寿美と一緒に、都心にある寺での反戦集会に参加した。演説あり、歌あり、最後はデモ隊列が蛇のようにうねる。一人の男性が、ハンドマイクでこう告げた。「我々を支持してくれるアメリカのＧＩが来ています」バーバラは自分と同じくらいの年齢のアメリカ人男性に目を向けた。集会が終わったあと、バーバラは駆け寄って自己紹介した。男性はＧＩではなく良心的反戦主義者だという。ベトナムで、傷ついた人や、親を亡くした子どもたちを支援している。

バーバラは男性にベトナムの状況を聞いたが、初めは返事をしなかった。

「話したくない気持ちはわかるわ。でもわたし、知りたいの」

バーバラを見る彼の目は暗く、険しいものだった。「ナパーム弾は、人間の肉体をどうするか知っているかい？　ぼくがベトナムを離れる直前に、ナパーム弾にやられた子供は、顎が胸にめり込んでしまった。そしてぼくの腕の中で息を引き取った」

男性の話は、何日もバーバラを苛んだ。ある晩、洋間の机で成績をつけていたとき、窓の外に目をやると、木々が夜の闇の中に消えていった。すると、肉が溶けた子どもを抱いている清二の姿が浮かんだ。バーバラは頭をたれて、すすり泣き始めた。

勤労感謝の休日を利用して、バーバラは、京都の淳子の実家に行った。淳子の家は、太田先生の家のように大きな古めかしい家だった。バーバラはあのときの楽しかったことを思いだした。バーバラが泊った部屋は、庭に張り出している。朝起きると、畳に座って、きらきらと輝く紅葉を見つめながら、静かに想いにひたることができた。

バーバラと淳子は庭に下りて、淳子の幼い妹の千代と、あざやかな色の手まりを投げ合って遊んだ。千代は、バーバラの膝の上に座って、初めて買ってもらった英語の本を読んでくれた。小さな女の子を抱くと、気持ちがいい。その温もりのある塊は、外気がみずみずしい香りの髪と肌を持っている。バーバラと淳子が明日帰ると言うと、千代は泣いてバーバラにしがみついた。バーバラは手紙を書くことを約束した。アメリカに戻っても、手紙を書き合おうと約束した。

翌日バーバラは、手帳に日記をしたためた。「美智、海藻をつないで作ったいかだの上に寝ころんで、あなたと二人で海に浮かんでいる夢を見ました。畳のように厚いマットだけど、食べられるのよ。あなたが教えてくれたコンブの食べ方を、全部ためしてみました。喜んでくれるでしょう?」

休暇が終わると、時間の経つのがはやい。十二月には学年末のテストがあるし、そろそろ帰国の準備もしなければならず、贈り物を買ったり、なんだかんだと忙しい。バーバラは何度もデパートへ行き、家に持って帰る土産や、こちらでのお礼の品を捜した。そんな折、あるデパートで、現代作家の抹茶茶碗の展覧会を観た。作家のリストの中に清二の名前はない。当然あってもよいのに。清二の作品は、ここに展示してあるものにも負けず劣らず見事だと思う。彼に電話をしようかと思ったが、思いとどまった。

バーバラが日本を離れる三日前に、土井教授が送別会を開いてくれた。教授全員と、学生たちがたくさん参加した。驚いたことに、理恵と父親の横萩さんも来た。横萩さんは、一生懸命練習してきたらしい乾杯のことばを述べた。「広島からお別れを言いにやってきました。もっと遠かったとしても来るつもりでした」

山口先生はカードを書いて、それを読み上げた。「初めは、ジェファソン先生のことを、変わり者《クーキー》だとわたしたちは思っていました」カードの外側は、小さな星型のクッキーの絵だった。「でも今では、みんながあなたのことを、かっこいい翔んでるスターだと思っています」カードの内側には、空に輝く星の絵が描かれている。みな、大笑いをしたが、中でも山口先生が一番楽しそうに笑っていた。

土井教授は、『真夏の夜の夢』の最後の数行を上演しようと言った。二月の公演のとき、早まって省いたところだ。

われら役者は影法師、
皆様がたのお目がもし
お気に召さずばただ夢を
見たと思ってお許しを。
つたない芝居ではありますが、
夢にすぎないものですが、

おやさしきジェファソン様が大目に見、
おとがめなくば身のはげみ。〔小田島雄志訳〕

上気した顔の土井教授はお辞儀をして、拍手に応えた。いつの間にか、部屋は満員だ。この人たちと別れるのは、身を切られるようにつらい。特に理恵、太田先生、上田先生、淳子に寿美、そのほかの人たちもみんな、土井教授だって別れがたい。

お別れ会が終わって三号館に戻るとき、淳子がバーバラについてきた。「ちょっと個人的なことで、お話ししたいのです。残念ながら、両親は、わたしが卒業したらお見合いをしろと言います。昨夜はボーイフレンドと一緒に過ごしました。そして約束をしたのです。一年に一回、七月七日の七夕の日に、織姫と牽牛のように会おうって」

「あなたが書いたお話のとおりね」

「ええ。先生がおっしゃったことを思い出して、自分の心に従おうと思います。これは、わたしが今朝書いた書です。どうぞお受け取りください。一茶の俳句を、わたしが訳したものです。『美しや、障子の穴の天の川』」

「ご両親のお考えは変わらないの?」

「わたしのためを思ってこそだということはわかっています。でも一年に一晩だけ、喜びが待っています。先生、わたしは恋もしたし涙も流した、いい学生生活でした」

バーバラの出発の前日に、用務員の佐藤さんと村井さんが、発送するものの荷造りをしてくれた。トランクと、木枠で荷造りされたたんすは、直接ノースカロライナに送るが、バーバラはサンフランシスコに寄る予定だ。美智の足跡をたどりたい。美智が、電話帳やジャパンタウンでの手掛かりを見逃したということもあり得る。美智の親族に会えたら渡そうと思って、手荷物の中に梅酒を二、三本入れた。そして、千恵と美智の手記も、英語訳をつけて巻いてある。江や、江の子供たちも、きっと手記の内容を知りたがるだろう。

上田先生がバーバラの部屋をノックした。「岡田さんがいらしています」

バーバラは、清二にお別れの品を買わなかった。でも去年の夏、清二のために詠んだ俳句を、和紙にしたためてある。今日机の引き出しの中で見つけたので、巻いてリボンで結んでおいた。それを手にして、階段をかけ下りた。

清二は、構内の車道で待っていた。両手に一つずつ桐箱を持っている。顔は少し青ざめ、目を合わせない。「ちょっと歩こう」

梅林に行くと、木々は少し芽を膨らませていた。梅の花がまだ見られないのは残念だ。バーバラは、だまって立っている傍らの清二を見た。もう二度と会えないだろう。

運動場の方へ歩を進め、芝生の端のベンチに腰を下ろした。

箱を一つ手渡してくれた。紐をほどき蓋を開けると、抹茶茶碗が入っている。バーバラは茶碗を、両手の中でゆっくりと回した。茶と金の刷毛目がある黒茶碗は、冬の日射しをあびて輝いている。

「とてもいいわね、気に入ったわ」

「また割る?」清二の口元がほころんだ。

「もう絶対にそんなことをしないわ」

もう一つの箱の中には、萩の茶碗が入っていた。貝殻のような何とも言えない薄紅色だ。バーバラはだまって見つめた。清二は思いつめたように声を絞り出した。「萩のことを忘れないで」

「ああ清二、このままでいられたらいいのに」

「どこか別の世界だったらね」

「どうしてこの世界では、だめなの?」

「それは……」清二は、顔をくもらせて言い淀んだ。「やむを得ないんだ」

バーバラは、清二の手に小さく巻いた紙をわたした。「どうぞ」

清二は、リボンをほどいて広げ、しばらくじっと見ていた。

「俳句を作ったの。読めるかしら?」

「全部じゃないけどね」清二はかすかに笑った。

「わたしが訳してみるわ」バーバラは声に出して俳句を読んだ。「梅酒の詞　君が唇　教えたり」

書を受け取ったとき、清二の指がかすかにふるえていた。「これはぼくの宝物だ」清二が書を巻き、ていねいにリボンをかけるのをバーバラはじっと見つめた。

二人は腰を上げ、運動場の端を歩いた。

「君の幸せを祈っている」

バーバラは、清二の腕にそっと手を添えた。「これからどうするの?」

「陶芸をやっていく。ずっと焼物がある」

「きっとうまくいくわ。うらやましいわ。わたしにも芸術の才能があればいいのだけど」

「君は、生にたいする意欲がある。すばらしい情熱がある」

「あなただって情熱的よ」

清二は遠くに眼差しを放った。

「いつかあなたの記憶が遠のいた頃に、きっとだれかに出会えるわよ」

「女性ということ?」

「そう」

「たぶん、だれか……いつか」

「ええ」

「でも君のような人はいない。絶対にね」清二は踵を返して、うつむいたまま運動場を足早に去っていった。

訳者あとがき

本書『八月の梅』は、Angela Davis-Gardner, *Plum Wine*, Terrace Books, 2006 の全訳です。

一九六五年、津田塾大学二年生だったわたしは、中庭のベンチでアンジェラ・デーヴィス（Angela Davis）先生と向き合って、会話にならない会話をしていました。英語がわからなかったので早く時間が過ぎてほしいことばかりを考えていました。このとき、わたしが課題として提出した短編小説について、What is the conflict in your short story?（このストーリーの中での葛藤は何？）と聞かれたような気がします。それから四十年ほどたった二〇〇七年に、構想中の『バタフライズ・チャイルド』（*Butterfly's Child*）の取材のために長崎を訪れた先生に、クラスメートたちと一緒に東京で会いしました。それがきっかけで本作を読んだところ、津田塾大学が舞台であり、キャンパスや授業風景、玉川上水路の描写などに、一気に懐かしさがこみあげてきて、訳してみようと思い立ちました。

さて、ミステリータッチのこの物語は、東京の女子大に着任した若きアメリカ人女性教師が、急逝した同大学の女性教授から遺品として残された幾十本もの梅酒瓶を受け取ったことから始まります。梅酒の包み紙の裏に記された手記を、のちに恋人となる日本人男性に手伝ってもらって英語に訳していく過程は謎解きにも似て、複雑に絡み合いながらも、思いがけない方向、被爆者の問題へと発展していきます。アンジェラさんが津田塾に着任していた当時は原爆投下から二十年しか経っておらず、彼女は被爆者から直接に生々しい惨状や苦しみを聞きました。そしていつかこれをテーマに作品を書こうと、心の中で温めてきたそうです。

また、ベトナム戦争のさ中でもあったことから日本人のベトナム戦争反対運動や、ベトナム帰還兵について知り、物語に取り入れたようです。

この小説は、アメリカ人読者を想定しており、事実アメリカ各地での読書会で多く取り上げられました。日本人が読むと、あまりにも多くの日本事象にたじろぐと同時に何か違和感があるかもしれません。しかし、陶芸、俳句、和食、茶の湯、風俗習慣、伝説などから紡ぎだされていく物語に、アンジェラさんの、日本や日本人に対する深い愛情と、被爆者の内面の葛藤をアメリカの読者に伝えたいという気持ちを強く感じます。

いつしか、わたしがこの作品を訳していることがアンジェラさんの知るところとなり、彼女の期待を担ってしまいました。二〇一一年に、思い切って、アンジェラさんの大ファンであったクラスメートと二人でノースカロライナ州の州都ローリー のお宅を訪ね、また シアトルで行われた、新作『バタフライズ・チャイルド』の作家トークにも出かけました。『バタフライズ・チャイルド』は、オペラ、『マダム・バタフライ』の遺児のその後という設定で、冒険物語的な要素を含んだ小説です。

アンジェラ・デーヴィス＝ガードナーさんはアメリカ合衆国ノースカロライナ州出身で、両親、弟とも作家でジャーナリストです。デューク大学（Duke University）で、英文学と創作文学（Creative

Writing）を専攻し、続いてノースカロライナ大学グリーンスボロ（University of North Carolina at Greensboro）の大学院で、故近藤いね子博士の「日本文学」を受講した縁で、一九六五年の一年間、津田塾大学で教鞭をとりました。

作品としては、*Felice*（一九八二）、*Forms of Shelter*（一九九一）、本作 *Plum Wine*（二〇〇七）、*Butterfly's Child*（二〇一一）があり、フランス語に翻訳されたものや、様々な賞を受賞した作品もあります。ノースカロライナ州立大学（North Carolina State University）の名誉教授で、そのほかいくつかの大学でも教え、自宅に作家や作家志望の人たちを集めて勉強会を開き、今でも conflict（葛藤）は何か、と議論しています。またジャーナリストとしても活躍しています。現在、日本を題材とした新作も構想中とのことです。

出版に当たって、彩流社の若田純子さんには、細かなご指導およびことばに尽くせないほど多くの助言をいただきました。大学時代のクラスメートの石井ふみ子さん、香西道子さん、関口民子さん、そして、津田塾大学津田梅子記念交流館の講座「翻訳を体験しよう」で、翻訳のいろはから長年指導していただき、励まして下さった柳田利枝先生、そのクラスメートたち、および細かい確認作業をして下さった藤本百合さん、元ＮＨＫテレビ「英会話Ⅲ」で講師及びインタビュアーをなさった小林ひろみさんに多大なるご助力をいただきました。その他多くの友人知人の励ましがなければ挫折していたと思います。この場をお借りしてあつく御礼と感謝を申し上げます。

岡田郁子

【著者】アンジェラ・デーヴィス＝ガードナー（Angela Davis-Gardner）
作家。デューク大学とノースカロライナ州立大学で学業を修めたのち、津田塾大学で教鞭を執る。帰国後、ノースカロライナ州立大学などでクリエイティブ·ライティングを教えつつ、小説やエッセイを発表。本作の次に上梓した『バタフライズ・チャイルド』（2012）も日本を舞台にしている。

【訳者】岡田郁子（おかだ・いくこ）
1944年愛知県生まれ、愛知県立旭丘高等学校、津田塾大学英文科卒業。
都内私立中学高等学校、英語学校で英語講師を勤めつつ、ミシガン州ホープカレッジで言語学、日本史日本文化を学ぶ。
現在、キルビー学院、京王友の会で英語、茶道講師、KCP 地球市民日本語学校で日本文化講師、UIA (Urasenke International School) のメンバーとして、毎年北ドイツのテテロウ市の「シュロス·ミツコ」で茶道のプレゼンテーションを行っている。

八月《はちがつ》の梅《うめ》

2019年5月10日　第1刷発行　　定価はカバーに表示してあります。

著　者　アンジェラ・デーヴィス＝ガードナー
訳　者　岡田郁子
発行者　竹内淳夫

発行所　株式会社 彩流社
Sairyusha
〒102-0071 東京都千代田区富士見2-2-2
電話 03（3234）5931　Fax 03（3234）5932
http://www.sairyusha.co.jp
e-mail sairyusha@sairyusha.co.jp

印刷　モリモト印刷（株）
製本　（株）難波製本
装幀　鈴木衛

ISBN978-4-7791-2297-2 C0097

愛の深まり

アリス・マンロー 著／栩木 玲子 訳

平凡な人々のありふれた日常。ささやかな日常の細部からふと立ち上がる記憶が、人生に潜む複雑さと深淵を明らかにし、秘められた孤独感や不安をあぶり出す。表題作「愛の深まり」など、珠玉の11編。

（四六判上製・三二〇〇円＋税）

それはどっちだったか

マーク・トウェイン 著／里内 克巳 訳

南北戦争前のアメリカ南部の田舎町インディアンタウン。〈嘘〉をつくことによって果てしなく堕ちていく町の名士。グロテスクで残酷な笑いと悪夢の物語――マーク・トウェイン晩年の幻の「傑作」！

（四六判上製・四〇〇〇円＋税）

わが妹、ヴァージニア 芸術に生きた姉妹

スーザン・セラーズ 著／窪田 憲子 訳

画家ヴァネッサ・ベル、作家ヴァージニア・ウルフ。それぞれの芸術を追い求めた姉妹の愛と葛藤の日々。寄り添い合う家族として、芸術家として、愛しあい、反発しあう姉妹の物語をヴァネッサの視点で描く。

（四六判上製・二六〇〇円＋税）